O GAROTO DA LOTERIA

O GAROTO DA LOTERIA

MICHAEL BYRNE

TRADUÇÃO DE
MARCELO SCHILD ARLIN

Título original
LOTTERY BOY

Este livro é uma obra de ficção. Nomes, personagens, lugares e incidentes são produtos da imaginação do autor, ou, se reais, usados de forma fictícia. Todas as declarações, atividades, acrobacias, descrições, informações e material de qualquer outro tipo aqui contidos foram incluídos somente para fins de entretenimento e não devem ser invocados para precisão ou replicados, pois podem resultar em lesões.

Primeira publicação em 2015 pela Walker Books Ltd.

Copyright do texto © 2015 *by* Michael Byrne
Imagens de capa: menino correndo © Red Edge / Anna Baria;
Perseguição de homens © Sean Murphy /Getty Images, Inc.

O direito de Michael Byrne de ser identificado como autor desta obra foi assegurado por ele em conformidade com o Copyright, Designs and Patents Act 1988.

Todos os direitos reservados.

Nenhuma parte desta obra pode ser reproduzida ou transmitida por qualquer forma ou meio eletrônico ou mecânico, inclusive fotocópia, gravação ou sistema de armazenagem e recuperação de informação, sem a permissão escrita do editor.

Direitos para a língua portuguesa reservados
com exclusividade para o Brasil à
EDITORA ROCCO LTDA.
Av. Presidente Wilson, 231 – 8º andar
20030-021 – Rio de Janeiro, RJ
Tel.: 3525-2000 – Fax: 3525-2001
rocco@rocco.com.br | www.rocco.com.br

Printed in Brazil/Impresso no Brasil

Preparação de originais
NINA LUA

CIP-Brasil. Catalogação na fonte.
Sindicato Nacional dos Editores de Livros, RJ.

B999g

Byrne, Michael
    O garoto da loteria / Michael Byrne; tradução de Marcelo Schild Arlin. – Primeira edição. – Rio de Janeiro: Rocco Jovens Leitores, 2017.

    Tradução de: Lottery boy
    ISBN: 978-85-7980-347-5 (brochura)
    ISBN: 978-85-7980-354-3 (e-book)

    1. Ficção infantojuvenil inglesa. I. Arlin, Marcelo Schild. II. Título.

16-38644   CDD – 028.5
                                                   CDU – 087.5

O texto deste livro obedece às normas do
Acordo Ortográfico da Língua Portuguesa.

Para minha filha, Eve

"Os sonhos são verdadeiros enquanto duram,
e não vivemos nos sonhos?"
Alfred, Lord Tennyson

05 **05** **19**
DIAS HORAS MINUTOS

Bully franziu os olhos para um dos lados do relógio grande, muito grande, do outro lado do rio. Os dois ponteiros passavam das seis e estava na hora do lanche de Jack. Ele tirou a lata e a colher de metal do bolso do sobretudo.

– Aqui está... aqui está seu lanche, amiga – disse, fazendo muito barulho ao raspar a lata, pois só havia gelatina no fundo.

Jack engoliu tudo sem mastigar.

Ela era uma bull terrier, metade Staffordshire, mas Bully não sabia ao certo com que outra raça era misturada. Ninguém sabia. A outra metade era um misto de partes de vários outros cães. O pelo curto e duro dela era de um tom escuro de marrom em volta do pescoço e listrado de branco e cinza em todo o resto, o que a fazia parecer um cachorro bem velho, já no fim da vida. Além disso, tinha um rabo comprido e peludo e um traseiro largo. As pernas traseiras eram inclinadas e as da frente, curvadas, de modo que, quando sentava, ela parecia querer *muito* abraçar você. Mas tinha pequenos dentes pontiagudos, por isso você não queria *muito* abraçá-la.

Quando Bully deixara o apartamento no inverno, Jack o acompanhara. Agora era verão, e, apesar de estar engordando ao se aproximar do aniversário de dois anos, Jack ainda tinha uma aparência engraçada. Não era um cachorro bom para pedir esmola, mas, para Bully, ela não era para pedir dinheiro. Era amiga dele, tão boa quanto uma família.

– Deixe disso, amiga... deixe disso... – pediu ele, porque Jack continuava olhando para ele e já não havia mais quase nada na lata.

Mas ainda dava para raspar um pouco. Depois, sem pensar, ele colocou a colher na própria boca. Isso acontecia quando ele sentia fome. De repente, a sensação o pegava de surpresa e o fazia agir de um jeito estranho, como se não conseguisse se controlar, como se fosse *ele* o animal.

Bully cuspiu a gelatina. O gosto não era tão ruim, mas ele não gostava da textura fria e gosmenta no fundo da boca. Ele limpou as bochechas com água e depois, por hábito, para se acalmar, leu os ingredientes listados na parte de trás da lata, porque gostava de coisas que simplesmente diziam o que eram e não tentavam fingir ser qualquer outra coisa.

Água 65%
Proteína 20%
Gordura 12%...

Ele chegou ao último ingrediente, o único que não gostou de ver ali: *cinzas 3%*. E pensou em todos os zumbis nas fábricas batendo os cigarros e enchendo as latas. E nos outros tipos de cinzas que eles talvez usassem, se os cigarros acabassem. Pelo menos eram honestos o bastante para colocar aquilo na parte de trás da lata.

Bully foi jogar a lata no rio, mas mudou de ideia quando viu a foto do cachorro. Era um Jack Russell. E ele gostava de terriers Jack Russell – talvez um pouco pequenos demais, um pouco barulhentos demais. No entanto, gostou *mesmo* de ver o nome de Jack escrito no rótulo. Aquilo fazia o cachorro *dele* parecer importante e oficial. Se bem que Jack não era tecnicamente um cachorro. *Ela* era uma menina – o que chamavam de *cadela* nas revistas sobre o mundo canino. E, quando ele a encontrara tanto tempo antes, no verão anterior, e a levara para o apartamento, e Phil ressaltara que se tratava de uma *menina*, Bully a chamara *Jacky* imediatamente, antes que a mãe voltasse do hospital. Mas ele não a chamara assim desde que tinha saído do apartamento. Abandonara o *y*, então agora ela era simplesmente Jack.

Ele guardou a lata vazia no bolso do casaco e caminhou de volta pela margem do rio na direção da grande e branca London Eye, que, para ele, sempre parecia quebrada – o modo como a roda-gigante girava sem se mover, como se os zumbis presos lá no alto acenassem pedindo ajuda. Jack o acompanhava, fuçando os tornozelos dele de vez em quando, mas nunca se enfiando debaixo dos pés. Bully a treinara muito bem antes de deixar o apartamento. Passara semanas apenas a ensinando a ficar *quieta*, dando balinhas Haribo e Skittles sempre que ela acertava. Nas revistas, chamavam aquilo de *recompensar bom comportamento*.

Bully parou quando chegou ao parque de skate, atraído pelo barulho das pranchas e pelas gargalhadas. Mas ele não achava o lugar nada de mais. Não havia rampas grandes, apenas umas pequenas de concreto do tamanho dos meios-fios e quebra-molas no lugar em que ele morava antigamente. Ele não achava nem que aquilo era um *verdadeiro* parque de skate, somente um lugar espremido debaixo de um prédio enorme e cinzento. E aquilo lembrava Bully dos blocos de apartamentos onde morava, do porão onde as calhas de lixo alimentavam as caçambas.

Ele ainda não conhecia nenhum dos garotos que realizavam manobras. Ia até lá para observá-los rindo, falando e caindo, depois culpando os skates por tudo. Um dia, ele arrasaria com um skate que não poderia ser culpado por nada, com eixos prateados e dourados e os melhores adesivos... seria simplesmente o melhor. Não tinha certeza de quando seria esse dia, mas não tinha dúvida de que chegaria.

– Olhe para ele – disse Bully, chamando a atenção de Jack para um dos garotos. – Uma bosta, né?

Em segredo, porém, ele tinha a esperança de que, se ficasse ali de pé e observando por tempo suficiente, um deles emprestaria o skate por alguns minutos. Até o momento, tudo o que os garotos tinham feito era chamá-lo de *germe* e mandá-lo embora. Bully não sabia exatamente o que *germe* queria dizer na linguagem dos skatistas, mas sabia que era algo pequeno, sujo e *ruim*. Se bem que, para ser justo, quando ele fora até a pista com Chris e Tiggs, Chris chamara os meninos de nomes muito piores e jogara uma garrafa, que tinha se espatifado bem no meio de onde eles faziam aquelas manobras ridículas.

Aquilo não costumava acontecer. Em geral, eles jogavam as garrafas vazias da passarela, para observá-las flutuando lá embaixo. Chris e Tiggs eram amigos dele. Diziam coisas que o faziam rir, falando de garotas que eram *trouxas* e *animadas*, fazendo besteiras ao longo do rio. Às vezes, Chris amarrava um pedaço de pano vermelho na cabeça, e Tiggs *sempre* levava os fones enormes em algum lugar perto das orelhas, ouvindo as *músicas loucas* de que gostava. Os dois eram mais velhos do que ele. E já tinham ido a todo tipo de lugar, passeando por Londres inteira, até no shopping de Brent Cross.

Bully observou os skatistas um pouco mais, até que um menino baixinho, mais baixo do que ele, fez uma manobra *realmente* ruim e caiu bem em cima das placas de concreto, rolando e ralando o cotovelo, então esfregando-o como se isso fosse fazer a ferida sarar. Bully começou a fingir que ria. Sabia que ninguém faria nada, pois ele estava com Jack, mas não queria que os policiais reparassem, então saiu dali e continuou andando na direção da London Eye.

Na passarela, ele olhou para o mendigo no primeiro degrau. O homem estava usando a estratégia errada. Em geral, se estivesse pedindo esmolas, você se sentava no alto, onde os zumbis paravam para recuperar o fôlego. O sujeito também não estava com a aparência muito boa, tremendo no sol. Não conseguiria muito dinheiro com a cabeça baixa, balbuciando umas palavras para si mesmo daquele jeito, mas sem dizer nada. Ele nem mesmo tinha um cartaz. Se a pessoa queria esmolas e não ia pedir, precisava ter um cartaz, certo, senão como alguém saberia? Bully desviou do mendigo e subiu até a metade da escada da passarela. Parou e olhou para trás ao longo do rio para ver se havia algo que valesse a pena pescar. O sol ainda estava quente na parte de trás das pernas dele e muito longe de tocar a água, não era a melhor hora do dia para pescar. Ainda havia muitos zumbis que não olhavam nem para a esquerda nem para a direita, tentando sair da cidade o mais rápido possível. E, de manhã, voltavam com a mesma rapidez. Ele franziu um pouco mais os olhos para aguçar a vista. Se não franzisse os olhos, tudo se contorcia diante dele. Precisava de óculos para ver coisas bem distantes, mas deixara o apartamento sem eles, então simplesmente espremia os olhos.

Bully identificou duas possibilidades apoiadas no corrimão, olhando para o rio: uma garota alta de bermuda e meia--calça com um sorvete, o namorado mais baixo, brincando, fingindo que ia roubar o doce dela. Mas Bully os deixou em paz. Garotas não gostavam de cachorros. Por outro lado, velhinhas gostavam. E ali estava uma! Com uma bolsa de mão bonita e grande no braço, grande o bastante para guardar Jack lá dentro, olhando para os prédios do outro lado do rio como se nunca tivesse visto uma janela antes. Ele desceu a escada na ponta dos pés o mais rápido que pôde, quase tropeçando no cara que ainda tremia sem parar no primeiro degrau, e subiu pelo lado cego da velhinha justamente quando ela começou a andar.

Bully ajustou o ritmo ao dela.

– Eu estou tentando voltar para a casa da minha mãe, mas faltam 59 centavos...

– Ah, certo – disse ela, mas recuando como se não fosse certo.

– Quero ir para casa, mas está faltando – insistiu ele, um pouco mais rápido, para o caso de ela se afastar.

Bully gostava de fingir que precisava do dinheiro para outra coisa, como se não estivesse pedindo esmola, do contrário começavam a fazer todo tipo de perguntas sobre o que ele estava fazendo e por que não estava na escola. Já aprendera aquilo.

– E aí, você poderia nos fazer um favor?

Ela parecia pronta para virar o rosto, empurrá-lo para trás com um "não, obrigada", mas então olhou para baixo e viu Jack.

– Ah... esse cachorro é seu?

– É.

– Ele é um bom cachorro, não é? – disse ela.

– É...

Ele concordou com a cabeça, mas apenas para si mesmo, e tentou não fazer cara feia. Claro que ela era. Bully a ensinara a se comportar e a ser obediente, porque era isso o que devia ser feito. Não era certo tratar um cachorro *como* um cachorro, gritando e batendo nele. O certo era treiná-lo para que ele *obedecesse* ao dono, então o dono ganhava um amigo para a vida toda.

– E então, você tem 59 centavos ou não? Normalmente eu não pediria.

Ele sempre dizia isso, se bem que não pensava mais no que *era* normal. Certa vez, uma velhinha, ainda mais velha do que a desse momento, com um chapéu e uma bengala e completamente louca, levara-o para uma cafeteria e lhe pagara uma omelete. Os dois ficaram uma hora ali, no quentinho, ela contando a ele sobre quando era garota, morava no campo e tinha seu próprio cavalo e um springer spaniel, mas essa situação não era *normal*. Às vezes, ele conseguia uma libra inteira quando pedia, mas na maioria das vezes só recebia centavos e moedas de pouco valor. Uma vez, tinha recebido exatamente a quantidade de centavos que pedira: um rapaz contara as moedas diante dos colegas por diversão. Aquilo deixara Bully irritado.

– Quantos anos você tem?
– Dezesseis.
– Tem certeza?
– Sou pequeno para minha idade, né? – disse ele.

Ela fez aqueles olhos pequeninos que adultos faziam quando estavam dando uma boa olhada em você de dentro da cabeça deles. Ele achava que conseguia se passar por praticamente dezesseis anos com o gorro. Era marrom com manchas pretas. E era dele. Bully havia se lembrado de levá-lo ao deixar o apartamento no inverno. Não precisava mais usá-lo para se aquecer, mas ele escondia seu rosto das câmeras na estação e o deixava mais alto. Ele ficava mexendo no gorro, esticando a ponta para cima, de modo que, no sol do verão, parecia um dos ajudantes do Papai Noel que já estava grande demais para o Natal seguinte.

Bully tinha doze anos, mas agora os treze estavam tão perto que ele podia contar nos dedos de apenas uma das mãos os meses que faltavam para o aniversário. Quando estava no pré-escolar, fora o garoto mais alto do ano, ainda mais alto do que a *garota* mais alta. E já media um pouquinho mais de 167 centímetros. Carregava em um dos bolsos uma fita métrica que surrupiara da traseira de uma van de um construtor, e, de acordo com o sistema de medidas dos EUA, aquela altura era quase exatamente cinco pés e seis polegadas. O que era mais alto do que alguns homens adultos, e tão alto quanto alguns *tiras*. A mãe dele tinha sido alta, mas, pensando bem, era porque em boa parte do tempo ele era pequeno. E ela usava sapatos de salto alto, que costumava chamar de plataforma um e plataforma dois. Talvez o pai dele fosse alto. Talvez conseguisse esticar o braço e tocar o teto de concreto no parque de skate. De todo modo, fosse como fosse o pai, Bully sem dúvida ficaria mais alto. Estava no sangue dele. Decidira aquilo pois, assim que ficasse alto o bastante, roubaria um banco, ou arrumaria um emprego, ou alguma outra coisa, e economizaria e compraria uma casa de verdade, com um banheiro, uma cama e uma TV.

Bully retomou o foco. A mulher ainda estava avaliando a altura dele.

– Dezesseis anos... *mesmo*?

– É, eu tive câncer quando era pequeno e isso acabou me encolhendo bastante – falou, como se não fosse nada de mais, porque o câncer faz isso com as pessoas. Depois de todos os hospitais, a mãe dele nunca tinha voltado a usar os sapatos de salto alto.

– Ah, querido. Coitadinho. Volte para casa... Escute, faça uma boa refeição com isto aqui e não vá gastar com mais nada, entendido? – disse a senhora, agora olhando para ele com olhos maiores.

Ele não gostava que falassem com ele daquele jeito. Se ela desse o dinheiro, ele poderia gastar com o que quisesse. Mas o rosto do garoto se iluminou quando ele ouviu o farfalhar de uma nota saindo da bolsa dela.

Quando viu a cor, Bully não conseguiu acreditar. Uma azul, vinte libras! Jack teria comida durante umas duas semanas com aquilo, e da marca que gostava, com o nome dela na lata e somente *3% de cinzas*. E queria comprar um sorvete e salgadinhos e uma lata respeitável de Coca-Cola *gelada* em uma loja. Ele não tomava uma lata assim há semanas. Cara demais em Londres, uma lata de Coca-Cola. Um verdadeiro roubo. Aquela fora a primeira coisa que realmente o chocara

quando descera do trem ali: o preço de uma lata de Coca-
-Cola.
– Tome – disse ela. – E vá logo para casa.
A mulher sorriu para si mesma, como se fosse ela quem estivesse recebendo o dinheiro, e partiu na direção de um dos restaurantes ao longo do rio.
– Sim, obrigado. Deus lhe abençoe – agradeceu Bully enquanto ela se afastava.
Ele achou que a frase tinha soado bem. Era o que os Daveys diziam: os velhos que se arrastavam pelas ruas com nariz cheio de vasinho e rosto de tapete amassado. Bully começara a chamá-los assim depois que um deles lhe dissera que seu nome era Dave. O homem pedira o celular de Bully emprestado. O menino tinha fugido e passado a ficar longe de todos aqueles velhos depois daquilo.

Jack rosnou, dando seu aviso silencioso número um, quase imperceptível, direcionado somente a Bully. Ele levantou os olhos, a rainha ainda sorrindo para ele na nota de vinte libras. Mas perdeu o sorriso quando viu quem vinha se aproximando e o cachorro que estava com ele. Bully disse a si mesmo que não deveria sair correndo – seria pior para ele mais tarde se fizesse aquilo, pois ali estava Janks, com óculos escuros e um sorriso de lagarto que dizia: Conheço *você*.

Janks roubava mendigos por toda a cidade de Londres. Chamava o que fazia de *cobrança de impostos*. Ele nem mesmo precisava do dinheiro, apenas se divertia com aquilo, era o que diziam. Diziam que ele vinha *do Norte* e que tinha ganhado dinheiro com brigas de cachorros e todo tipo de criação ilegal de cães, além de todo *o resto*, como diziam. Não era comum encontrá-lo passeando por aí durante o dia com um de seus cães ilegais. Havia tiras demais. Porém, de vez em quando, ele gostava de arriscar, fazendo suas rondas exibindo um dos pit bulls puro sangue.

Animais nojentos. Havia algumas raças de que Bully não gostava, mas os únicos cães que desprezava eram os pit bulls. Não gostava de nada neles: como andavam empertigados por aí, procurando encrenca com aqueles rostos compridos e brilhosos, pelo muito curto e olhos minúsculos, pretos e lustrosos. E diziam que eles tinham aquela coisa – todo mundo dizia –, aquela trava na mandíbula que era como uma chave numa fechadura, o que significava que, quando mordiam alguém e seguravam firme, nunca soltavam. Uma vez, na propriedade, ele vira um pit bull atacar o garoto que passeava com ele. Mesmo depois de os amigos do menino baterem no cachorro, o Velho Mac da banca de jornal ainda precisou vir com um pé de cabra e abrir a boca do bicho.

O pit bull de Janks estava lutando contra uma coleira comprida, se estrangulando para atacá-los. O rosnado de Jack aumentou um pouco e ela começou a dar pequenas mordidas irritadas no ar.

– Quieta, cara, quieta, quieta, quieta... Jack!

A parte superior do corpo de Bully balançava e se contorcia, como se ele fosse uma ratazana com as patas presas em uma ratoeira adesiva, o resto dele ainda tentando escapar. Ele tinha visto ratazanas de verdade fazendo aquilo, roendo as próprias pernas para tentar arrancá-las, perto das caçambas atrás dos restaurantes.

Ele conseguiu dar alguns passos à frente e chutar Jack para trás dele, porque ela não era boa em desistir. Jack tinha dificuldade com essa parte do treinamento. Ficava bem quando estava perto de pessoas – da maioria das pessoas, pelo menos –, mas não ia com a cara de alguns cachorros.

– Você se deu bem... – disse Janks, chegando tão perto que Bully sentiu as palavras no rosto. O homem falava de um jeito engraçado, as palavras oscilando para cima e para baixo, como faziam no norte. O cachorro dele tentou morder o rosto de Jack e Jack devolveu o ataque, então Bully deu outra cutucada nela com a ponta do pé. – Eu já cobrei imposto de você antes, não cobrei? – perguntou Janks. Ele tirou o gorro de Bully e deixou--o cair. O pit bull agarrou o gorro no mesmo instante, como se estivesse brincando de pegar de um jeito bem perverso, e começou a rasgá-lo em pedaços. – Você cresceu, né? – comentou o homem, ignorando o que acontecia a seus pés.

Agora, Bully tinha quase a mesma altura de Janks. Quando ele chegara ao rio, no inverno, muito tempo antes, aquele homem com o mesmo cabelo arrepiado como uma guelra de peixe, o mesmo sorriso de "prazer em conhecê-lo", tinha pedido um empréstimo. E, quando ele disse que não, o sujeito pegou o dinheiro e deu vários chutes no garoto, como se aquilo fosse uma retribuição.

Desde então, Bully tinha conseguido evitar Janks.

– Tome cuidado com *isso* – disse o homem, baixando a cabeça para Jack. – Meu cachorro vai despedaçar esse seu treco. É melhor você não começar a me desafiar com um cachorro, moleque. – Bully ficou parado, assustado demais para saber se deveria balançar a cabeça ou concordar. – Você está me enfrentando, é, garotão? Está me *encarando*? – E Janks puxou a cabeça de Bully e a enfiou debaixo do braço, empurrando-a para dentro do casaco, de modo que Bully conseguiu sentir o *cheiro* dele, um fedor penetrante parecido com aquela coisa que a mãe dele costumava borrifar na casa, e se esforçou ao máximo para respirar pela boca.

– Quieta! Quieta, Jack! – A voz abafada de Bully conseguiu sair por pouco do mata-leão.

– É isso aí. Bom *garoto* – disse Janks, espremendo ainda mais forte o pescoço do garoto.

Bully girou a cabeça para respirar, olhou para baixo e viu a luz do dia aos pés de Janks. Todos sabiam que ele carregava um espeto encurtado dentro da bota. Tinha usado o objeto uma vez em um cara, um gordão flácido que não estava demonstrando respeito por ele. Pelo menos era isso que Chris e Tiggs tinham contado. E Bully imaginou a cena parecida com as vezes em que a mãe preparava batatas no micro-ondas, perfurando-as depressa com um garfo antes de colocá-las lá dentro: *furando, furando, furando.*

– Quanto ela te deu?

– Vinte... – disse Bully para os pés. Ele ouviu um cachorro ganir.

– Bem, sorte a sua que é exatamente isso que você me deve.

– *Amigo...* – implorou o garoto.

– Com quem você pensa que está falando? Não sou seu *amigo*.

Bully sentiu a articulação do braço de Janks apertar sua traqueia e começou a emitir letras do alfabeto como se fosse um menininho. *C... c... c... a... a... r... r.* A cabeça dele latejava porque o sangue estava ficando preso nela, mas Bully não conseguia falar nada, nem mesmo se desculpar, então ficou tonto e suas pernas começaram a ceder, piorando a situação.

Então, de repente, ele conseguiu respirar.

– Re-laxa... *re-laxa*, cara...

Janks estava dando tapas com força nas costas de Bully, como se o ajudasse a se desengasgar. Bully recuou, atordoado, como se tivesse ficado preso debaixo da terra durante uma semana. Balançou um pouco e viu o que Janks estava vendo: dois tiras falsos usando coletes fluorescentes: Oficiais de Apoio Comunitário de pé ao lado da passarela, de costas para eles, falando com o mendigo.

Bully olhou de volta para Janks, cujo olhar o atravessava diretamente. Depois, olhou para baixo, viu Jack aos seus pés, o sangue pingando da orelha dela, e sentiu sua própria fúria arder rapidamente, como um papel pegando fogo. E, enquanto esperava até que se apagasse, pensou no que faria um dia com Janks, quando estivesse assaltando bancos ou tivesse um emprego e fosse muito maior do que ele.

Bully entregou a nota e Janks a pegou sem dizer nada. Depois, o garoto ouviu um som horrível: Janks amassando as vinte libras em uma bola, porque só havia uma coisa a se fazer com uma bola... E Bully ficou observando Janks ir até a grade e jogar o dinheiro no rio.

– Não me deixe esperando da próxima vez, *amigo* – disse o sujeito, ajeitando o cabelo curto, uma lufada de vento assoprando-o de volta para cima.

Bully baixou a cabeça, fez que sim respeitosamente e desviou o olhar.

Quando Jack parou de rosnar, Bully pegou o gorro, todo rasgado e grudento de baba de cachorro, e o enfiou em um dos bolsos. Conferiu a orelha de Jack. Parecia pior do que de fato estava. O cachorro de Janks só tinha conseguido arrancar um pedacinho. Ele usou o resto da água para lavar o sangue, depois deu um gole para Jack.

– Você precisa aprender a recuar, amiga – disse. Jack não parecia estar dando ouvidos, ocupada demais lambendo o rosto de Bully. – Sai fora – falou, mas não a empurrou. Pegou um pouco da baba acumulada na própria bochecha e a espalhou na ferida na orelha de Jack porque baba de cachorro era boa para cortes, tão boa quanto remédios (apesar de Bully jamais ter visto aquilo escrito nas revistas).

Por fim, ele se levantou e foi dar uma boa olhada no rio. Achava que talvez ainda conseguisse ver o pontinho azul flutuando para longe, passando por baixo da ponte e seguindo até o mar. A maré ia naquela direção. Ele se pegou pensando em pular atrás da nota, apesar de não saber nadar, nem mesmo cachorrinho. Tinha matado as aulas de natação no centro de lazer porque não gostava do barulho lá na piscina, todos aqueles berros e a gritaria. Também tinha matado aulas na escola, pelo mesmo motivo: precisar ficar sentado a uma mesa, perguntas e respostas de trinta outras crianças o dia todo, bem ao lado de seus ouvidos. Já quase não aguentava aquilo quando ainda tinha a mãe para recebê-lo em casa no fim do dia, mas, depois que ela morrera, era tudo barulho vazio.

Ele olhou de volta para a passarela e um dos tiras fajutos olhava para ele. Bully começou a ir embora, assobiou para que Jack o seguisse, acertando o passo com o dos zumbis até que pudesse cortar caminho entre os restaurantes para tentar chegar à estação. Pensou em pegar um dos túneis só por garantia, mas não gostava de túneis, nem mesmo no verão. Evitava ir para debaixo da terra sempre que possível. Além do mais, já estava acostumado com aquele caminho: passando pela fonte que molhava a calçada nos dias de vento, atravessando o sinal de trânsito, seguindo por baixo do arco e subindo a escada onde havia os nomes dos condutores de trem mortos arranhados na parede até chegar a Waterloo.

Aguardando em frente à faixa de pedestres, Bully se recostou na grade. Observou alguns zumbis se apressarem, atravessando a rua antes que o sinal fechasse, saltando e desviando entre os carros como crianças saindo para passear. Mexeu em um dos elásticos vermelhos que usava nos pulsos. Ele os colecionava: pegava-os da calçada e, nas horas de movimento, disparava-os contra os zumbis que se afastavam, apressados. Era um jogo. Ele tinha inventado sete maneiras de lançar os elásticos. A favorita, contudo, era apenas dispará-los com o polegar. E foi o que fez... *ping*. Um zumbi que descia o meio-fio deu um tapa na nuca e olhou ao redor. Bully fez cara de inocente para ele.

– Problema importante... Ajude os desabrigados... Problema importante... – repetia uma mulher com olhos castanhos delicados, de pé a poucos metros de Bully. Agora, no verão, ela ficava ali quase todos os dias. E ele se acostumara com a presença dela.

O homenzinho verde apareceu e voltou a desaparecer, mas Bully não estava com pressa. Tinha o dia todo, ou pelo menos o que restava dele. Deu uma conferida rápida para ver se havia algum tira por perto, depois começou a dar tapinhas no próprio corpo. Fazia aquilo dez, vinte vezes por dia, dependendo do clima. Tinha virado uma rotina, conferir os bolsos, assegurar-se de que todas as suas coisas estavam ali. Além do mais, isso ajudava a matar o tempo, pois o casaco tinha muitos bolsos. Bully roubara-o de uma sacola diante de uma loja de caridade, deixando seu casaco velho no lugar dele. Era o melhor casaco que já tivera. *Barbour* era o que dizia na etiqueta. Quente e acolchoado como um cobertor por dentro, mas com o exterior verde e brilhoso para bloquear o vento e a chuva como uma parede de tijolos. No inverno, ainda estava grande demais para Bully, mas agora ele estava crescendo e a barra do casaco deixava uma marca brilhosa na calça jeans, logo acima dos joelhos. O melhor nele eram os bolsos. Ele nunca tinha visto um casaco como aquele. Onze bolsos, no total. O maior era como um círculo de borracha com buracos recortados que corria por toda extensão do interior, na parte de baixo. E o garoto havia cortado buracos nos dois bolsos para as mãos, para conseguir esconder coisas na calça sem que ninguém nas lojas visse.

– Problema importante... ajude os *desesperados*... quer dizer, desabrigados – gritou a mulher, corrigindo a si mesma, mas ninguém a tinha escutado, a não ser Bully.

Ele riu, não com perversidade, como fizera no parque de skate, porque a mulher tinha o cabelo castanho comprido preso em um rabo de cavalo, como a mãe dele costumava usar quando estava trabalhando.

Bully começou a tirar dos bolsos os pequenos objetos que sempre carregava neles: pacotinhos de açúcar e de sal, guardanapos de papel, fita métrica, a colher de metal de Jack, colheres de plástico, dois isqueiros, canivete, elásticos extras, pacotinhos de molhos, papel-toalha, a bolsa de Jack (maior e mais resistente do que uma sacola plástica), sacolas plásticas, canetas esferográficas, sacos de salgadinho (vazios), a coleira de Jack (uma coleira *de verdade*, não um pedaço de barbante esfiapado), chicletes (mastigados e novos), um baralho de Super Trunfo (as melhores raças) e notas fiscais. As notas não eram *dele*. Bully apenas as coletava, saía procurando por elas no chão, às vezes as pegava em latas de lixo. E as lia por curiosidade, para ver o que as pessoas compravam nas lojas, mas as guardava para caso algum dia fosse pego *em frente* a uma loja com um produto pelo qual não tivesse pagado. Depois, se o guarda o fizesse entrar, ele diria: "Mas eu tenho a nota fiscal, amigo." E veria quanto tempo passariam revirando aquele monte de notas antes de liberá-lo. Aquela era a ideia, pelo menos.

Ele examinou as colheres de plástico e dispensou algumas rachadas, jogando todas na rua, e também um par de canetas. Uma zumbi olhou para trás para ele, torceu um pouco a boca e depois desviou o olhar. Ele tirou o cartão de transporte do bolsinho que ficava perto da gola do casaco. Encontrara-o ao lado de uma das máquinas do metrô quando o frio o fizera descer para os túneis para pegar a linha circular. Já fazia um tempo que o crédito tinha se esgotado, e Bully olhou para o cartão como se aquilo não pertencesse mais a ele. Então o pôs de volta no bolso e pegou o canivete vermelho. Era seu bem mais precioso, e ele o segurou na palma da mão para admirá-lo. Tinha duas lâminas: uma grande e uma pequena. Na parte de fora, havia uma bússola que dizia para onde você estava indo. E alguém podia girá-la rápido tentando enganá-la à vontade, ela sempre apontava de novo para o norte e nunca deixava a pessoa na mão. Bully tinha roubado o canivete de uma loja de alpinismo. Usava a lâmina menor para pequenas coisas, como cortar recipientes de plástico para Jack beber deles. A lâmina grande ele economizava, para preservá-la afiada. Nunca havia feito nada com ela, exceto brandi-la para um garoto mais velho enquanto fugia.

Guardou o canivete de volta no bolso da calça e continuou procurando, na esperança de encontrar uma moeda, uma nota, qualquer coisa com um rosto gravado, e já tinha quase terminado de tirar todos os objetos do bolso e guardá-los. Até que, finalmente, para encerrar, pegou o cartão. Todas as quinas estavam amassadas, de forma que não parecia mais um cartão, mas ele ainda conseguia ver o que havia escrito na frente. Havia a imagem de um rosto – o rosto de uma mulher, era o que ele tinha resolvido, apesar de a cabeça ter apenas um cacho de cabelo – sussurrando para alguém dentro do cartão. Aquilo dava vontade de abri-lo. Mas ele não o abriu nesse momento. Primeiro, leu as palavras na frente, como deveria ser feito. Sempre lia as palavras.

Tenho algo a lhe dizer...

Ele recuou da grade, até ficar um pouco mais afastado da rua, e abriu o cartão. O rosto na frente era o mesmo rosto de dentro, só que muito maior e com uma boca que parecia de verdade recortada no cartão e uma língua vermelha de papel. Bully se concentrou nas palavras que sairiam daquela boca.

... Eu te amo... Eu te amo tanto... Te amo mais do que... mais do que qualquer pessoa... mais do que qualquer

outra coisa no mundo... Feliz aniversário, Bradley! Feliz aniversário, amor... Muito, muito amor da sua mãe...

Então chegava a melhor parte, a parte pela qual ele sempre esperava no final: os beijos.

Sssssssmack, ssssmack, ssssmack... Sssssmmm...

A voz dela estava começando a soar um pouco como a de Dalek, como se a bateria estivesse acabando, e ele se perguntou se deveria parar de abrir o cartão toda vez que revirava os bolsos.

Bully olhou ao redor e uma das zumbis aguardando no sinal sorria para ele com um olhar de pena. Ele lançou um olhar feroz para ela e fechou o cartão com força. Ao fazer isso, ouviu um barulhinho que fez *plink* por cima do trânsito. Abriu o cartão de novo, mas não saiu som algum. Abriu e fechou o cartão freneticamente umas duas vezes até conseguir aceitar que estava quebrado. Alguma coisa tinha *caído* dele. Ele falou um monte de palavrões e se agachou, correndo os olhos pela calçada, acenando para que um grupo novo de zumbis se afastasse, como se aquela fosse uma cena de crime.

Viu o pequeno círculo da bateria caído na calçada e o pegou com muito cuidado, com a ponta dos dedos. O lugar onde ela deveria se encaixar sem dúvida ficava dentro do cartão. Ele colocou os dedos na boca de papel e sentiu algo amassado atrás da língua. Não era dinheiro: tinha uma textura diferente e era fino demais. Ao ser puxado, o papel *parecia* uma nota fiscal, mas, quando o desdobrou, Bully viu que era apenas um bilhete de loteria.

Provavelmente tinha ficado preso ali de algum jeito. Ele não se lembrava de tê-lo visto antes. Ainda assim, valia a pena conferi-lo. Desse modo, conseguiria tirar da cabeça o dinheiro que tinha perdido no rio.

05 **04** **35**
DIAS HORAS MINUTOS

Sem demonstrar interesse, a moça no caixa dentro da estação passou os olhos pelo bilhete. Ela era nova. Ele conhecia todos os funcionários de vista. Ela parou o que estava fazendo e assumiu uma expressão como se o bilhete tivesse quebrado algo na máquina.

– Gra-ham... – disse a mulher, e ele surrupiou um pacote de chicletes na fração de segundo em que ela virou a cabeça. Um homem mais velho foi até o caixa. Bully se preparou para fugir. – Graham, o que isso significa? *Entre em contato com Camelot, Watford?* – Ela apontou para a tela.

– Ah, certo – disse o homem, fazendo um movimento de cabeça para indicar que assumiria a tarefa.

Bully esticou o pescoço para ver e, quando viu de novo os olhos da moça, ela estava olhando para ele de um jeito diferente, como se ele fosse alguém que ela devesse reconhecer.

– O que foi? Diz aí que ganhei dez pratas?

– Não... Não é isso... – respondeu o gerente, e o garoto praguejou e começou a se afastar.

– Ei, não! Espere um segundo... – Bully se virou de volta e o homem o surpreendeu ao devolver o bilhete com um ar preocupado. – Você ganhou muito *mais* do que isso.

– Quanto é muito *mais* do que isso, então?

A moça deu um sorriso afetado e Bully fez cara feia para ela.

– Não sei, não posso dizer, mas não é um prêmio instantâneo em dinheiro. Não é algo que possamos lhe pagar do caixa.

É demais – completou o gerente ao ver a expressão do garoto. – Isso é tudo o que posso dizer, na verdade. Simplesmente precisamos seguir o que a tela manda.

Bully pensou nisso. Quanto seria demais para o caixa? Ele já tinha visto maços de notas de dez e de vinte quando abriam a gaveta para dar troco... lá dentro deveriam ter pelo menos trezentas ou quatrocentas pratas... talvez mil, ou até *mais*.

– Quer dizer então que esse bilhete é seu? – indagou o homem, tentando fazer uma expressão desinteressada, falando como se estivesse apenas perguntando, como se não se importasse de verdade.

– É... mas foi outra pessoa quem comprou – respondeu Bully, para o caso de o homem não acreditar que um garoto como ele tivesse dinheiro para comprar bilhetes de loteria.

E foi então que ele lembrou. Deveria ser *aquele* bilhete. E a lembrança daquilo, reaparecendo nítida na mente depois de todos aqueles meses, começou a doer de novo e a agitá-lo. Ele olhou ao redor, observando a loja movimentada para se assegurar de onde ficava a saída.

– Bem, alguém precisa telefonar para o número no bilhete... – O homem devolveu lentamente o papel para ele. – Ou podemos ligar daqui, se você quiser. Você está com a sua identidade?

– Não, tudo bem – disse Bully.

Ele não queria ninguém aparecendo para fazer perguntas, todo tipo de perguntas.

– É melhor você ir...

Bully cortou a fala do homem.

– Estou indo, pode deixar! – disse, interpretando mal o tom de voz do gerente.

– Não, estou falando do bilhete. Existe um prazo para solicitar o prêmio.

– O quê? Mas você acabou de olhar para ele!

O sujeito já estava tentando passar a perna nele.

– Não, começa a partir da data de emissão... Cento e oitenta dias... Aqui, está vendo? – O homem se inclinou sobre o balcão e apontou para a data meio apagada no bilhete. – Aqui, 16 de fevereiro – disse, como se Bully fosse burro. Ele sabia qual era o dia no bilhete, não precisava olhar para os números para saber.

– Tem certeza de que não quer que eu telefone para Camelot para você?

Bully balançou a cabeça como se fosse Jack com uma ratazana na boca, mas depois, quando tinha certeza de que já tinha deixado claro que não, soltou uma pergunta:

– O que acontece com ele então... com o prêmio... se ninguém telefonar a tempo?

– Bem... – começou o gerente, ponderando. – Não tenho certeza, mas imagino que apenas volte para o prêmio acumulado, ou seja, doado para caridade, ou algo desse tipo.

Para *caridade*? Por que fariam isso? Desperdiçar todo o dinheiro dele com criancinhas e cadeiras de rodas.

O homem continuou falando, mas Bully não estava mais prestando atenção. Olhava fixo para o bilhete. Em que dia estavam? Ele olhou para os números verdes na tela do caixa. Estava escrito 18h45 em um lado e 09/08/13 no outro. Mas o que *aquilo* queria dizer? De repente, Bully não conseguia entender o que os números significavam. Ele *era* burro.

O garoto se virou e olhou para um dos jornais para obter um dia certo, com um nome. Era sexta-feira. Nove de agosto. Ele contou nos dedos os meses de fevereiro a agosto. Quase seis meses. E então, quantos dias dava aquilo? Havia alguns meses com mais dias do que outros, e ele tentou tocar uma cantiga enferrujada dentro da cabeça. Fevereiro tinha 28 dias, exceto em anos bissextos, sabia disso.

Olhou de novo para a data no jornal. Era complicado demais contar os dias exatos, então simplesmente multiplicou trinta por seis para tirar uma média. Mas essa conta também pareceu impossível. Então, em vez disso, tentou seis vezes três, o que dava dezoito, e acrescentou um zero. Já dava 180! Nesse momento, ele ficou com medo de já ter perdido o prazo.

Mas o homem sorria para ele.

– Você tem cinco dias... bem, seis se incluir o que resta de hoje... esse é o tempo que ainda resta para sacar o bilhete – disse o gerente.

Então se debruçou sobre o caixa, e a expressão em seu rosto mudou: como se quisesse dizer a Bully algo que não precisava falar, que não era parte do trabalho dele.

– E, se fosse você, eu não contaria a ninguém... até alguém solicitar o seu prêmio em Camelot.

05 **04** **30**
DIAS HORAS MINUTOS

Ainda na estação, Bully olhou de novo para o bilhete, para os números. Lembrava de tê-lo comprado para a mãe alguns dias antes de ela morrer. Ela provavelmente o tinha colocado dentro do cartão e o enfiado dentro da boca de papel porque não estava pensando direito com todos aqueles remédios. Ele guardou o bilhete no bolso de cima, junto com o cartão de transporte, e voltou a pensar em seu prêmio, uma pilha de moedas de uma libra em Camelot, em Watford. Olhou de volta para a loja, para o cartaz de loteria no lado de fora. Era um desenho de dedos cruzados para boa sorte com um sorriso curvo e idiota logo embaixo. Bully sabia que antigamente o cartaz da loteria trazia um homem montando a cavalo. E pensou naquele cavaleiro dentro de um castelo tomando conta daquela fortuna que não cabia no caixa. Sem dúvida um pouco daquele dinheiro cairia bem nesse momento, porque o garoto estava faminto – aquela dor na barriga começando de novo, como obras em uma estrada. Ele poderia pegar algo das mesas ao longo do rio ou tentar as caçambas de lixo do lado de fora da estação. Havia restaurantes aos quais ele ia dentro da estação, mas preferia ficar na rua quando o clima estava bom.

Caminhou para a saída lateral, atravessando um pequeno arco onde os táxis pegavam passageiros. Permaneceu próximo às paredes, fora do alcance do circuito interno de TV. Não gostava da ideia de pessoas olhando para ele, talvez *procurando* por ele, apesar de duvidar daquilo. Phil estava ansioso para

Bully sair do apartamento depois que a mãe dele morreu. Na verdade, nunca tinha gostado de ter o menino por perto. E também não gostava de cachorros. Bully só tinha conseguido permissão para ficar com Jack por causa da mãe no dia em que a levara para casa depois de agarrá-la com uma das mãos debaixo daquele 4x4.

Ele estava mergulhado nos pensamentos quando seus olhos o arrastaram de volta à superfície para que vissem o que ele estava vendo: bem na frente dele havia Tiras, Tiras de verdade dessa vez, desviando dos clientes no ponto de táxi.

Bully girou nos calcanhares. Depois, afastando-se do ponto de táxi, agachou-se e dobrou para a esquerda no Burger King, o estômago assumindo o controle do raciocínio por causa da situação emergencial. Ao entrar, puxou uma sacola amassada de um dos bolsos grandes do casaco. Deixou a bolsa encostar no chão por um segundo. Não precisou dizer nada: Jack saltou para dentro dela.

"Shh", disse, depois pegou o pedaço de toalha e a esticou por cima da cabeça dela.

Foi direto para o segundo andar, evitando os olhares dos caixas do Burger King. (Se você olhasse para eles, eles olhavam para você.) A primeira coisa que fez antes de procurar restos de comida foi ir ao banheiro. Ele só se sentava em um vaso sanitário a cada três ou quatro dias. Pessoalmente, achava isso adequado. Não gostava de *ter* que ficar sentado por cinco, dez minutos. Era como estar de volta à escola, esperando acabar... E, dez ou quinze minutos mais tarde, acabou... dever cumprido.

A segunda coisa que fez foi encher de novo sua garrafa d'água. Dava para viver meses sem comida, mas somente alguns dias sem água. Phil costumava falar sobre isso no apartamento: ficar sem provisões longe da base não era problema. Talvez você perdesse alguns quilos... Mas você ficar sem água *no campo* era algo que ninguém gostaria de experimentar. De jeito nenhum. Se bem que, durante todo o tempo que Phil havia morado com eles, Bully nunca o vira beber água no apartamento, muito menos em um campo.

"Ele é como um camelo humano" – assim a mãe dele costumava dizer antes de Phil voltar para o apartamento com um buracão nas costas como um cogumelo crescendo na direção errada. Depois daquilo, ninguém mais falou de camelos.

Bully lavou as mãos e as secou direitinho, como se fosse operar alguém. Tentou consertar o cartão para que ele voltasse a falar. Era algo muito delicado de se fazer sem quebrar o mecanismo, mas ele conseguiu encaixar a pequena bateria de volta no lugar, na parte interna. Bully abriu o cartão; nada. Praguejou um pouco, mas, em seguida, lembrando-se dos mais e menos, removeu a bateria, virou-a e tentou de novo. Finalmente ouviu o que precisava ouvir.

Suspirou, a barriga estremecendo de tanta fome, e guardou o cartão. Aprontando-se para sair do banheiro, olhou no espelho e viu um garoto magricela, esquálido, encarando-o com uma expressão que dizia "Tá olhando o quê?".

Ele se inclinou na direção do espelho. Conseguia ver onde o gorro tinha ficado naquelas últimas semanas quentes porque a parte de cima da testa estava mais pálida do que o resto da pele. Ele estava muito moreno nas partes em que o sol batera, mas as bochechas continuavam avermelhadas. Sua mãe dizia que era porque as pessoas as beliscavam quando Bully era bebê, porque ele era fofo demais, mas ele não acreditava naquilo. E ele tinha olhos grandes que mesmo assim não eram melhores para enxergar e lábios meio arroxeados, como se tivesse levado um soco alguns dias antes. Bully queria ter espinhas. Elas faziam a pessoa parecer mais velha, pois deixavam pequenas cicatrizes.

O garoto pegou a si mesmo esfregando o lábio superior para ver se era apenas sujeira grudada ali. E, apesar de ser apenas sujeira, ele sem dúvida ainda aparentava dezesseis anos. Talvez dezessete, pensou, arrepiando o cabelo para compensar os centímetros perdidos com o gorro. Mas os fios estavam ensebados demais e caíram de volta.

    Jack choramingou e começou a arranhar os joelhos dele com as pernas compridas porque também estava com fome, mas não se podia deixar um cachorro fazer isso.

    – Desce... desce. Vamos lá, ok, tudo certo, parou, amiga. Eu já disse que a gente vai conseguir alguma coisa para comer. Você precisa ter mais paciência – disse, dando muita importância àquilo, pois se sentia culpado. Jack estava crescendo também e precisava de mais comida do que Bully dava.

    Ele abriu a porta do banheiro e deu uma olhada no lugar. Uma das funcionárias do Burger King limpava as mesas. Bully aguardou até que ela voltasse para o primeiro andar. Assim que ouviu o barulho dos sapatos dela, saiu e se sentou à sua mesa favorita, depois conectou o celular na tomada que os faxineiros usavam. A bateria estava uma porcaria. Mesmo que ele desligasse o aparelho, ela ainda descarregava depois de poucos dias. Depois que telefonasse para Camelot, Bully compraria um novo com as quinhentas libras ou o que quer que fosse demais para o caixa. Um aparelho no qual pudesse jogar jogos de verdade.

    Olhou ao redor para ver o que havia para comer. O segundo andar estava começando a ficar mais silencioso nas noites de verão. Nesse momento, havia apenas um velho comendo cada migalha de comida da bandeja e uma mãe e um pai com duas crianças fazendo bagunça com as batatas fritas, os brinquedos grátis ainda novos dentro das embalagens. A mãe e o pai olharam desconfiados para Bully, mas as crianças não repararam na presença dele. Quando a família foi embora, ele andou de lado até a mesa, de olho para perceber a aproximação do gerente, dos tiras ou de qualquer um que não fosse com a cara dele. Pegou a bandeja, guardou os sachês de ketchup para comer mais tarde, comeu as batatas fritas e, esforçando-se muito para manter o autocontrole, levantou a toalha e passou para Jack os pedacinhos de hambúrguer.

– Eu mimo você – disse, da mesma forma como a mãe costumava falar para ele.

O celular fez um *bip*, voltando a ligar. Uma foto de Jack quando pequena, com um focinho branco comprido, iluminou a tela. Quando a mãe dele ainda estava viva, o papel de parede era uma *selfie* que ela havia tirado com os braços em torno do pescoço dele. Ela estava usando um chapéu engraçado na foto para cobrir a careca, engraçado porque ela nunca usava chapéus. Mas ele tinha deletado a foto algum tempo antes porque não queria pensar nela daquele jeito, usando um chapéu.

O celular estava sem crédito. E Bully precisava de crédito para ligar para Camelot. Ele imaginou o castelo, dessa vez com água ao redor e cavaleiros em motos em vez de cavalos, circulando com metralhadoras, tomando conta do prêmio dele.

Ouviu passos na escada e se preparou para se esconder no banheiro, mas era apenas um zumbi com ar de *geek* carregando um laptop. O sujeito parecia feliz demais para ser qualquer tipo de oficial, relaxado demais, e Bully decidiu que poderia arriscar. Falou com o melhor tom de voz que tinha, o que usava para perguntas e favores.

– Onde fica Watford, amigo?
– Como?
– Watford, amigo. Fica muito longe daqui, amigo?
– Hmm, bem, na verdade, não sei. Fica meio que no norte de Londres, *ao* norte de Londres. Deve ficar perto de Hemel Hempstead... Passando por Rickmansworth...

Bully não precisava de uma aula sobre aquilo, só queria que o homem desse a informação. Talvez aquele cara fosse professor.

– Fica muito longe?
– Não sei... uns trinta e cinco quilômetros.
– Quer dizer que dá para andar até lá?
– Imagino que sim. Se a pessoa quiser muito. – O homem soltou uma gargalhada e Bully apenas concordou com a cabeça.

– É – disse, pois talvez precisasse caminhar se não conseguisse nenhuma esmola nem resolvesse entrar em um trem e arriscar perder um dos cinco dias respondendo perguntas caso fosse pego.

Ele se aprontou para ir embora, mas depois pensou mais uma coisa. Talvez, se entrasse na internet, pudesse descobrir exatamente quanto tinha ganhado. Quanto era demais para o caixa.

– Você poderia conferir meus números no seu computador?

O homem hesitou em dizer sim, mas tampouco disse não ou balançou a cabeça.

– Desculpe, que números?
– Da loteria. Os números. Não os dessa semana. Não quero esses.
– Não, tudo bem, mas não sei se consigo uma conexão aqui dentro... – disse o sujeito, colocando a mão na tela e baixando os olhos para o chão para ver se a bolsa continuava ali. Nesse momento, viu a cabeça de Jack despontando para fora da sacola. Titubeou e ajeitou a postura.

– Ele está bem aí dentro?
– Não *mora* aí dentro, amigo.

O homem relaxou um pouco.

– Ah, certo. É seu cachorro, é?

De quem mais ela seria, sentada ali ao lado dele comendo pedacinhos de hambúrguer? Por que as pessoas ficavam perguntando aquilo a ele? Como se Bully a tivesse roubado de um cego ou algo assim. Jack era tão boa quanto qualquer labrador bacana. Ela era capaz de levar qualquer um a qualquer lugar, mesmo que a pessoa não tivesse olhos.

– É. É *meu* cachorro – respondeu, esforçando-se muito para se controlar o bastante para manter a paciência com mais um zumbi fazendo perguntas idiotas sobre Jack.

– Ah, sim. Legal, cachorro bacana. – Ele abriu o laptop e começou a teclar. O cara não sabia nada sobre cachorros, Bully percebeu. – Certo... E então, quando foi o sorteio? Qual é a semana que a gente está procurando?

O que ele queria dizer com *a gente*? O garoto não gostou de como aquilo soou, como se o homem quisesse obter algo para si apenas por apertar as teclas. Bully pegou o bilhete e leu a data do sorteio. O homem entrou no site da Camelot, depois virou o laptop para mostrar ao garoto os resultados. Bully se inclinou um pouco para a frente, murmurando para si mesmo, mas sem dizer nada, igual ao mendigo na ponte. E, durante quase um minuto, leu os números da direita para a esquerda, da esquerda para a direita, comparando-os com os números aleatórios no bilhete, que segurava debaixo da mesa.

O homem começou a ficar desconfortável de novo.

– Alguma sorte?

– Não... não. Não acertei nada. Preciso ir – disse Bully. Então se levantou, tirou o celular da tomada e pegou Jack.

– Escuta, você quer isso? Não estou com muita fome. Só pedi pela bebida, na verdade.

O homem estava oferecendo o hambúrguer, ainda na embalagem, como se o estivesse jogando fora. Bully pegou o sanduíche, dividiu-o ao meio e engoliu tudo antes de chegar ao pé da escada. E, apesar de faminto, esforçou-se para engolir, pois estava calculando (as melhores contas que já tinha feito) quantos milhões de refeições iguaizinhas àquela conseguiria comprar. E ainda ficaria com o troco.

05 **04** **02**
DIAS HORAS MINUTOS

Porque ele tinha todos os números sorteados. Todos os seis. Havia ganhado, tirado a sorte grande. Aquela que enlouquecia as pessoas. O grande prêmio. Ele não conseguia lembrar a quantia exata, mas era mais de um milhão. Eram sempre *milhões*.

Por que o gerente da Smiths não tinha simplesmente dito? Talvez não quisesse sair gritando os números, com todo mundo se aglomerando em volta deles. Mas, depois, Bully se lembrou de que nada aparecera na tela, ele mesmo tinha olhado. *Contate Camelot, Watford...* era tudo que estava escrito. O gerente *sabia* que ele havia ganhado muito dinheiro. Só não sabia quanto.

Com certeza tinha aparecido alguma coisa no noticiário ainda no inverno, mas Bully não ouvia nenhum noticiário desde que deixara o apartamento. E, apesar de assistir à TV às vezes através das vitrines das lojas na Strand e na enorme tela gigante acima das plataformas em Waterloo, eram apenas notícias silenciosas. E ele não *lia* notícias. Só revistas.

– A gente ganhou, amiga... a gente ganhou – disse para Jack, mas aquilo ainda não tornava a situação real o bastante.

Bully curtiu um pouco a ideia de que estava rico, rico de verdade, como na TV, com dinheiro suficiente para comprar coisas, não apenas algumas coisas, mas *tudo* o que quisesse. E tinha o resto da noite, e mais cinco dias, se tivesse vontade, para se sentir *assim*, aquela sensação de aguardar algo ansiosamente.

Ele queria contar a alguém. *Precisava*. O impulso era forte, como uma fome boa. O gerente da Smiths tinha dito para não fazer aquilo, mas devia estar falando sobre alguém que o menino não conhecesse, certo? Então, Bully se esgueirou de novo para fora da estação, atravessou o arco, desceu a escada dos maquinistas mortos e voltou na direção do rio, em busca de um rosto conhecido. Não havia ninguém no lado em que estava, somente as pessoas que comiam às mesas e os skatistas dando impulso nas calçadas, ficando mais corajosos agora que o sol começava a baixar, fazendo manobras nos bancos e nas grades.

Assim, ele atravessou a passarela, tapou os ouvidos com as mãos enquanto passava apressado pelos caras tocando trompetes, batucando nas grandes lixeiras de plástico para pedir dinheiro. Eles ficavam ali quase todas as noites durante o verão, mas Bully nunca parava para ouvir, não gostava do barulho. Havia muitos barulhos de que ele não gostava, mas não se incomodou com o grande relógio à esquerda, o Big Ben, que ficava ao lado do lugar dos políticos e que fez *bang, bang, bang* para marcar as nove horas, porque sabia o que aquilo significava. Estava na hora.

Apesar disso, Bully desviou o olhar para a direita, ao longo do rio, para os outros prédios empilhados acima da água, alguns de pedra, outros de vidro, um deles como um pedaço de gelo enorme e afiado. E, rio abaixo, o arranha-céu parecido com uma bala gigante de revólver, a ponte magricela e a igreja grande parecida com uma casquinha de sorvete borrada que alguém simplesmente desperdiçara e jogara fora.

Ele caminhou para a praça, deixou Jack examinar os leões marrons sujos que relaxavam em volta da Coluna de Nelson. Perguntou-se o que o homenzinho com o chapéu pontudo conseguia ver lá do alto. Talvez a ponte no fim do rio, que se abria para que os barcos passassem por baixo dela. Ele ainda não tinha conseguido reunir coragem para ir tão longe. Gostava de permanecer no pedaço que passara a conhecer. Ao longo da Strand, subindo a Kingsway e descendo a Charing Cross e o Haymarket, depois voltando através do rio até London Eye: era o mais longe que Bully ia. Um retângulo assimétrico de ruas, lojas e escritórios que, de alguma maneira, ao longo dos cinco meses e meio anteriores, ele tinha passado a considerar seu território, seu pequeno pedaço do mundo.

Agora, estava indo para a Strand. Os clientes estariam por lá, fumando na frente dos teatros, e ele talvez conseguisse umas duas pratas para colocar crédito no celular. Havia muitos daqueles teatros ao longo da Strand, e às vezes ele olhava para os pôsteres e observava as luzes piscando para as apresentações. Lá no apartamento, Phil, quando estava bêbado, costumava falar do *teatro da guerra*, todavia esse não era um daqueles teatros nos quais se interpretavam coisas e cantavam e dançavam por dinheiro. Phil dizia que, em vez disso, as pessoas atiravam umas nas outras.

Bully ficou vagando com Jack, em um mundo só dele, pensando no que compraria nas lojas quando estivesse voltando da Camelot em Watford. Queria um videogame. Um Xbox, o novo, e um PlayStation, mas não o Wii, que era para crianças... Ele olhou através de uma vitrine de uma loja para o programa idiota em todas as TVs. É, e queria uma TV de plasma grande, bem grande, 52 polegadas, talvez 62, talvez 100! Não, melhor do que isso, mandaria instalar uma tela em uma das paredes... Mas precisaria de paredes para isso. Portanto, antes de mais nada, talvez precisasse arrumar um lugar para todas as coisas que compraria.

Ele ouviu um assobio agudo, do tipo que nunca tinha aprendido a fazer, com dois dedos nos dentes de trás.

– Bully! – Alguns zumbis na frente do teatro olharam para os lados, pensaram que algo estava acontecendo, mas era apenas o nome dele. Bully era um diminutivo para buldogue, como o cachorro dele. Ou parte do cachorro dele, pelo menos.

– Bully, Bully! Você está bem!

Os dois Sammies se aproximaram, um pendurado no outro, rindo e tropeçando como se estivessem em uma corrida daquelas em que amarram a perna de uma pessoa na da outra. E estavam perto de chegar em último lugar.

O Sammy Homem se agachou para brincar com Jack, a outra Sammy, uma velha grandona, beijou Bully nos lábios.

– Tudo bem com você, querido? – perguntou ela, pendurando um braço em torno dele como se estivesse cansada de aguentar o peso por conta própria.

De perto, parecia ainda mais acabada do que quando Bully a vira pela última vez, como se fosse uma irmã mais velha dela mesma. Ele sentiu o cheiro da bebida, e os olhos dela o encararam, vagarosos. Não gostava de bebida. Já tinha experimentado, obviamente, mas tinha gosto de remédio, e por que teria vontade de tomar remédio quando não havia nada de errado com ele?

– A gente foi para Sunderland, não é mesmo, Sam? – disse a outra Sammy.

O Sammy Homem a ignorou, brincando com Jack, fazendo cócegas na barriga dela.

– Vai me morder? Você vai me morder, é? Quem é um cachorro malvado, hein? Quem é um cachorro malvado?

– Vocês pegaram carona? – perguntou Bully. Ele não gostava quando o Sammy Homem dizia aquele tipo de coisa para Jack, como se ela fosse um cachorro mau.

– De trem, querido.

Ele se perguntou como aqueles dois conseguiam dinheiro. Nenhum deles pedia muita esmola, pelo que ele sabia.

– Vocês viram Tiggs e Chris? – perguntou ele. Era de onde os dois estavam vindo, *do norte*, e Bully presumiu que todos de lá meio que soubessem o que todos os outros estavam fazendo.

– Não. Não sei onde eles estão. Devem estar virando os olhos de tão bêbados... – disse o Sammy Homem, colocando um dedo debaixo do olho e puxando a pele para baixo para Bully ver o globo inteiro brilhando na órbita.

Ele ouviu um sino tilintando dentro do teatro, e um ou dois zumbis começaram a fazer uma dancinha esmagando os cigarros debaixo do pé enquanto o resto voltava para seus lugares. Bully se esparramou nos degraus desocupados e ouviu o resto do que os dois Sammies tinham a dizer. Depois, contou sobre a situação com Janks.

– Ele ama cobrar impostos, sempre, sempre... cobrando impostos da gente – comentou o Sammy Homem.

– É, mas nunca é você quem tem que pagar – disse a outra Sammy, fazendo uma careta, e Sammy Homem a mandou *calar a boca* e mantê-la calada. E então todos concordaram que o rio ficaria melhor sem Janks, que nem mesmo morava na rua, e sim em uma casa, farreando a noite toda. O sujeito não precisava do dinheiro e, além disso, dava uma má reputação à calçada, cobrar impostos só para se divertir.

A outra Sammy pendurou os braços em torno do pescoço de Bully, como se fossem uma forca frouxa de ossos e carne.

– O garotinho que eu nunca tive – falou ela.

– Solta ele! – disse Sammy Homem, mas os braços dela permaneceram onde estavam.

O último dos zumbis entrou no teatro, e ninguém disse nada durante algum tempo. Bully conseguia sentir sua novidade querendo sair.

– Eu ganhei – soltou.

– Ganhou o quê? – indagou a outra Sammy, aérea. – O que você ganhou, querido?

– Na loteria. Eu ganhei!

– O quê? – A voz do Sammy Homem ficou mais aguda. – Quanto?

– Tudo – sussurrou Bully, quase para si mesmo, de modo que ficou surpreso quando ouviu Sammy Homem gozando da cara dele.

– Você *não* ganhou! Você *não* ganhou nada! Você estaria na televisão!

– Ele não é um doce? – disse a outra Sammy.

– Eu ainda não contei para eles, contei? E não quero nenhuma publicidade, de qualquer jeito! – Era algo que tinha acabado de decidir. Não gostava de ser fotografado desde que a mãe havia parado de tirar retratos dele.

– Claro que ganhou, querido – disse a outra Sammy, dando outro beijo nele. Ele tentou recuar sem incomodá-la, pois o lugar onde Janks o apertara estava dolorido. – Para onde você vai? – perguntou a mulher, rindo como se fosse uma brincadeira.

Ele passou a cabeça por baixo dos braços dela.

– *Eu acertei todos os números!* – A voz de Sammy Homem guinchava e rachava enquanto ele tentava falar bem agudo, fazendo graça da voz de Bully, que mudava toda hora.

O garoto se levantou.

– Acertei, sim, todos os seis! Escanearam e tudo o mais. E vou para Camelot pegar! Em Watford! – completou, para mostrar como era verdade, porque Watford era um lugar de verdade.

O Sammy Homem parou de rir e assumiu uma expressão séria, os olhos examinando o garoto durante alguns segundos antes de falar.

– Então vamos dar uma olhadinha nesse seu bilhetinho – disse ele em voz baixa. E Bully se deu conta de que tinha falado demais.

– O bilhete não está aqui, não. Está escondido...

Ele bateu com o mindinho no bolso do casaco para indicar a Jack que estava pronto para ir embora. Mas ela estava deitada de costas, ainda recebendo carinho na barriga.

– Está guardado onde, então?

– Deixei no guarda-volumes...

Bully assobiou baixinho com um pouco do ar que já estava soltando, e Jack rolou até ficar de pé, de volta ao serviço.

– Que guarda-volumes? Não tem guarda-volumes em Waterloo.
– O quê? É, é, não. Não *lá*.
– Onde? Cadê a *chave*, então?

Bully fez um teatro apalpando o casaco, fingindo procurar a chave.

– Não sei... Escutem, a gente precisa ir. Tem umas coisas a fazer. É, até mais.

E ele estava atravessando a Strand com passos largos, Jack em seus calcanhares, antes que qualquer um dos Sammies se levantasse.

– Bully, querido, não vá embora! – gritou a outra Sammy, mas ele não olhou para trás... atravessou a rua bem na frente de um ônibus, tirando um fino, Jack um pouco adiante, pois já sabia o caminho.

Os dois mantiveram o passo acelerado, atravessaram a passarela, passaram de novo pelos caras que ainda tocavam os trompetes e tambores por dinheiro e seguiram de volta para Waterloo, onde o sol estava começando a pensar em se deitar para dormir.

3

05 **23** **21**
DIAS HORAS MINUTOS

Ele não gostava de ficar rodando pela rua quando o sol brincava de esconde-esconde. Não era do tipo que vagava depois de escurecer. Gostava de se organizar, de se acomodar para a noite. Muitos dos garotos mais velhos gostavam das horas vazias, donos das ruas por algum tempo antes que o dia trouxesse os zumbis de volta à cidade. Mas Bully não gostava. Não era o escuro propriamente dito. Havia bastante luz nas ruas à noite em Londres. Não, ele não gostava da noite por causa das pessoas que surgiam nela. Como ficavam desagradáveis e faziam coisas que não fariam de dia. Por isso, ele sempre estendia a cama de papelão, os cobertores e o saco de dormir em frente à sua porta antes de o sol baixar.

O degrau no qual dormia ficava nos fundos de uma viela, um agradável bequinho sem saída transversal à rua Old Paradise, perto da estação, depois de uma pequena fileira de lojas com uma pintura de uma dançarina no final do muro de tijolos. Ela possuía uma tigela de bananas, laranjas e abacaxis equilibrada na cabeça, e Bully sabia que estava com muita fome quando passava por ali e *pensava* em comer uma fruta.

Não havia carros estacionados na viela. Ela só servia para jogar lixo. Duas caçambas de metal do tamanho de carros ocupavam quase todo o espaço. Ainda assim, quando o caminhão de lixo entrava de ré na rua principal nas noites de terça-feira, Bully se assegurava de que sua caçamba com rodinhas (que ele tinha roubado), com toda a roupa de cama que possuía, estava posicionada fora do caminho. Não queria precisar sair procurando cobertores novos à noite.

Tinha sido uma sorte conseguir aquele lugar. Ele havia passado a primeira noite na cidade vagando pela estação. Na segunda noite, estava tão cansado que adormeceu nos degraus ladeados pelas paredes com os nomes dos maquinistas mortos. *FUNCIONÁRIOS DA COMPANHIA QUE DERAM A VIDA DELES NA GRANDE GUERRA* era o que estava escrito na pedra.

Alfred Appleby
John Ardle
James Bootle...

Bully tentou se lembrar de qual guerra era a Grande Guerra, aquela que tinha sido tão *grande* que todo mundo ficava animado ao falar sobre ela. Na parede, dizia *1914-1918*, mas ele não tinha certeza de que essa era aquela com Hitler.

Phil havia contado que, no Exército, a parte dos combates, a parte da guerra, não era tão ruim, desde que a pessoa estivesse puxando o gatilho e fazendo alguma coisa. E que aquilo proporcionava certa emoção, sobreviver mais um dia. Mas nunca tinha falado que nada daquilo era um *grande* barato. E foi assim que ele caiu no sono na segunda noite, pensando em todos aqueles maquinistas mortos conduzindo trens *fantasmas* depois da guerra deles, e quase foi pego pelos tiras.

Chris o salvou: viu os tiras a caminho, então se aproximou dele, deu um cutucão e mandou Bully e Jack saírem dali. Bully passou o resto da noite vagando com Tiggs e Chris, entrando e saindo de restaurantes que serviam comida para viagem para evitar o frio. De manhã, foi com Jack até os fundos do McDonald's, e nesse momento achou seu lugar.

Agora se deitou no degrau. A entrada era pequena demais e o degrau, estreito demais para um homem grande ou até mesmo para um garoto mais velho com muito mais de um metro e meio se deitar, e o papelão se dobrava na beirada. Ele não sabia para onde a porta dava. Ninguém nunca a tinha aberto enquanto ele estava ali, não que estivesse acordado, de todo modo. Não havia nenhum nome ou número nela, somente um teclado, e às vezes Bully tentava adivinhar a senha para ver se conseguiria abri-la. Até agora, não teve sorte.

– O que é isso? – disse, catando espuma do saco de dormir do pelo áspero de Jack. – Tem um pouco de poodle em você, amiga.

Ele achava isso muito engraçado e dizia a mesma coisa toda noite, mesmo que não conseguisse encontrar espuma no pelo.

Contudo, passava mais tempo catando *pulgas* de Jack. A vista de Bully era boa o bastante de perto. O clima quente dos dias anteriores tinha multiplicado os insetos, e na véspera ele havia esmagado treze pulgas entre as unhas, apertando tanto que os dedos tinham parecido sangrar. Pensar nisso fez ele conferir a orelha de Jack. O corte era serrilhado como um bilhete rasgado, e ele esfregou um pouco do próprio cuspe na ferida por precaução, apesar de cuspe de humanos não prestar para cães.

Jack choramingou um pouco e depois se aninhou junto ao garoto. A plaquinha de identificação dela tocou a pele dolorida de Bully. E, como era de metal, estava fria, apesar do calor da noite. Ele coçou embaixo da mandíbula dela com uma das mãos e, com a outra, esfregou o disco de cobre entre os dedos. A mãe dele tinha pagado mais caro para que gravassem o nome de Jack na plaquinha. Bully passou os dedos no nome entalhado no metal. Aquilo lembrou a ele do dinheiro.

De repente, Jack se contorceu para se afastar dele e se levantou, apontando para as caçambas. O rosnado dela começou a tiquetaquear.

Ratazanas.

45

Uma pequena tinha entrado no saco de dormir no inverno e mordido a orelha dele. Bully acordara gritando e vira Jack balançando a cabeça como que dizendo *não, não, não* para a ratazana em sua boca.

Ele estava prestes a mandar Jack avançar contra a ratazana quando um *bip, bip, bip* soou da saída de emergência nos fundos do McDonald's. Um dos garotos dos hambúrgueres estava jogando o lixo fora. O lugar ficava aberto vinte e quatro horas, e aquilo se repetia durante a noite inteira. O alarme costumava despertar Bully no começo, quando ele tinha chegado lá, mas hoje em dia ele dormia direto na maior parte do tempo. Às vezes, de manhã cedo, procurava comida nas caçambas, mas não gostava de entrar nelas com todos aqueles sacos pretos bagunçando tudo. Além disso, talvez houvesse ratos presos ali com ele na escuridão.

Quando a porta fechou e o alarme parou, Jack se acalmou e a ratazana se foi. Bully pegou o Super Trunfo. Tinha se lembrado de pegar o jogo ao sair do apartamento. Examinava as cartas quase toda noite, decifrando o que Jack era a partir das fotos e descrições das diferentes raças. As categorias eram *altura, peso, habilidade de cão de guarda, raridade* e *amabilidade*. Jack não se saía muito bem em altura ou peso, perdendo para os cães grandes, mas compensava nas outras três categorias. Apesar de a raça dela não aparecer no baralho, ele tinha certeza de que havia partes dela entre todos aqueles pedigrees e, quase toda noite, procurava exatamente qual mistura de raças ela era. Um pouco de setter irlandês, talvez, em torno do pescoço, e no jeito como ela às vezes apontava com o focinho comprido, como um cão de caça. Ou... talvez Jack fosse misturada com algo muito, muito maior, e fosse apenas a menor da ninhada. Era a primeira vez que ele pensava aquilo. Talvez ela fosse parte mastiff inglês e parte dogue alemão. Eram cães grandes, maiores do que homens, e eram raças de verdade, com *ancestrais* e *linhagem*. Pelo menos era o que as revistas de cachorros diziam. Era uma possibilidade a considerar.

Um pouco depois, ele guardou as cartas e tentou dormir, mas estava agitado demais. Sempre que começava a pegar no sono, os pensamentos sobre o que compraria com o dinheiro borbulhavam. Um lugar para morar, em primeiro lugar. Uma cobertura bem no alto de um prédio de onde pudesse ver tudo, bonita e silenciosa, com uma piscina só para ele e sem nenhuma criança gritando. Mas uma cobertura seria grande o bastante para todas as coisas que teria? Então, talvez ele comprasse uma casa que não fosse colada na vizinha, com um jardim. Uma casa grande, bem grande, com muitas janelas para que ele conseguisse enxergar o que estivesse se aproximando a quilômetros de distância. E o telhado seria de vidro também, para que Bully visse os aviões e o céu quando olhasse para cima. E ela teria alarmes de segurança, arame farpado e uma cerca elétrica para eletrocutar os vagabundos que merecessem. E todos os jogadores de futebol morariam lá. E todos os quartos teriam geladeiras cheias de latas de Coca-Cola. E haveria camas. Mas apenas camas de tamanho normal, como a que ele tinha no apartamento. Seria o bastante. E Jack poderia ter o próprio quarto, cheio de brinquedos barulhentos, varetas e latas de comida sem *nenhuma* cinza. Ele pagaria a alguém para escolher a marca.

Bully pegou o bilhete de loteria para observá-lo de novo, para se assegurar de que continuava real. Olhou os números. Em seguida, virou-o para ler atrás.

Regras do jogo...

As letrinhas vermelhas eram difíceis de ler na sombra. Ele pegou um isqueiro e passou a chama amarela em frente às palavras. Algumas pareciam estranhas: o que eram *aspectos*? Seria *emendado* algo que fora remendado? Não importava. Ele tinha os números. E ainda restavam cinco dias. Telefonaria no dia seguinte. Camelot em Watford. Conseguiria comprar algum crédito para o celular, ou então usaria um telefone público. Depois, pegaria seus milhões. A ponte levadiça desceria e o deixariam entrar em Camelot, naquele castelo, e os cavaleiros mostrariam o dinheiro a ele. Bully sabia que, na realidade, não seria assim, mas gostava de pensar nisso de qualquer jeito.

Estava na penúltima das regras, a pedra do isqueiro começando a esquentar seus dedos.

É ilegal para qualquer pessoa com menos de dezesseis anos comprar bilhetes ou coletar prêmios.

Bully nunca havia pensado nas regras. Já tinha olhado para elas atrás dos bilhetes antes, contudo jamais *pensara* a respeito delas, no que significavam quando comprava um bilhete para a mãe, o Velho Mac no caixa fazendo vista grossa desde que você estivesse na loja dele. E, para o caso de Bully não ter entendido, na parte inferior do bilhete havia um círculo vermelho com um quinze dentro, cruzado por uma linha.

Ele largou o isqueiro.

Era novo demais para jogar.

4

04 **17** **03**
DIAS HORAS MINUTOS

Ele passara a noite toda planejando, caindo no sono e acordando em seguida com um sobressalto sempre que os garotos dos hambúrgueres jogavam o lixo fora. Algumas vezes, levantou-se e praguejou alto o bastante para ecoar no beco. Eventualmente, como se estivesse em uma aula na escola com um professor rígido, acalmou-se para fazer o que deveria, que era decifrar como obter seu dinheiro. Não havia nenhum nome no bilhete. Nada nele além dos números e da data em que tinha sido adquirido – como um recibo, um *comprovante de compra*, mas não um comprovante de *quem* o havia comprado. Como não poderia resgatar o prêmio porque era novo demais para jogar, então precisaria encontrar alguém que fosse velho o bastante para resgatá-lo por ele.

Quando o sol encontrou o beco, ele já tinha elaborado uma lista mental das pessoas com quem podia contar. Era uma lista curta, pois deveria ser alguém em quem pudesse confiar para receber o dinheiro e devolvê-lo a ele. Só tinha existido uma única pessoa no topo dessa lista, mas ela não podia ajudá-lo. Chris ficava em segundo lugar, e Tiggs talvez estivesse um pouco mais abaixo, mas nenhum deles estava por perto, de acordo com o que os dois Sammies tinham dito. E, de repente, ele não confiava em nenhum dos Sammies. O terceiro na lista era Kevin, mas ele tinha ido morar com a mãe na Ilha dos Cães (onde quer que fosse aquilo). Portanto, o quarto na lista era Stan. Ele era velho o bastante, Bully tinha certeza, e estava sempre por ali no outro lado do rio. Bully começou a mandar uma mensagem de texto para ele, mas lembrou que continuava sem crédito. Pensou em pedir esmola para conseguir algumas libras, mas queria começar logo a pôr o plano em ação, atravessar o rio e pensar a respeito depois. E, de todo modo, alguém saberia onde Stan estava, a vida na rua era assim. Alguém conhecia alguém que conhecia o alguém que você estava procurando, e desse jeito era possível encontrar qualquer pessoa sem nenhum crédito no telefone.

Ele desceu a Old Paradise rumo ao rio, Jack rolando de vez em quando ao sol, coçando um novo lote de pulgas. Ele parou na via de mão dupla com as barreiras e as grades que se estendiam ao longo do rio. Havia um velho túnel que corria paralelamente à rua. Bully seguiu o percurso por cima e terminou perto da estação. O túnel costumava servir para carros, mas agora era somente para os zumbis.

No entanto, ele nunca ia lá embaixo, mesmo quando chovia. Até mesmo durante o dia, com as luzes compridas e o sol invadindo as beiradas da escuridão, não gostava de estar *debaixo* do solo, se possível. Aquilo o fazia pensar na mãe e em onde ele a tinha deixado.

Depois que ela morrera, Phil a levara de volta para o apartamento em um grande pote de plástico para balas. O que restava depois que o fogo queimava você. Ele sabia que as pessoas deveriam espalhar as cinzas, mas, quando elas sumiram sem nenhuma cerimônia, *suspeitou* de que não tinham sido espalhadas, mas sim *jogadas fora*, o que de forma alguma era a mesma coisa.

Encontrou as cinzas no fundo da caçamba de lixo do andar no qual moravam. Não disse nada a Phil, mas as guardou debaixo da cama, no pote de balas, durante dois dias. E depois, quando deixou o apartamento, levou-as consigo. Planejava fazer o trabalho por conta própria, espalhá-las no rio a caminho da estação de trem, pois a mãe sempre tinha sonhado fazer um cruzeiro em um navio. No entanto, quando chegou a hora, não conseguiu suportar se livrar dela daquele jeito, vê-la pela última vez ao sacudi-la para fora do pote, no frio do inverno, e observá-la afundar. Portanto, usando somente as mãos, enterrou o pote, com a intenção de guardá-lo em um pedaço de terra que a prefeitura nunca se dava ao trabalho de cobrir com flores. Marcou o local com um pedaço de uma pedra de calçada quebrada. Assim que recebesse o dinheiro, voltaria, escavaria e pegaria o pote de volta e levaria a mãe para um cruzeiro no Caribe, espalhando-a em algum lugar quente e bonito.

Quando chegou ao seu próprio rio, Bully foi até a passarela. Tinham quase terminado de atravessá-la no momento em que Jack se acocorou, estremeceu e fez um grandão. Uma mulher sozinha indo na direção dele parou quando viu o que Jack estava fazendo e retorceu o rosto coberto de maquiagem como se não conseguisse entender o que saía do traseiro dela.

– Você vai pegar isso? – indagou, mantendo uma distância segura.

Bully mostrou o dedo do meio e disse que seu cachorro precisava fazer aquilo em algum lugar, não precisava? Em seguida, falou para a mulher aonde ela deveria ir e como fazer para chegar lá. E, quando Jack terminou, ele não pegou... aquilo *era* nojento... e os dois terminaram de atravessar até o outro lado da água.

Ele procurou Stan com atenção na Trafalgar Square e ao longo da Strand. Mas ainda estava cedo, as lojas apenas começavam a levantar as grades, e alguns homens ainda dormiam em uma ou duas entradas, as cabeças protegidas da luz. Mas as portas estavam quase todas molhadas, e não havia gente em frente a elas. Não tinha chovido. Elas haviam sido lavadas na noite anterior. Os homens da limpeza só faziam aquilo na Strand e em algumas poucas ruas movimentadas que os zumbis passavam a maior parte do dia subindo e descendo. Bully tinha ouvido os Daveys reclamando daquilo – *lavagem quente*, era o que diziam. Era assim: primeiro, faziam você se levantar e começar a falar, dando-lhe um bom copo de chá quente e preenchendo formulários enquanto um dos lavadores usava a mangueira na porta às suas costas, deixando seu papelão encharcado a noite toda. Bully atravessou o Covent Garden, sentindo-se sortudo por ter o luxo de um degrau seco toda noite. Arrastou-se pelas ruas cheias de calombos em busca de algo para comer, bocejando e coçando a cabeça já que o sol da manhã fazia cócegas. Não dava mais um nome específico para a refeição da manhã. Era simplesmente hora de comer quando sentia fome, o que acontecia a maior parte do tempo.

Enquanto caminhava, tateou o bolso superior no qual estava o bilhete da loteria, atento aos caminhões de entrega que estacionavam diante dos pequenos mercados. Às vezes, quando deixavam a traseira aberta, dava para pescar um pacote ou uma lata. Certa vez, ele tinha conseguido pegar um *peixe* com cauda, escamas prateadas e olhos congelados, mas não podia vendê-lo nem comê-lo, então o carregara até o rio e depois o jogara da ponte. O bicho fez um *splash* igual ao de um peixe vivo de verdade caindo de volta na água.

Quando chegou à avenida Shaftesbury, Bully parou. E, apesar de estar ok para atravessar, ônibus e táxis rodando devagar no vazio do começo da manhã de um sábado, ele apenas parou e ficou olhando a rua. Normalmente, não ultrapassava aquela fronteira imaginária. Era como um rio para ele – na mente dele, de todo modo –, como se houvesse água suja e escura correndo entre os meios-fios. O problema era que Stan gostava de ficar pelo Soho, do outro lado da avenida. E, apesar de precisar da ajuda dele, Bully se virou de volta para o Covent Garden para esperar um pouco no seu próprio lado.

Viu um Davey procurando papelão novo no lixo descartado pelas lojas. O sujeito ficava puxando pedaços, testando a qualidade deles, conferindo a espessura. Bully o abordou com cautela, como se o homem fosse uma raça de cachorro com a qual não tivesse certeza de como lidar.

– Tudo bem, amigo? Você viu o Stan?
– Tira esse cachorro de perto de mim! Deixa ele longe!
– Ela não vai machucar você. – O Davey torceu o nariz: não tinha tanta certeza. E o medo do homem deixou o garoto mais confiante em relação às perguntas que faria. – E então, você viu o Stan ou não?
– Tem um cigarro, cara? – perguntou o homem, como que colocando um preço no que tinha a dizer.
– Não, amigo.

Bully tateou os bolsos para mostrar que não tinha nada para fumar, então o velho se agachou e começou a vasculhar a calçada e os bueiros em busca de guimbas de cigarro. Bully observou enquanto ele rasgava um papel de embrulho do Subway em tirinhas, depois abria com a ponta da unha todas as extremidades das guimbas que tinha encontrado e espalhava o tabaco no papel, fabricando um cigarro do nada. A mãe de Bully nunca fumava, não no apartamento, mas Phil sim, e havia pequenas manchas marrons no teto acima do canto do sofá e da chaleira na cozinha. Bully já tinha experimentado cigarros, cigarros de verdade, tirados de um maço. Mas não havia gostado da sensação da fumaça obstruindo seus pulmões. E ele não fazia muita coisa de que não gostasse.

– E aí, você viu o Stan ou não, cara?
– O Stan? Não... Mas vi o Mick.

Bully fez que sim com a cabeça. Mick era um Davey velho, bem velho. Durante alguns anos, tinha morado em um apartamento só para ele em Hammersmith, mas não havia conseguido se habituar a ele... Reclamava que havia paredes demais. Então, tinha voltado para a calçada. Foi então que Mick se enturmou com Stan. A relação dos dois era parecida com a que ele tinha com Jack, um cuidando do outro, mas Bully não confiava em Mick; ele nem constava da lista de pessoas confiáveis.

– E então, onde é que ele está? – perguntou o garoto, a paciência se esgotando agora que ele não sentia mais tanto medo daquele Davey porque o homem estava parado, sentado no meio-fio.

– Ele está dormindo atrás da Hanways.

– O quê? Onde é isso?

– Vocês, garotos, ficam perdidos só de dar meia-volta. Fica na Oxford Street.

– É, é, eu conheço – disse o garoto, apesar de o lugar não ficar nem um pouco perto do seu território.

– Você tem isqueiro? – perguntou o Davey.

– Não – respondeu Bully por reflexo, mas depois pegou um de seus isqueiros. Não precisaria dele. Em pouco tempo poderia comprar um bilhão de isqueiros e milhões e milhões de cigarros, e talvez desse todos a Phil, para que ele fumasse até morrer. – Pode ficar com ele – disse, jogando o isqueiro. O velho o pegou, mas continuou a encará-lo.

– Você é o garoto que tem o bilhete?

– O quê?

Bully congelou.

– É você? O cachorro é seu, não é?

O choque da notícia saindo da boca do velho o deixou tonto.

– Eu não, cara – respondeu. Jack sentiu a mudança na voz de Bully e rosnou para o homem, dando-lhe a encarada que mostrava os dentes da frente.

– Me empresta uns trocados – pediu o velho, estendendo as duas mãos, deixando o isqueiro cair.

Então começou a gritar, xingando Bully pelas costas enquanto o garoto fugia. As poucas pessoas que os observavam em Covent Garden poderiam ter pensado que se tratava de uma encenação; aquele garoto dando socos no próprio braço e no pescoço, como se tentasse espancar a si próprio. Mas ninguém lhe jogou dinheiro. Ele parou e recuperou o fôlego. Deveria ter ficado de boca fechada na véspera. Precisava pensar sobre aquilo agora, sobre o que diria se qualquer outra pessoa chegasse fazendo perguntas. Negaria ser o garoto, mas não poderia dizer que Jack não era *aquele* cachorro. Não existia outro como ela, com aquela cabeça cheia de dentes e as pernas dianteiras engraçadas que lembravam Bully de um garotinho que tinha visto certa vez tentando carregar uma bola de boliche de dez pinos. Na verdade, ambos chamavam atenção; não se encaixavam. Ele precisaria fazer algo a esse respeito. Mas, enquanto isso, pegou a sacola e mandou Jack saltar para dentro dela e ficar quieta.

Ele chupou o lábio inferior, acalmando-se, e descobriu que continuava com fome. Precisava de algo para *comer*. Começou a procurar nas caçambas. Hesitante, escavou os jornais gratuitos. Não queria pegar Aids. Algumas coisas estavam boas se não estivessem muito no fundo, porque isso significava que eram da noite anterior, limpas e tudo o mais. Afinal, ele não comia simplesmente *qualquer coisa*, não era um catador de lixo. Encontrou um milk-shake. Deu um gole, mas cuspiu, torcendo o rosto para se livrar do sabor, pois era de morango.

– Você está com fome, menino? – Bully se virou, recuando instintivamente ao ouvir a voz. Um homem que trabalhava em uma loja de comida estava falando com ele. Era magrelo e moreno, tinha um sotaque engraçado e usava um tipo de avental, igual a uma garota. – Espera. Fica aí que eu vou pegar alguma coisa quente para você.

O homem entrou na loja de comida. *Pâtisserie* era o que estava escrito. Bully o observou com cautela. O sujeito voltou com alguns bolos e uma xícara de papel.

– É de ontem. Mas esquentei, então ainda está bem gostoso.

Ele mordeu com hesitação um dos bolos. Era quebradiço como uma torta de carne com chocolate dentro. Ele já havia comido aquilo. O homem viu a sacola se mover.

– O que tem aí dentro?

– Meu cachorro.

O sujeito espiou dentro da sacola e franziu a testa como se não acreditasse, logo após recuou um passo.

– O que esse cachorro está fazendo aí?

– Descansando – respondeu Bully, e, como Jack estava em silêncio e boazinha, deu a ela uma das tortinhas como recompensa, ainda que chocolate fosse ruim para cachorros.

Então pegou a bebida, deu um gole e colocou a língua para fora. Café.

– Quer açúcar? – perguntou o homem. Bully fez que sim.
– O que você pensa que isto aqui é, um café? – O sujeito riu, estendendo três pacotinhos de açúcar que tirou do avental, então Bully os esvaziou na xícara e os jogou fora. – Ei, cuidado com minha calçada!

– O quê?

O homem apontou para um dos pacotes vazios de açúcar rolando pelo chão. O garoto colocou o pé em cima dele.

– Você vai pegar? – Os dois se entreolharam por alguns segundos, depois o sujeito olhou para a sacola. – Prefere chá?

– É, é – disse Bully.

– Tudo bem... Você pega o papel que eu preparo um chá para você. Combinado?

Bully concordou com a cabeça, mas, assim que o homem entrou de volta na loja, tirou o pé de cima do pacotinho e chutou-o com a ponta do pé para dentro do bueiro.

Swish, swish, swish... Ele ouviu a cauda peluda de Jack balançando dentro da sacola. Ela estava sentindo o cheiro de algo... de alguém. Todos os seres humanos tinham cheiros diferentes para os cachorros. Era como uma impressão digital – não havia dois iguais –, e Jack conhecia todo mundo que Bully conhecia, mais pelo cheiro das pessoas do que por qualquer outra coisa, mais do que pela aparência delas. Se o vento estivesse na direção certa, ela até sabia quem estava se aproximando antes que a pessoa aparecesse. E, às vezes, ele conseguia saber *quem* era apenas vendo quantos daqueles dentinhos pontiagudos ficavam à mostra, pois, como qualquer ser humano, Jack gostava de algumas pessoas mais do que de outras. Poucos segundos depois, avistou Stan, usando uma camiseta branca grande demais e calça preta de operário, atravessando a rua, indo ao encontro *dele*, arriscando-se entre dois carros.

– Isso... é bom... – Stan estava de pé ao lado do meio-fio bebendo o café de Bully muito rápido, como se fosse água. O garoto deu ao amigo a última tortinha de chocolate. O homem da loja de comida estava de pé bem na entrada, com o chá na mão, observando-os. – Ótimo. Perfeito para a ressaca – comentou Stan. Tinha passado a noite em um albergue. – Não gosto, sabe... Todas aquelas perguntas, entende? Você tem isso? Tem aquilo? Onde dorme todos os dias? Eu simplesmente digo: este lugar aqui é para dormir? Quero *dormir*, tudo bem? Entende?

– É... é. O Mick não está por aí, está?

Bully indagou porque queria pedir o favor a Stan quando ele estivesse sozinho.

– Não... ele continua dormindo... dormindo em uma caçamba. Você conhece o Mick. Nada de bebida no albergue. Então ele ama caçambas. Estou indo para a caçamba agora para acordá-lo. Quer vir junto?

– Stan... ganhei. – disse Bully. Deixou escapar, não conseguiu evitar. Mas Stan era legal. Estava na lista.

– O quê?
– Eu acertei os números. Acertei todos. Ganhei!
– Ganhou o quê? O que você ganhou?
– A loteria.
– Que números? O quê?
– Camelot... Você sabe.

Em sua imaginação, Bully viu os cavaleiros correndo ao redor do castelo em suas motos, acelerando, incomodando os vizinhos, apostando em qual dos cinco dias seguintes ele apareceria.

– O quê, *esta* semana? Não. Não vi você na TV.
– Não, foi em fevereiro. Mas, escuta, eu só tenho mais cinco dias para recolher o prêmio, e a pessoa precisa ter mais de dezesseis anos para receber o dinheiro. Então, você poderia me fazer esse favor, hein? Eu divido a grana com você – ofereceu, sem pensar exatamente no que dividir significava.

Stan esfregou todo o rosto e a cabeça, como se estivesse se lavando.

– Quanto? Quanto você vai ganhar?
– Muito... tudo, entendeu? *Tudo*. Mas você precisa ter algum documento para mostrar a eles quem você é, para provar, sacou? Você tem?

Aquilo não estava escrito atrás do bilhete, mas Bully tinha certeza agora. É claro que pediriam se estivessem entregando milhões. Ninguém simplesmente entregaria milhões de libras sem provas, certo? A pessoa ficaria com o dinheiro para si. O garoto não acreditava que nada daquilo seria destinado para caridade se não reclamasse o prêmio. Essa história era uma invenção. O chefe da Camelot embolsaria a grana.

– Vai ficar tudo bem, vai ficar tudo bem... – falou Stan, voltando a caminhar. Bully o seguiu, a cada passo duvidando um pouco mais de que tinha feito a coisa certa.

– Stan. Você precisa provar. Entendeu? Eles *conferem*, você sabe. Você tem passaporte?

Aquela palavra fez Stan parar, estacando sobre os calcanhares.

– Escuta. Eu não tenho documentos – disse rapidamente, olhando para o chão. – Certo? Não tenho *prova*. Você precisa de prova, né? Não tenho nenhuma prova de mim. Nada. Está tudo no meu país, em casa.

Bully não perguntou onde isso ficava, porque Stan era ilegal. O garoto não conseguia se lembrar de onde ele era, apesar de ele ter mencionado algumas vezes. Era um daqueles nomes compridos. Algum lugar *Stan*.

– E então, quanto você ganhou?
– Não sei. Tudo.
– Mais ou menos, mais ou menos quanto?
– *Milhões*.

Eram sempre milhões.

– Uau. – Stan esfregou a testa e depois se aproximou de Bully, colocando a mão no ombro dele para mostrar que falava sério. – É mesmo, sem brincadeira?

O garoto balançou a cabeça.

– Não, é para valer. Sem brincadeira – afirmou.
– Então... ninguém sabe que *você* tem o bilhete? É isso?
– Bem, é. Não... ninguém sabe.

Houve uma longa pausa. Ele olhou para Stan, viu-o maquinando, fazendo as próprias contas, a mão pesando mais em seu ombro. Em seguida, o homem tirou a mão e sorriu.

– Então, sem problema! A gente pede para o Mick recolher o dinheiro!
– É... é. – Bully não gostou da ideia, nem um *pouquinho*.
– Ótimo, ok. Então vamos lá acordá-lo.
– Você vai.
– Não, não, não. Vamos todos! – Stan deu uns tapinhas no ombro de Bully, indicando o caminho com a cabeça. – Vamos lá. Você quer o seu dinheiro? Hein? A gente já está pertinho!

59

Stan saiu apressado e Bully seguiu atrás dele, começando a suar depois de alguns minutos por causa do peso de Jack na sacola. Ficou para trás quando Stan atravessou a Shaftesbury Avenue. Stan olhou para trás e acenou para que ele atravessasse, mas ele não se moveu. Então o homem voltou.

– O que você está fazendo? Por que está andando tão devagar?

Bully não disse que não gostava de sair de seu território, pois sabia que aquilo era idiota. Portanto, olhou para baixo, simplesmente colocou um pé na frente do outro e seguiu a si mesmo ao atravessar a rua. Contudo, ainda assim, continuava ficando para trás. Não gostava que o apressassem a ir a novos lugares. E, de vez em quando, Stan parava e o apressava. Era estranho, as lojas e os prédios, todos um pouco diferentes daqueles com os quais tinha se familiarizado desde que havia saído do apartamento.

Estavam quase chegando quando Bully começou a pensar sobre o que precisaria dar a Mick. Metade de sua própria metade ou metade da metade de Stan? Ou metade para todo mundo? Quanto dava três metades? Ele nunca gostou de frações, de como os números de cima ficavam sempre sentados nos de baixo, todos em pé, e estava preso na conta – ressentindo os cálculos que precisaria efetuar – quando viu as luzes azuis refletidas na vitrine da loja. Não havia sirenes, e as luzes giravam devagar. Ele cutucou Stan e os dois desviaram o olhar, Bully colocando o gorro, puxando-o para cobrir as orelhas.

– Polícia – disse Stan, usando a palavra para que soasse verdadeira. Ele nunca dizia *Tiras*.

Os dois esperaram o carro descer mais a rua, mas ele dobrou a esquina em uma viela, parecida com aquela na qual Bully dormia, mas bem mais larga, com seis ou sete lojas de comida ao longo dela. Na rua, havia uma ambulância e, na frente dela, um grande caminhão que transportava caçambas.

Uma das caçambas cinza estava na traseira do caminhão, dois braços de metal mantendo-a erguida no ar. O caminhão ainda fazia um barulho como um gemido, mas nada se movia, exceto a sombra debaixo dele, estendendo-se pela viela.

Stan pulou na caçamba antes mesmo que os policiais saíssem do carro. Sacos pretos saíram voando, estourando no asfalto quente. Stan gritava todo tipo de coisa, mas a única palavra que Bully conseguiu distinguir foi *Mick*. Todo o resto vinha de algum outro lugar.

Ele não ficou esperando.

– A gente precisa voltar – disse a Jack, pois não restava mais ninguém nem mesmo perto do topo da lista, e agora ele precisaria procurar entre os que estavam muito, muito mais para baixo...

5

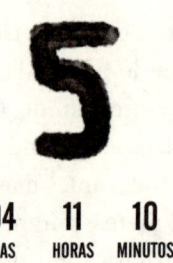

04 **11** **10**
DIAS HORAS MINUTOS

Ganhe muito! Ganhe hoje à noite! Estava escrito em letras amarelas tão grandes quanto Bully na tela gigante acima dos zumbis em Waterloo.

Ele esperou até que um dos guardas abrisse os portões para deficientes para uma mulher com um carrinho de bebê e a seguiu até a plataforma.

– Mãe... mãe – disse ele, fazendo com que ela olhasse para trás e o guarda pensasse que os dois estavam usando o mesmo bilhete familiar, o filho carregando as sacolas.

Ele embarcou no trem e se escondeu nos banheiros até o guarda passar. Não precisaria ficar lá por muito tempo. Eram somente cinco paradas entre sua porta na transversal da Old Paradise e o apartamento.

Quando o trem chegou na estação, Bully pulou a grade para o estacionamento, carregando Jack nas costas, dentro da sacola. Caiu de pé, na capota de um Fiesta. Por diversão, correu por cima de três carros para chegar à saída. Alguém gritou "Ei!", mas ninguém fez nada.

O apartamento ficava a menos de um Scooby-Doo de distância da estação. Vinte minutos no máximo. Antes de aprender a ver as horas em um relógio, ele costumava dividir o dia em Scoobies porque, quando ele era criança e assistia a desenhos animados, esse era seu programa de TV favorito. No entanto, a vida antiga de Bully o desacelerou no caminho de volta ao apartamento. Ela ficava desabando sobre ele, e tudo parecia próximo demais, como se ele tivesse colocado os óculos de volta. Levou um Scooby-Doo e meio apenas para chegar de volta ao monte de terra onde tinha deixado as cinzas. O local parecia diferente. A pedra quebrada que ele usara para marcar o lugar estava coberta de ervas laranja e amarelas compridas e emaranhadas, simplesmente esticadas ali. Ele cutucou com um graveto para abrir um espaço e depois prestou seus respeitos, assegurou-se de que Jack não fizesse xixi em nenhum lugar e decidiu voltar em outro dia.

Bully quase foi para o quarteirão errado. Todos os quarteirões ficavam enfileirados e cada prédio na propriedade tinha um grande arco, de modo que, ao longe, parecia que um rato gigante tinha aberto caminho roendo cada um deles para atravessá-los. Eles só tinham se mudado para o novo apartamento com vista para a rua que passava por baixo como um túnel logo antes de sua mãe começar a adoecer. A família havia feito uma troca e ficado com um imóvel de três quartos para que ele não precisasse continuar dividindo o quarto com Cortnie, sua meia-irmã. Se bem que, agora que a mãe estava morta, ele não considerava ter qualquer grau de parentesco com ela.

Algumas pessoas na propriedade olhavam como se achassem que reconheciam aquele garoto de casaco verde quente em um dia de verão, mas ninguém disse o nome dele em voz alta.

Bully subiu a escada em vez de se arriscar no elevador. Seu antigo apartamento era o décimo quinto a partir da porta do elevador, o décimo primeiro a partir da escada e o primeiro a partir da calha de lixo. Ele tinha quase certeza de que fora por isso que o velho que morava lá havia aceitado fazer a troca. Ninguém gostava de uma calha levando pancadas e fazendo barulho toda hora, ainda que o aviso nela dissesse para que tivessem consideração com os vizinhos. Ele a abriu para ver se haveria algo que pudesse comer entalado lá em cima, como uma caixa de pizza, mas o buraco estava vazio, somente o cheiro de todo aquele lixo velho ainda agarrado ao escuro.

Ele conseguia ouvir o menininho Declan da porta vizinha chorando encostado à portinhola para cartas, querendo brincar lá fora. Não tinha permissão para isso, a menos que o irmão mais velho estivesse com ele, pois era perigoso demais circular sozinho pela escada. Os garotinhos brincavam com a calha de lixo, jogando brinquedos e coisas nela, e talvez caindo nela, e Bully também tomava conta da própria irmã quando morava lá.

– Chega, Declan – disse, e o menino parou de chorar por um segundo, depois começou de novo.

Na porta de seu apartamento, Bully balançou a aba da caixa de correio, olhando para cima e para baixo pelo patamar de concreto, o coração disparando, e ele parado ali, sem ir a lugar algum.

Não havia ninguém em casa. Ele deu uma olhada pela fresta. No corredor, havia um *gato*. O bicho estava louco, encarando-o de volta, bem do jeito que os gatos faziam. Bully se perguntou o que o gato estaria fazendo ali. Phil não gostava de cães ou gatos e nem de nada com mais pernas do que ele. Esse era mais um motivo pelo qual Bully tinha ido embora. Ele ainda tinha as chaves da mãe e entrou. Jack latiu para o gato, que correu para o quarto de Phil; em seguida, ele pensou que talvez o gato fosse *dela*.

O cheiro da fritadeira vazia ligou o estômago de Bully. Dava para sentir o gosto da gordura no ar. Havia também outro cheiro, de tinta, vindo de algum lugar. Ele foi até a cozinha. Estava diferente; a flor da mãe não estava mais em cima da geladeira e duas paredes da cozinha tinham sido pintadas de roxo. Havia um pincel sujo ao lado da pia, as raízes dos pelos azul-celeste.

A primeira coisa que ele fez foi conferir a chaleira. Não estava quente, nem mesmo morna, o plástico mais frio do que sua própria pele. Phil sempre tinha um chá preparado a postos, e Bully era especialista em avaliar quanto tempo a água fervida levava para esfriar totalmente. Tinha quase certeza de que Phil deixara o apartamento antes do meio-dia. Voltaria logo, ou talvez ainda demorasse algum tempo. Quando o homem saía por mais de algumas horas, ficava fora o dia todo. Era como ele funcionava.

Bully deu uma tigela de água para Jack e estava prestes a descongelar um pouco de picadinho quando viu latas de comida de gato empilhadas ao lado da geladeira. Pegou uma e, escondendo-a de Jack, tirou do bolso a lata vazia que havia guardado na véspera e colocou um pouco da ração nela.

– É para cachorros – disse, servindo a comida, mas guardando a lata.

Depois foi procurar sua própria refeição. Nos armários, encontrou um pacote de biscoitos Rich Tea e um pacote tamanho família de batata frita, além de um pouco de pão e margarina. Preparou um sanduíche de batata frita. Havia meia garrafa de Coca-Cola na geladeira, e ele tomou tudo. Estava sem gás, mas aquilo não o incomodava. Bebia Coca-Cola sem gás como se fosse água.

Ele permaneceu na cozinha, comendo e atento à porta da frente. Em um canto, havia uma carta de sua escola, ainda fechada. Pegou o envelope e o examinou. Ele sabia do que se tratava – apostava que Phil recebera algumas correspondências como aquela nos meses anteriores. Bully a jogou no lixo e depois voltou para o corredor para carregar o celular, pois era lá que sua mãe sempre fazia isso. Havia duas notas de dez em cima do medidor de luz, seus velhos óculos quadrados sobre elas, como um peso de papel. Ele experimentou os óculos. De repente, as partes internas do apartamento ficaram próximas

65

demais, justamente como lá fora, quando ele tinha saído caminhando da estação. Bully os tirou, mas os guardou no bolso do casaco.

Deixou o dinheiro onde estava e foi para a sala de estar. As cortinas permaneciam fechadas, tudo continuava igual ao que ele lembrava, só que com uma aparência mais limpa. A TV era nova, no entanto. Ele estava cansado, muito cansado, e se deitou no velho sofá. As almofadas novas eram claras e ásperas. Bully as jogou na outra ponta do sofá e passou alguns minutos tentando decifrar como usar a TV. Costumava dormir ali quando a mãe estava morrendo. Gostava de adormecer ouvindo as vozes na televisão, que o faziam companhia, estivesse ele dormindo ou não.

Ele trocou os canais sem interesse e, depois, caiu no sono.

04 **06** **52**
DIAS HORAS MINUTOS

Deram um grito em algum lugar bem perto da cabeça de Bully. Os olhos dele se arregalaram. Uma menininha de cabelo comprido o encarava. Parecia muito a meia-irmã dele, só que tinha o cabelo cortado como o de uma boneca e um rosto maior, mais vermelho.

– Pai! BRADLEY VOLTOU! É o Bradley! – exclamou ela. Depois, gritou de novo quando viu Jack saindo de baixo das almofadas, como se nunca a tivesse visto.

– Cortnie! Cala a boca!

Agora Phil estava na sala. Era pior do que Bully com barulhos. Não suportava mais nenhum barulho.

– Quer dizer que você voltou? – indagou o homem, olhando para Jack.

– Está tudo bem. Não vou ficar.

A boca de Bully estava grudenta e seca por causa da Coca-Cola e dos biscoitos.

Ele esperava que Phil perdesse a cabeça, ficasse furioso, mas tudo o que disse foi:

– Como quiser.

O garoto tentou calcular quanto tempo tinha dormido. A TV continuava ligada. Noticiários e programas de perguntas e respostas e outras coisas. Deveria estar ficando tarde.

– Quer chá ou o quê? – Sem esperar uma resposta, Phil entrou na cozinha.

– Você vai ficar, Bradley? – perguntou Cortnie, ficando um pouco mais corajosa e se aproximando dele, de lado.

Era como se fizesse muito tempo desde que alguém o chamara daquele jeito. Era estranho ouvir aquele outro nome como se estivesse assistindo a um noticiário sobre si mesmo, sobre o tal garoto Bradley que tinha voltado para o lugar onde morava com a mãe e a meia-irmã.

– Cala a boca – disse ele.

Ela tentou outra abordagem.

– A gente saiu, Bradley... Adivinha aonde a gente foi? Ver *Em-ma* – disse ela, falando como uma bonequinha.

– Quer dizer que *ela* não está aqui, então? – indagou ele, sarcástico. Recusava-se a pronunciar o nome dela. – Esse gato é *dela*?

– Não. Ela é *minha*, Bradley.

Ele ficou boquiaberto com aquilo.

– É *seu* gato? Quem deu um gato para *você*?

– Foi o papai.

Bully fez uma careta. Ele tinha precisado aturar a palavra *P* desde que Cortnie nascera, mas já fazia um tempo que não a ouvia.

– É, então tudo bem para você, né? Ter *gatos*?

Ela parecia confusa. Não entendia por que ele estava com tanta raiva.

— O nome dela é Chloe. E pegamos a *melhor* da... ninhada — disse a menina, lembrando a palavra certa, mas pensando que talvez estivesse errada, porque isso a lembrava de uma casa de passarinhos. — A gente saiu... para ver a Emma... e pegou comida para viagem para comemorar... Sabe para onde a gente foi depois, Bradley? A gente foi ver a Emma e alguém *especial*, Bradley... Bradley... — Ela abanou o braço. — Você não está escutando.

Ele queria que ela parasse de chamá-lo daquele nome. Mas as notícias pareciam boas. Talvez *ela* não estivesse morando ali, no fim das contas. Ela deveria se mudar para o apartamento no dia em que ele tinha ido embora. Phil andava visitando-a escondido, Bully sabia disso. Vinha sentindo o perfume de outra pessoa nas roupas do padrasto meses antes de a mãe morrer. E, mesmo antes de estar no apartamento, *ela* havia convencido Phil a se livrar das coisas da mãe dele: roupas, sapatos, bugigangas; tudo tinha sido jogado pela calha nas caçambas, junto com o resto dela.

— *Aqui*. — Phil entregou o chá e Bully o provou, depois tomou um golão, uma boa enxaguada. Estava como ele gostava: morno e doce. Ele ouviu a si mesmo murmurar: — Obrigado.

— Aff! Você está *fedendo*. Sai agora desse sofá e vai tomar um banho.

O garoto não levou aquilo para o lado pessoal, não era algo que o incomodava, mas negou tudo de qualquer jeito.

— Não vou repetir — disse Phil. E Bully sabia que não repetiria mesmo, então obedeceu. — E leva esse cachorro com você — completou ele enquanto Jack seguia o garoto pelo corredor.

No banheiro, Bully abriu a torneira de água quente. Sentou-se na beirada da banheira, observando a água subir nos lados. Tirou o casaco, a camisa, os sapatos e as meias. A última vez em que havia tirado a roupa tinha sido em Waterloo, onde ele se lavou nos banheiros, na privada, para ter um pouco de privacidade – não queria mostrar suas partes, não é mesmo? Mas deu a descarga primeiro, é claro.

Jack estava na porta, tentando pegar o gato. Aquilo fez Bully se lembrar de Declan querendo brincar fora de casa. Phil gritou algo sobre a pintura na sala de estar.

– Para de arranhar! – mandou Bully. Ele ainda segurava a caneca de chá e, a cada poucos goles, mergulhava os dedos dos pés na água, testando a temperatura como se estivesse pensando em remar. Estava fervendo de tão quente. A mãe dele sempre abria primeiro a água fria. Por garantia, era o que ela dizia. Mas fazia muito tempo que ela não preparava um banho para ele. Bully abriu a torneira de água fria e derrubou alguns tubos de maquiagem na água. Coisas *dela*.

– Você está aí dentro?

Phil abriu a porta enquanto perguntava e o garoto levantou o casaco para cobrir a metade de cima do corpo.

Ele apontou para o cabelo de Bully.

– *Isso* precisa de um corte. E isso precisa ir para o lixo – disse, apontando para os jeans do garoto. – Vou lhe emprestar um par meu por enquanto. – Bully não perguntou onde estavam suas próprias coisas. Dava para imaginar. – O que tudo isso está fazendo aí dentro? – A voz de Phil endureceu. Ele estava olhando para a maquiagem na banheira, os tubos subindo e voltando a afundar.

– Caíram lá dentro...

– Bem, é melhor caírem para fora, então. – Ele esperava que Phil partisse para cima dele, mas o homem ficou apenas o encarando, ainda o examinando. – Você está mais alto?

Bully fez que sim.

– Phil... – começou a dizer, apesar de não usar o nome dele havia... *anos.*

— O que foi?
— Você já teve sorte? Você sabe, tipo, *sorte* sorte?
— Levei um tiro pelo meu país — respondeu ele, baixando o olhar para o peito, onde a bala tinha entrado. — Foi sorte, não foi? Por quê? O que você fez? O que andou tramando?
— Nada.
Phil o olhou de cima a baixo, como se o inspecionasse, do jeito que fazia no Exército.
— Você se meteu em confusão? Vira — mandou, depois examinou Bully até ficar satisfeito ao constatar que não havia qualquer sinal visível de feridas.
Jack começou a rosnar.
— Está tudo bem, amiga — disse Bully enquanto colocava o casaco de volta.
— Se essa coisa avançar em mim... — ameaçou Phil.
— Eu não vou ficar aqui.
— O que você está fazendo aqui, então? O que está acontecendo? O que está rolando?
— Nada. Eu só... voltei... Só isso.
Ele fez uma pausa para que Phil lhe perguntasse de onde voltara, como estava sobrevivendo, mas tudo o que o homem disse foi:
— E aí, vai ficar para comer um pouco da comida que a gente trouxe ou o quê? — Bully balançou a cabeça, mas depois concordou. — Certo, então toma logo o banho. E limpa isso tudo. E, enquanto estiver aqui, mantenha esse cachorro fora do meu caminho... — Phil foi para o corredor e depois se virou com a mão ainda na porta. — Eu sei que ela não é sua mãe, mas a Emma é legal. Ela estava preocupada com você, sabia? Eu disse a ela que você estava ficando com meu pai até a gente se ajustar. Então não diz nada quando encontrar com ela, certo? Ela volta amanhã. A Cortnie avisou, não foi?

Bully fez que sim com a cabeça e olhou para baixo, mostrando sua decepção para o chão acarpetado. Então, ela havia se mudado para o apartamento. Onde ela estava? Fazendo compras, desperdiçando dinheiro, ele imaginava. Em *roupas*.

– Tem sido difícil para todos nós, Bradley, tudo *isso*... Não só para você, você sabe... para mim e para a sua irmã também. Eu sei que você era próximo da sua mãe, mas a vida continua. Pode ficar se quiser, mas essa coisa vai precisar sair daqui mais cedo ou mais tarde. Não dá para ter um cachorro como esse perto de crianças.

Bully não disse nada, apenas aguardou até que a porta se fechasse de novo. Não tinha sentido nada quando Phil falou sobre sua mãe. Antes, imaginava que ficaria furioso com ele, contudo não havia sentimento algum ali. O garoto não conseguia entender.

Ele não entrou na banheira, mas se sentou na beirada, pensando se poderia ou não confiar o bastante em Phil para contar sobre o bilhete antes que *ela* voltasse. Não se importava particularmente quanto a Phil dizer que Jack precisaria ir embora mais cedo ou mais tarde. De qualquer forma, voltar de vez para o apartamento não estava nos planos dele. Agora que poderia ter a própria casa, com o próprio dinheiro, para que precisava de um apartamentinho vagabundo? Mas talvez pudesse passar a noite ali, ver como seria e, quem sabe, contar a Phil sobre o bilhete quando Cortnie fosse para a cama. Ele ainda odiava Phil pela coisa ruim que ele fizera, mas talvez o sujeito ainda pudesse servir para alguma coisa.

Bully mergulhou a mão na água e a sacudiu. A temperatura estava quase boa, quase na hora de entrar, e ele olhou à sua volta procurando uma toalha. Não havia nenhuma. Em geral, não se importaria com isso, simplesmente esperaria até se secar, mas não havia tranca na porta. E não queria que Cortnie entrasse e gritasse ainda mais.

– Quieta, quieta... – disse para Jack enquanto ia conferir se ainda guardavam toalhas no roupeiro.

No corredor, o cheiro de tinta ficava mais forte. Ele olhou para dentro do quarto de Cortnie. Continuava cor-de-rosa, mas os pôsteres nas paredes eram diferentes, pop stars em vez de coisas inventadas. Ele pegou uma toalha do roupeiro, uma da qual se lembrava, com a estampa de um trem desbotado. Foi até seu antigo quarto porque era de lá que vinha o cheiro. A porta estava fechada. Enquanto abria a porta, pensou em por que as raízes dos pelos do pincel estavam azuis.

A cor o atingiu como um soco. Tudo estava azul-celeste, a não ser pelo teto. E havia desenhos de carros e trens correndo no alto, e a cama dele não estava mais lá. No lugar dela havia um berço pequeno, muito pequeno.

Ela teria um bebê. *Tinha* o bebê... *alguém especial*. E, pela cor nas quatro paredes que o cercavam, Bully podia *ver* que o bebê era um menino.

Ele voltou para o banheiro. Vestiu as roupas e os tênis e foi na ponta do pé até a porta da frente, com Jack choramingando, sabia que algo estava acontecendo. Tirou o celular da tomada, pegou uma das notas de dez de cima do medidor de luz e, logo antes de sair, procurou os óculos no bolso e os jogou no chão.

Enquanto atravessava o corredor, ainda conseguia ouvir a água fria saindo pela torneira.

6

04 **02** **45**
DIAS HORAS MINUTOS

Bully não podia confiar em Phil. Deveria ter sabido que ele estava muito perto do final da lista. Se desse o bilhete a Phil, não conseguiria seu dinheiro de volta. *Ele* desperdiçaria tudo com *ela* e com *ele*, o novo menino.

Agora, não restava ninguém na família. Cortnie não contava. Eram somente ele e Jack.

Menos de um Scooby-Doo depois, Bully estava no trem para Londres. Não havia nenhum guarda e ele ficou sentado com os pés no assento, Jack também sentada, esperando alguém dizer algo. Ele podia ver que as pessoas queriam reclamar, mas ninguém falou, não com Jack ao lado dele, mostrando os dentinhos brilhosos. E ele gostava daquela sensação de incomodar os passageiros ao redor, sabendo o que estavam pensando dele, que não conseguiam ignorá-lo. Aquilo fez com que se sentisse melhor por algum tempo.

Estava quase escuro quando o trem começou a ir mais devagar, procurando a plataforma, e Bully pôde ver as luzes iluminando as casas alinhadas ao longo dos trilhos. Saiu assim que as portas se abriram. Não queria procurar ninguém com quem atravessar o portão, apenas forçou passagem pela roleta automática, Jack passando por baixo.

Comprou três hambúrgueres e ficou andando a passos largos pela estação, dando pedacinhos para Jack. Passou o tempo somando quantas horas lhe restavam para ir pegar o prêmio: quatro dias = 24 x 4 + 1 ½ que sobravam da noite = em torno de 100. Não definiu um número exato, para o caso de ter errado o número para cima.

Com o que restava de seu dinheirão, comprou uma salsicha empanada e ficou com apenas algumas moedinhas para colocar crédito no telefone.

Ligou o aparelho mesmo assim. Havia uma mensagem. Antes que pudesse abri-lo, recebeu mais uma e mais uma e mais uma... e mais uma. Não paravam de chegar.

Telefone ou mande uma mensagem de texto para mim agora! Riz xxxxxxxxx

Ele não conhecia nenhuma Riz, mas o nome e os beijos faziam com que soasse como uma garota.

Empreste mil pratas para a gente! É sério, para fazer uma operação na minha vó, sacou? Chaz.

Não, ele não conhecia *Chaz* e nem a avó dela.

Os dois Sammies deviam ter divulgado o número dele. E ele os odiava agora, especialmente a outra Sammy, pois ela dizia coisas melosas sobre querer ser mãe dele.

Bully leu o resto das mensagens: pedindo, implorando e até o ameaçando por um dinheiro que ele não tinha. Depois, o telefone começou a tocar – apareceram na tela números que não conhecia. Ele olhou ao redor como se pudesse ser alguém na estação. Em seguida, pressionou o botão vermelho e desligou o telefone. Saiu desviando dos zumbis noturnos e seguiu para os degraus dos maquinistas, mudou de ideia e deixou a estação pela entrada do ponto de táxi.

Contornou o prédio até os fundos, passando pelo final da Old Paradise, a dançarina na parede de tijolos gargalhando para ele; de como ele tinha sido burro de pensar que poderia confiar em Phil.

Bully ficava lambendo os lábios. Estava com sede por causa dos hambúrgueres e cansado, arrastando os pés, os tênis finos como papel nas pontas. Mas em menos de cinco minutos estaria descansando em seu lugar habitual. E, no dia seguinte, precisaria se mexer e começar a rumar para Camelot. Agora estava pensando que encontraria alguém no caminho para ajudá-lo, alguém como a senhora agradável que tinha dado vinte pratas para ele. Era uma pena que fosse impossível encontrá-la de novo, pensou. Mas este era o problema com pessoas que não ficavam pelas ruas: você não sabia onde moravam.

Antes que ele chegasse ao lugar onde dormia, começou a chover, e ele foi ao McDonald's pegar uma bebida. Colocou Jack na sacola e deu sorte na primeira mesa ao lado da porta: um chocolate quente, ainda morno. Pegou alguns pacotinhos de açúcar e levou a bebida para o andar de baixo, pois precisava fazer xixi. Encheu a garrafa de água. O plástico estalou quando Bully o forçou para encaixá-lo debaixo da torneira. A cabeça e o coração dele estavam mais tranquilos agora que estava de volta ao seu território, mas suas pernas pesavam como se toda aquela raiva e irritação tivessem se derretido dentro delas. Ele sequer conseguia pensar em subir a escada de volta, muito menos caminhar lá fora na chuva para chegar a seu beco. Tomaria um atalho.

Saiu para o corredor, passando pela sala dos funcionários até a saída de emergência, e colocou Jack no chão. O alarme dispararia quando abrisse a porta, mas o gerente simplesmente imaginaria que seria lixo sendo jogado fora. Pressionou a barra de metal para destravar a porta de incêndio e o alarme tocou como sempre fazia, só que mais alto, bem nos seus ouvidos.

Ele olhou para seu beco, lá fora. Conseguia avistar seu degrau se acomodando nas sombras. A chuva bateu em seu rosto. Bully se viu aninhado, seco e aquecido dentro do saco de dormir, observando a garoa e o vento. No entanto, algo estava diferente em sua entrada. Talvez fosse apenas estranho vê-la daquele ângulo, mas era como uma daquelas revistas para crianças burras nas quais havia dois desenhos exatamente iguais, exceto por *uma* coisa. E a pessoa precisava encontrá-la para ganhar um prêmio idiota. E, por um momento, ele ficou quebrando a cabeça para descobrir o que era, o alarme ainda tocando, até que percebeu o que havia de diferente *naquele* desenho em comparação ao que deixara de manhã. Sua caçamba com rodinhas estava virada para o lado errado.

Ele ainda estava olhando para a caçamba, pensando nela, quando a tampa verde subiu uns dois centímetros. Algo estava tentando sair lá de dentro! Ali... uma faixa de pelos marrons! Uma ratazana! Mexendo nas coisas dele!

Ele saiu para o beco em busca de algo com o que pudesse bater na ratazana, mas depois olhou de novo, a boca se abrindo porque o que via não eram pelos, e sim *cabelo*.

O choque daquilo esvaziou totalmente a cabeça de Bully. A tampa se abriu e ele viu um homem ridículo se esforçando para sair da caçamba enquanto socava o ar e apontava para ele.

Ainda assim, Bully não conseguia se mexer. Precisou reinicializar a mente, o que levou alguns segundos. E, como a maioria das pessoas que se veem em uma *situação*, ele não tinha muito mais do que poucos segundos...

– Me dá uma força! – gritava o sujeito.

E Bully viu dois homens descolarem das paredes na entrada do beco e começarem a se aproximar, correndo.

Crash! A caçamba tombou. O homem dentro dela grunhiu e praguejou por ajuda, mas Bully sabia que não estavam correndo para ajudá-lo, não estavam ajudando ninguém além deles próprios. Ele não sabia quem eram. Não os reconheceu, mas soube instintivamente que eram aquele tipo de homens que tomariam o que quisessem dele, sem pedir. E queriam o *bilhete*.

E agora Bully estava online de novo, seu sistema ligado e funcionando, e ele tropeçou para dentro do prédio. Agarrou a barra da porta de incêndio e bateu na cara deles.

Mas onde estava Jack?

– Aqui! Jack! Jack! – chamou em um sussurro alto, como se ainda pudesse se esconder daqueles homens.

Depois gritou, mais alto, para caso ela imaginasse que se tratava de uma brincadeira.

Bully se forçou a olhar beco acima, a medir a distância entre ele e os homens. Os sujeitos ainda estavam do outro lado das caçambas, mas ao alcance de uma longa cusparada da porta, e ele bateu freneticamente nos joelhos como se Jack fosse um filhote. E ali estava ela! Barriga no asfalto, saindo de *baixo* da caçamba com uma ratazana entre os dentes pontiagudos.

– Aqui, garota! – gritou, puxando a barra de metal da porta.

E deu uma última espiada nos homens que nunca tinha visto, ficando mais definidos nas sombras sem que ele precisasse franzir os olhos, ficando maiores, muito maiores do que ele, com Jack atravessando *por pouco* a porta na frente deles.

– Vamos, garota, vamos!

Jack soube que aquilo não era uma brincadeira e atravessou a fresta na porta. Bully empurrou a barra de metal com as duas mãos, o mais forte que pôde.

Na fração de segundo antes de a porta de incêndio fechar, um corpo no outro lado se chocou contra ela, *bam!*, fazendo o trabalho por ele. Em seguida, Bully estava subindo dois degraus por vez, um garoto diferente daquele com as pernas exaustas de alguns minutos antes. Passou voando por um garoto dos hambúrgueres, de volta por onde viera, olhares de reprovação inchando de horror em todos os rostos de quem comia porque Jack ainda estava com a ratazana na boca.

Lá fora, Bully saiu correndo às cegas, atravessando a Old Paradise sem olhar. Ouviu os carros freando, vozes gritando, e depois, ao longe, seu nome o seguindo.

– *Bully*...
Na rua principal a caminho do rio, ele olhou para baixo, para a entrada do velho túnel. Poderia despistá-los se descesse ali e eles seguissem correndo, imaginando que tivesse atravessado, ido direto para o rio.

Bully hesitou, depois arriscou, desceu a inclinação de concreto, deslizando, as pernas quase o ultrapassando, como se estivesse fugindo de um tapa. Correu o mais rápido que podia, mantendo-se afastado das luzes compridas, as pichações borbulhando nas paredes. Na propriedade, ele tinha a própria marca, um *B* com uma voltinha no final. O *B* era de Bradley, naquela época. Para que servia a voltinha, ele nunca soube de verdade.

Mais à frente, um clarão intenso, depois outro, fizeram com que ele parasse por um segundo: o que era *aquilo*? Uma lanterna? Uma bicicleta? Não emitia nenhum som, era somente *luz*. Depois, atrás dele, Bully ouviu um homem gritar. Olhou em volta e viu duas sombras deslizando pelas paredes, o eco dos pés deles já se aproximando; os homens o tinham seguido até lá embaixo.

03 **23** **50**
DIAS HORAS MINUTOS

Bully praguejou para si mesmo por fazer tudo errado de novo. Sempre fazia aquilo na escola e era pego.

Viu rostos nos clarões adiante. E correu na direção deles. Havia pessoas dentro do túnel tirando fotos com seus telefones, simplesmente paradas de pé, esperando... esperando em fila, era o que estavam fazendo. Foi quando viu o cartaz, vermelho-vivo, preso à parede. @ era o que dizia. E havia uma porta! Dois homens de preto e branco a guardavam, um alto, outro baixo, ambos corpulentos. Ele correu direto para trás do mais alto. Ele não viu o garoto até que Bully estivesse quase atravessando a porta, não se moveu até o último segundo, mas, quando o fez, foi rápido, esticou a mão e agarrou o ombro do menino. Os dedos do grandão cutucaram a gola, mas não conseguiram segurar o casaco ensebado, e Bully escapou. Nem mesmo por um segundo ocorreu a ele parar e pedir ajuda a qualquer um dos dois.

– Vejam! Um garoto! – As pessoas riram, depois falaram: – Ah! Mas o quê... o que é essa coisa?

Todos arfaram quando viram o cachorro de aspecto engraçado galopando aos pés dele. Bully seguiu em frente, entre as mesas vermelhas e pretas, atravessando a pista de dança, derrubando mulheres de seus sapatos de salto alto, uma, duas, três... e entrou na cozinha: funcionários de branco congelando na luz forte, vagarosos demais para pará-lo, porque agora ele sabia para *onde* iria: a toda velocidade na direção do homenzinho verde no aviso de saída, já saindo e correndo...

Ele saiu embaixo de um arco da ferrovia. Escondeu-se atrás de um dos carros estacionados na rua, recuperando o fôlego, observando a porta da cozinha para ver o que sairia por ali.

Através das janelas do carro, viu os dois seguranças olhando ao redor e depois entrando de volta. Um táxi passou, fazendo barulho sobre as pedras. Bully estava perto do rio, mas precisava atravessá-lo para seguir para o norte, rumo a Watford, para chegar a Camelot. Não poderia enfrentar aquela viagem *naquele exato momento*, não naquela noite, não no escuro, com aqueles homens atrás dele, alcançando-o ao ar livre, atravessando a ponte correndo. Portanto, seguiu na direção oposta à do rio, procurando algum lugar protegido da chuva, algum lugar seguro para passar a noite. Mas, afastando-se do rio, toda rua que descia era apenas mais uma que não reconhecia, fileiras de casas apinhadas, todas iguais, TVs quentinhas e brilhando com anúncios. Ele pensou em bater a uma porta, mas o que as pessoas fariam? Mandariam-no embora ou chamariam a polícia. E, depois, para onde ele iria? Preso, respondendo a perguntas, todas as chances de ganhar *perdidas*.

A chuva começou a cair forte, como se tentasse encharcá-lo, manchando os jeans dele de um novo azul-marinho temporário. Ele baixou o olhar para Jack, com o pelo impermeável dela. A chuva nunca a deixava *encharcada*. Bully enfiou a cabeça o mais fundo que conseguiu no casaco e, quando olhou de novo, estava na Kennington Road. E ali, do outro lado da rua, havia uma grande casa branca iluminada dentro de um parque. O que o atraiu para lá foram dois canhões grandes, muito grandes, apontados para o rio. Qualquer lugar com armas era um local seguro. E talvez ele conseguisse se esconder atrás da casa em uma entrada e voltar para o rio no dia seguinte, atravessando-o mais adiante.

Bully correu até os portões de ferro. Seus pés estavam molhados e doloridos. Não havia ninguém ao redor, somente carros subindo e descendo a rua, sibilando na chuva. Ele enfiou Jack dentro do casaco e subiu no portão, enfiando a ponta dos pés nos espaços entre o ferro trabalhado.

Quando chegou ao topo, parecia que o chão tinha encolhido. Ele hesitou, depois começou a descer pelo outro lado. Como não tinha onde segurar, escorregou, e a perna da calça ficou presa em uma ponta, deixando-o pendurado ali de cabeça para baixo, Jack raspando com as patas e arranhando seu rosto. Ele xingou, soltou-se e caiu.

Então se levantou, saltitando e praguejando.

– *Jesus amado, Jesus amado* – disse, pois tinha torcido o tornozelo e sua mãe costumava dizer aquilo quando se machucava.

Bully olhou ao redor pelo parque. Não havia lua, e, afastando-se das lâmpadas da rua, o chão ficou preto rapidamente, até encontrar a luz da grande casa branca. Ele foi até um pequeno grupo de árvores ao lado da casa, ainda mancando. Durante algum tempo, o chão estava mais seco embaixo dos galhos durante algum tempo, mas logo a chuva começou a abrir caminho através dos espaços entre as folhas. Então Bully correu para o pórtico pontiagudo na frente da casa. Leu a placa acima das portas de vidro.

MU...SEU DE GUER...RA IM...PE...RI...AL

Ele tinha ido a um museu uma vez. Passeios com a escola eram gratuitos se você fosse pobre, mas depois de uns dois ele havia começado a perder as cartas dos professores.

Agora Bully deu uma boa olhada através das portas de vidro, de graça. Dentro do museu, pendurado em cabos no teto, havia um avião velho que parecia ter sido montado a partir de pedacinhos de coisas encontradas na rua. No entanto, o tanque embaixo dele parecia bastante real, feito de metal e amassado como se tivesse participado de uma guerra de verdade. E havia um foguete também, a parte de cima onde ficavam os homens que desciam de volta à Terra, como a ponta de um gigantesco lápis cego.

Bully balançou as portas de vidro. Eram espessas demais para quebrar e, apesar de estar seco ali, sob o pórtico, não se sentia seguro na luz, então foi se esconder fora de vista, embaixo dos canhões de artilharia que despontavam no jardim.

Agachou-se ao lado do espaço onde os projéteis eram colocados. Estava seco. Jack começou a lamber as canelas dele. O tornozelo torcido estava dormente agora. Com o isqueiro, Bully deu uma olhada no outro. Havia sangue em um dos tênis, escorrendo de algum lugar. Ele deixou Jack lamber tudo até que se lembrou da ratazana que ela havia carregado na boca, então afastou o pé.

Examinou a abertura redonda acima de sua cabeça, muito maior do que ela. Aqueles canhões eram grandes, muito grandes. Pena que estivessem apontados para o norte, e não para o sul. De onde estava, ele poderia destruir com facilidade seu antigo apartamento, ainda que ele ficasse a dez ou onze quilômetros dali. Destruiria todo o quarteirão, com Phil, *ela* e *ele*, com apenas um par de projéteis. Como cada canhão disparava um projétil tão grande quanto um homem adulto, cada cano tinha talvez quinze ou vinte polegadas de diâmetro... o *calibre* era como se chamava. Armas antigas eram medidas em polegadas e armas novas eram medidas em milímetros. Phil tinha ensinado isto a ele: os tamanhos e os nomes certos de coisas que matavam as pessoas. E armas grandes eram chamadas *howitzers* e canhões, e disparavam projéteis, mas armas pequenas disparavam balas, que eram chamadas de cargas. E bombas eram "artefatos explosivos". E qualquer coisa vindo *contra* você era *fogo inimigo*... e seria melhor você se agachar, do contrário estaria...

De repente, Bully entrou em pânico pensando que o bilhete devia estar ficando molhado. Abriu o zíper do bolsinho interno do casaco e pegou-o. O bilhete ainda estava inteiro, mas a parte de cima estava úmida. Ele gritou quando o bilhete rasgou um pouquinho. Precisava de um lugar melhor, mais seguro, para escondê-lo. O casaco de capuz não tinha um bolso com zíper e a calça estava molhada.

Ele sacou o pacote tamanho família de batata frita que tinha pegado no apartamento e comeu o que restava. Depois, virou o saco pelo avesso, cortou um pedaço e embrulhou o bilhete nele. Aquilo manteria o papel seco, mas onde o esconderia? Não lhe agradava a ideia de enfiá-lo no traseiro, como faziam na prisão. De todo modo, ele não conseguia entender como aquilo funcionava, pois o que acontecia quando você precisasse *ir ao banheiro*? E se enfiasse o bilhete no buraco do ouvido?

Mas ele não gostava de coisas dentro dos ouvidos. Certa vez, quando era pequeno, um besouro tinha entrado em seu ouvido, e ninguém havia acreditado nele até o inseto se desenrolar no dia seguinte e sair voando. Bully não tinha nenhum buraco grande nos dentes no qual pudesse enfiar o bilhete, todos estavam obturados. E também não dava para enfiá-lo dentro do nariz, pois ele estava resfriado e com o nariz escorrendo. De qualquer jeito, ele tirava meleca o tempo todo.

Enquanto pensava, ele deixou Jack se arrastar para dentro do casaco, como se fosse uma barraca. Esfregou a orelha dela e a plaquinha de identificação tilintou. Era uma pena que fosse apenas metal sólido e não abrisse como algumas joias da mãe. Ele passou a mão em torno da coleira de Jack. Estava ficando apertada, beliscando-a, pois era para um filhote, por isso Bully tinha feito mais um furo nela. Ele retirou a coleira e a examinou com mais cuidado sob a luz do isqueiro. O objeto era basicamente feito de duas tiras de couro costuradas uma na outra. Ele sacou o canivete e começou a desfazer a costura com a lâmina mais curta. Era um trabalho difícil. Bully errava os pontos toda hora e acabava queimando os dedos com o isqueiro – e os pontos eram tão minúsculos que era como cortar pulgas. Mas por fim ele conseguiu enfiar a lâmina entre o couro e fazer uma abertura.

Dobrou o pacotinho de batata frita até que ficasse mais ou menos do tamanho da ponta da unha de seu dedo mindinho e o enfiou na abertura com a colher de metal. Bully não poderia costurar de volta, mas sempre tinha chicletes, então mastigou um pedaço velho e vedou o buraco. Quando aquele negócio secava, era como concreto. Ele tinha observado os homens de colete explodindo as bolinhas de chiclete velho nas calçadas da Strand.

Bully recolocou a coleira em Jack. O pelo dela era quase da mesma cor do couro. Ele esfregou um pouco de terra e sebo do casaco no chiclete para camuflá-lo. Jack deu uma lambida no rosto dele.

– Você é um cachorro de um milhão de dólares agora – disse, acariciando a cabeça dela.

Então, na escuridão, ele sentiu as orelhas de Jack se voltarem para trás, como se ela fosse um *bat*-cão.

Bully acendeu o isqueiro para ver o que ela estava pensando. Estava ouvindo algo... Algo que ele ainda não estava escutando. No entanto, quando viu os olhos dela ficando bem parados, ele soube o que era.

03 **23** **01**
DIAS HORAS MINUTOS

Era o som de um cachorro procurando por eles, seguindo o rastro invisível que tinham deixado. Alguém deveria ter usado a cama dele para apresentar o cheiro a um cão. E um cão treinado poderia seguir o cheiro deles, caçá-los por Londres inteira durante pelo menos um dia.

Jack também sabia daquilo. E agora estava dizendo isso a Bully, mostrando sua esperteza da única maneira que sabia, rosnando e choramingando, perguntando: *A gente deve lutar ou fugir?* Porque alguém estava indo pegá-los, aproximando-se com um cão para tomar os milhões dele, e, pela maneira que os olhos de Jack estavam ficando vidrados, ela também sabia *qual* cachorro. Bully viu o rasgo na orelha dela: Janks. Ele estava *ali*, querendo cobrar como impostos tudo o que Bully tinha.

Ela mordeu a escuridão. E, dessa vez, Bully ouviu apenas o finalzinho de um uivo. O som vinha, ele imaginava, de trás dos fundos da casa, de outro portão no outro lado do parque. Ele lambeu o dedo indicador e o ergueu no ar... Ventava pouco, mas talvez o bastante para carregar o cheiro deles na direção *errada*. Ele não achava que conseguiria correr mais rápido do que eles agora, não com o tornozelo tão machucado. Examinou o parque. *Jamais seja pego em um espaço aberto...* Tudo o que conseguia enxergar eram bolas pretas, latas de lixo espalhadas. Talvez conseguisse caber direitinho em uma delas, encolhido com Jack, cobrindo a cabeça dos dois com lixo. Instintivamente, no entanto, sabia que precisavam encontrar um *terreno elevado*.

Correu para as árvores. Tentou pular para alcançar o galho mais baixo. Não o pegou por pouco, mas, quando caiu, o tornozelo cedeu sob o peso do corpo e ele soube que não aguentaria outra queda. Depois, tentou escalar, com os braços em volta do tronco, mas o pé continuava a prejudicá-lo. Mesmo que subisse na árvore e arrastasse Jack para o alto... *mesmo* que subissem na árvore, o cão os encontraria, porque qualquer cachorro velho saberia que estavam lá em cima. Mesmo que fossem direto para o topo, o cachorro de Janks iria vê-los entre os galhos e as folhas. O fato de que estava escuro não importava.

Esse pensamento deu a Bully o começo de uma ideia. Ele tirou o casaco. Revirou-o com os dedos dormentes e sacou o celular, o canivete e a guia de Jack. Amarrou a guia em torno do próprio pescoço, pois seus bolsos eram pequenos demais. Escutou outro uivo, o som se aproximando. Entrou em pânico e jogou o casaco o mais alto que conseguiu nos galhos, com o que quer que ainda houvesse nos bolsos. E, quando o casaco se soltou da mão dele, Bully sentiu um pequeno vazio se abrindo na mente, um buraco que dizia que ele tinha se esquecido de alguma coisa... O cartão! O cartão de sua *mãe*! Ele tentou saltar para pegá-lo de volta, mas era tarde demais. Deu um tapa na própria nuca. Como era burro! Mas precisava sair dali. Então, tirou os tênis, enrolou as meias e jogou tudo para trás, na direção do museu de guerra, e depois também o telefone, pois a tela estava estilhaçada e vazando cinza e preto. Não tinha mais utilidade. Jogou todas as suas coisas o mais longe que conseguiu, como uma pista *falsa*. Aquilo talvez atrapalhasse as coisas por algum tempo. A chuva poderia estar diminuindo seu rastro verdadeiro, pensou ele enquanto mancava de volta até os canhões para se agachar debaixo deles.

Bully tinha consciência de que o espaço embaixo dos canhões era um lugar ruim para se esconder, mas não sabia mais para onde ir. Não conseguia pensar, não conseguia ligar os pontos na mente. O som mais forte do latido do cachorro fez a cabeça dele recuar de volta para o espaço debaixo do metal. O cão estava em algum lugar dentro do parque agora. A última linha de defesa tinha sido invadida.

O pânico é fatal... arranca sua cabeça como um tiro...
– Vamos lá... – disse, tapando os ouvidos. – *Vamos lá...*
Foi quando teve o restante da ideia.

Saiu de baixo dos canhões e se levantou. Mal conseguia distinguir o contorno dos dois canos sumindo na escuridão. Se fosse capaz de subir até o topo deles e fosse até a extremidade do canhão, mesmo que não conseguisse escapar, estaria ao menos em uma posição em que poderia se *defender*.

A primeira coisa que fez foi esconder Jack dentro do casaco, puxando o capuz para baixo, como sua mãe costumava fazer com ele quando era pequeno.

– Quieta – disse para Jack, montando no canhão, esforçando-se com o peso dela à sua frente... era como carregar um bebê de quatro patas.

O ângulo da elevação era mais íngreme do que aparentava do chão, mas Bully conseguiu ficar de pé no cano. O metal estava frio sob seus pés, e o tornozelo começou a doer de novo sem os sapatos. O cano não era tão largo quanto Bully tinha imaginado, e ele precisou andar de lado, equilibrando-se com os braços como se fosse um daqueles artistas de rua fazendo bagunça por dinheiro.

Ele já estivera mais alto do que aquilo; muito, muito mais alto, no terraço do velho prédio onde morava. Havia subido até lá um dia para ver como era olhar diretamente para baixo sem nada em que se segurar. Não tinha sentido medo daquela vez, não como sentia agora, no escuro, na chuva, a possibilidade de olhar para baixo por todos os lados. Ele tentou não olhar para baixo, mas não conseguiu evitar. O chão ficava puxando a cabeça dele. E, quando olhou, escorregou e caiu.

Estendeu os braços e agarrou o cano, mas bateu com a mandíbula no crânio de Jack e ela o mordeu, pegando sua orelha. Mas Bully não se importou durante alguns longos segundos. Encostou o rosto no metal e o abraçou quase mais forte do que já tinha abraçado qualquer coisa ou pessoa na vida. E, apesar de estar esmagando Jack contra o cano, e de ela estar se arrastando sobre o canhão, ele não conseguia se mover, não conseguia avançar mais...

03 **22** **50**
DIAS HORAS MINUTOS

Jack tirou a cabeça de baixo da de Bully e lambeu a orelha dele, choramingando, pensando que tinha feito algo errado e que aquele era seu castigo, ficar presa ali no alto, amassada dentro do casaco de Bully.

– *Tudo bem... tudo bem...* – sussurrou ele. – Shh. Quieta... tudo bem... tudo bem...

Ele abriu um espacinho para ela, segurou-a com um pouco menos de força, desencostou o rosto do cano, e ela parou de se debater.

Bully levantou a cabeça lentamente e depois se sentou. Conseguia ver as luzes da rua, dos carros e dos prédios salpicando na chuva. Deu-se conta de que não adiantava estar ali no alto se Janks o encontrasse, não era possível se defender apenas sentado no cano. Ele cairia. Restava apenas um lugar para onde ir quando chegou à extremidade: para *dentro* do canhão.

Agora, Bully ouvia claramente um pit bull, se bem que não podia se arriscar a olhar para o museu atrás dele. E *era* um pit bull, ele tinha certeza; menos eco no latido, mais agressividade, como se o animal tivesse um único objetivo na mente. Ele empurrou o corpo para a frente com os joelhos, entrando em um ritmo, ainda abraçando o cano até sentir a borda de aço da boca do canhão.

Contudo havia algo cobrindo a extremidade. Algo que emitia um baque de plástico, como uma camada de lona cobrindo a traseira de um caminhão. Apesar de Bully socá-la com o punho, o tecido não cedia. Ele tentou remover a lona, mas ela estava amarrada com uma corda de metal enrolada na extremidade do cano. E era tarde demais para descer de volta. O latido estava mais alto, *mais mordaz*, o cachorro sentindo mesmo o cheiro que procurava, aproximando-se cada vez mais. E vozes! Ele conseguia escutar homens gritando instruções. Sacou o canivete, abriu a lâmina grande e cortou o plástico espesso duas, três vezes, esforçando-se ao máximo para que a lâmina atravessasse o material.

Entrou com os pés primeiro, com as patas de Jack ao redor do pescoço, primeiro segurando-se nele, depois se debatendo, tentando sair. Bully não podia culpá-la: ele próprio tinha a sensação de estar sendo engolido vivo e também começou a se debater. Até que ficou preso.

Prendeu a respiração. Metade para dentro, metade para fora do cano, passou uma fração de segundo horrorizado com o cachorro conseguindo alcançá-lo e arrancando nacos dele, com a facilidade de alguém que estivesse tomando um sorvete. Bully se contorceu para os lados freneticamente, esfolando o quadril, a parte mais larga dele, forçando ainda mais o corpo para dentro, tentando segurar Jack.

– Calma! Fica calma! – sussurrou.

Mas ele próprio não estava calmo. Não estava se acalmando. O que poderia fazer? Precisava ser mais magro! Precisava ficar do tamanho do *calibre correto*. Como poderia fazer aquilo? Soltou o ar e sentiu o pouco de gordura e pele ceder entre suas entranhas e o cano. E escorregou; moveu-se apenas um pouquinho... Soltou mais ar, esvaziou os pulmões, *assoprou* o ar que lhe restava e virou um lado do corpo para baixo, inclinado, dobrando-o como uma caixa de papelão. Então, *desceu direto* para dentro do cano.

Quando chegou aos ombros, Bully se perguntou como faria para não deslizar *até o fundo*. E precisava pensar rápido, fazer *shh* para Jack e evitar escorregar, tudo ao mesmo tempo. Deu um tapinha no focinho dela, mandando-a *calar a boca*, e sentiu a guia ainda em torno de seu pescoço. Então, com uma das mãos, retirou-a, abriu o grande gancho de metal na ponta e o enfiou por cima da corda de metal em torno da borda do cano. E, como um alpinista entrando em uma caverna, foi descendo com Jack por dentro do canhão.

Instantaneamente, o mundo se desligou. Ele ficou ali deitado, braços estirados acima da cabeça, piscando na escuridão, mas sem ver nada. No entanto, conseguia escutar tudo, até mais alto dentro do cano: a guia molhada rangendo, Jack arfando muito rápido e, mais alto do que tudo, a voz dentro de sua cabeça lhe dizendo para sair, *sair*.

Então, a voz de um homem desceu cano abaixo, uma voz que ele conhecia, fazendo-o estremecer, as palavras oscilando para cima e para baixo, gritando e dando ordens.

– Mui-to bem... es-cu-tem! *Vocês*, confiram as latas de lixo enquanto dou uma olhada por aqui.

– O que ele estaria fazendo em uma *lata de lixo*?

– Simplesmente faz o que eu mandei – disse Janks.

Bully pressionou forte a orelha contra o aço frio do interior do cano e, em meio ao barulho da chuva, conseguiu ouvir a outra voz ainda reclamando, fazendo perguntas, e se deu conta de que havia apenas dois homens.

– Aqui, Janks! Vem cá! Aqui está o casaco dele... e os sapatos. E um celular. Ele está no alto daquela árvore!

Mas o pit bull ganiu como se soubesse que aquilo não era verdade. Em seguida, o ganido se aprofundou em um uivo, e Bully imaginou que conseguia senti-lo puxando a guia, o cheiro da caça forte como o de uma refeição suculenta, o cão aguando agora que *sabia* onde Bully e Jack estavam.

Ainda assim, ele rezou para que o plano desse certo. Talvez, quando vissem que ele não estava no alto da árvore, pensassem que tinha conseguido fugir. Ele girou um pouco, tremendo na ponta da guia de cachorro porque estava enclausurado no interior de umas duzentas toneladas de aço frio.

Plim! O que foi isso? *Plim... plim...* A última moedinha que tinha no bolso rolando para baixo. Havia um buraco na calça. Ele nunca guardava muito dinheiro ali a ponto de se preocupar com isso. Agora, não conseguia alcançar o bolso. Precisava ficar ali deitado como se estivesse amarrado e ouvir... *plim... plim... plim.* E sabia que, mesmo na chuva, o cachorro de Janks também estaria ouvindo.

Bully permaneceu *muito, muito* imóvel. Suor e chuva escorriam e se misturavam descendo por suas costas. Depois, ele ouviu um som diferente, não metal contra metal, mas um som vivo, saltitante, rascante... algo *subindo* no cano! E pensou em todos aqueles filmes a que tinha assistido, com alienígenas e insetos se reproduzindo na escuridão. Ali estava, de novo! Ele não conseguia olhar para baixo, mas encostou o queixo no peito e sentiu o nariz de Jack se retorcer contra seu pescoço. E Jack deu o latido mais baixo que conseguiu – uma pequena tosse –, como se estivesse no meio de uma aula na escola, transmitindo uma mensagem sem fazer o professor dar meia-volta. Foi nesse momento que Bully compreendeu: o cachorro de Janks estava *em cima* do canhão.

Ele se preparou com o canivete ainda na mão esquerda. Esperou. A chuva começava a fazer a mão que segurava a guia deslizar, então ele a enrolou em torno do pulso para que ainda pudesse esfaquear o focinho do pit bull com a outra mão.

– O que ele está fazendo lá em cima, Janks? – gritou o outro homem. A voz soava bem insatisfeita e furiosa. – O que ele está fazendo? Olha só para ele... Olha só...! O que tem de *errado* com ele?

Os arranhões pararam. Um ganido, um arranhão, caindo... E os homens rindo, perversos e ocos. O cachorro tinha escorregado e caído no chão, era isso o que tinha acontecido! O cachorro tinha escorregado e caído do cano! E o homem estava rindo daquilo e fazendo graça do cão de Janks.

– Olha só para ele, Janks! Olha isso... O que é isso, Janks? Uma provocação? Quer dizer, isso está virando uma *piada*.

– Você acha que eu sou uma piada?

– Não, Janks... Não *você*, é o seu cachorro. E tudo *isso*.

– Vem aqui e diz isso na minha cara, então.

– Não, deixa disso, Janks. Eu estou só falando...

Durante três ou quatro respirações de Bully, houve silêncio fora do canhão, como se tudo já tivesse sido dito. Depois, ele ouviu os dois homens começando a ameaçar um ao outro, grunhidos e berros explodindo entre as palavras, de modo que Bully não conseguia dizer exatamente o que estava acontecendo até ouvir um som que pouquíssimos homens fazem mais de uma vez na vida.

7

03 **22** **00**
DIAS HORAS MINUTOS

Em Londres e nos arredores da cidade, nas primeiras horas da manhã, celulares se iluminaram com uma foto de um garoto e seu cachorro. E uma mensagem.

Pivete à solta responde pelo nome Bully visto pela última vez na margem sul seguindo para o norte rumo a watford – grande recompensa oferecida para quem o trouxer de volta em segurança JANKS

Um grande número de homens esfregou os olhos e voltou a dormir, sem dar importância. Mas em pequenos apartamentos iluminados em pequenos lugares escuros, alguns pararam por um momento o que faziam (para o alívio de algumas pessoas) e consideraram seriamente a oferta. E, apesar de a maioria desses homens ter voltado a fazer o que estava fazendo, mais do que um ou dois decidiram que queriam *participar* daquilo. E *todos* esses homens – gordos, magros, altos, baixos e de aparência engraçada – tinham uma coisa em comum: não se *importavam* com o que estivessem procurando. Só queriam o dinheiro. Antes de o sol nascer, estavam circulando por Londres, procurando um pivete chamado Bully que os tornaria ricos.

8

03 **20** **35**
DIAS HORAS MINUTOS

Bully acordou engasgando, Jack lambendo seu rosto, baba e catarro entrando no nariz *dele*. Esticou o pescoço para levantar os olhos e viu uma mancha cinza pintada na escuridão. No verão, a luz voltava no meio da noite, muito antes do sol, e ele deduziu que não ficara inconsciente por mais do que duas horas. Tentou içar o corpo com a guia de Jack, mas seus braços não davam ouvidos à cabeça, recusavam-se a fazer o que ele pedia, mesmo quando o fazia com educação. Bully era um peso morto; o sangue velho da noite passada preso na parte superior de seu corpo. Ele se sentia como uma minhoca cortada pela metade.

Testou as pernas. Elas ainda faziam o que ele mandava, então Bully firmou os pés descalços nos lados do cano. Eles escorregaram algumas vezes, mas o garoto permaneceu onde estava. Depois, lembrou-se de que em todas as armas, fossem elas grandes ou pequenas, havia *ranhuras* dentro do cano. Aqueles vincos no metal espiralavam para cima, girando e girando dentro da arma, fazendo o projétil rodar na direção do alvo. Phil explicara aquilo para Bully. Ele tinha mostrado a pistola levada para casa da guerra. O menino havia olhado dentro do cano e visto os pequenos vincos brilhando na escuridão, então imaginara alguém morrendo no final dele.

Bully não queria morrer *dentro* de uma arma, por isso levantou um pouco os joelhos, tateou pelos vincos com os dedos dos pés e, depois, enfiou-os o mais fundo que conseguiu.

Fez muita força... e devagar, bem devagar, arrastou-se com Jack cano acima.

Alguns segundos após dobrar os cotovelos na boca do canhão, o formigamento começou a pinicá-lo, e ele passou um bom tempo se contorcendo e reclamando daquilo, dizendo *Jesus amado, Jesus amado*.

Ele se lembrou do grito do homem de algumas horas antes e olhou para baixo e ao redor. Ali estava ele, o homem, estirado no chão, com os bolsos revirados e a barriga escorrendo para a grama, deixando as folhas com uma cor marrom, morta. Mas Bully ainda o observou por algum tempo até ter certeza de que estava morto.

03 **20** **22**
DIAS HORAS MINUTOS

Quando a dor se cansou dele, Bully começou a subir para fora do cano. Era mais fácil do que entrar, pois estava *saindo*. Não importava quanto fosse assustador olhar para baixo tão do alto, com um homem morto no chão. Ele percorreu o cano se arrastando de quatro, Jack ainda dentro do casaco. Bully procurou os tênis e as meias, mas tinham sumido. E, mesmo franzindo os olhos na luz cinzenta, não conseguiu ver seu casaco na árvore. Era provável que Janks o tivesse pegado, procurando o bilhete. Depois, Bully se lembrou do que mais havia em um dos bolsos. Ficou imóvel por um momento, absorvendo aquilo, de luto pela perda do cartão de aniversário de sua mãe.

Hoje seria o primeiro dia em que não ouviria a voz dela desde que ela morrera.

Ele ouviu um carro passar ruidosamente na rua vazia e viu os faróis ainda acesos, iluminando o começo da manhã. Começou a se mexer e foi caminhando até os portões, fingindo que o homem morto não estava lá, mas acabou olhando para trás. Não conseguiu evitar. Queria apenas se assegurar de que ele nunca mais se levantaria.

03 **20** **14**
DIAS HORAS MINUTOS

Na rua, Bully se orientou usando a bússola no canivete. Observou a setinha apontar para o norte e seguiu na direção do rio. Não tinha dinheiro, comida, nem mesmo sapatos. Mas tudo que precisava fazer era continuar seguindo a seta para chegar a Watford e Camelot, depois poderia comprar quanta comida e quantos pares de Reebok quisesse. O cara com ar de *geek* tinha falado que Watford ficava a cerca de 32 quilômetros de Londres. Parecia muito, mas depois Bully pensou em quanto caminhava todos os dias apenas vagando por aí. E estava destinado a chegar a Watford se simplesmente continuasse andando rumo ao norte, pelo menos até ver uma placa indicando o caminho para lá ou um trem que fosse naquela direção.

Mas, antes, precisava atravessar o rio.

03 **20** **06**
DIAS HORAS MINUTOS

Londres estava vazia. Quase nada se movia. Até o rio estava lamacento e vagaroso. Bully passou pela London Eye, olhou para os vagões cinzentos e vazios pendendo do céu, que ia ficando mais branco. Aquela roda-gigante *estava* quebrada agora, nada girando.

– Jack! – gritou, pois ela estava afastada caçando pombos que ainda dormiam no chão.

Depois, olhou em volta quando os prédios no outro lado do rio projetaram sua voz de volta para ele. Tudo ao redor era como uma TV com o som desligado, o que o deixava nervoso, tremendo. Basicamente, o silêncio era ALTO demais, e Bully se sentia como o último garoto no mundo. Queria os zumbis de volta, jorrando da estação e atravessando a ponte, para que pudesse se perder entre eles.

Foi quando se perguntou se não seria melhor aguardar mais um pouco, ficar escondido até que as ruas estivessem mais movimentadas, ou até mesmo até segunda-feira de manhã, antes de atravessar. Mas os turistas não apareciam até o meio do dia, e segunda-feira estava longe demais. Além disso, ele sentia um impulso de sair correndo *logo*.

Sabia que, se não atravessasse nesse momento, as pessoas que o procuravam teriam mais chances de encontrá-lo, de captar seu cheiro outra vez neste lado do rio. E, mesmo que Janks não usasse seu cachorro, humanos ainda eram capazes de caçar. Janks e sua gangue só precisavam procurar um garoto sem sapatos nem meias e um cachorro engraçado. Mesmo em Londres, não seria algo difícil de achar.

03 **20** **03**
DIAS HORAS MINUTOS

Bully chegou ao fim da trilha que corria ao longo da margem do rio e em seguida, de quatro, subiu engatinhando os degraus do viaduto. Ouviu um carro se aproximando e se agachou, aguardando um bom tempo após os pneus terem passado, até que o cheiro do cano de descarga desaparecesse. Depois, espiou logo acima do último degrau, de modo que qualquer pessoa olhando veria apenas meia cabeça. Quando viu o viaduto, percebeu que era muito mais extenso do que se lembrava, porque estava mais próximo e mais vazio do que jamais o vira. Ele calculou que havia dois ou três campos de futebol de distância entre ele e o Big Ben. Apesar de estar com sede e seus olhos estarem esquentando enquanto o resto dele esfriava, Bully esperou. E esperou. E observou o ponteiro maior estremecer na direção do fim da hora, preparando-se para anunciar para toda a Londres que eram quatro da manhã em uma madrugada de domingo.

Ele se agachou enquanto outro carro passava, ganhando tempo nas estradas de alta velocidade sem sinais de trânsito. Depois, como se fosse prender o ar por muito tempo, respirou fundo e decidiu que tinha chegado a hora. Levantou-se e começou a atravessar a ponte correndo na direção do Big Ben, o mostrador do relógio ficando maior à medida que ele corria.

Correu desengonçado por causa do tornozelo, toda hora desviando para o lado da rua. Uma vez, tropeçou em Jack e reclamou com ela por entrar na sua frente. Dois carros passaram por eles na ponte. O primeiro o deixou com medo, pois estava muito, *muito* devagar, como se fosse parar. Mas não parou.

03 **20** **00**
DIAS HORAS MINUTOS

Bang... Bang... Bang... Bang... atravessando a cabeça dele, como se o Big Ben o estivesse punindo por ter demorado tanto para atravessar o rio. Quando os toques cessaram e ele tirou as mãos dos ouvidos e olhou para cima, um homem gordo *enorme* envolto em uma grande capa preta com uma bengala estava olhando para ele.

03 **19** **59**
DIAS HORAS MINUTOS

CHURCHILL era o que estava escrito embaixo da estátua.

Bully tinha quase certeza de que já tinha ouvido falar nele: algo a ver com vencer uma das guerras, uma daquelas que tinham "I" grande no nome. O homem parecia confortável e aquecido lá no alto, todo agasalhado. Bully ficou com saudades do casaco, ainda sentindo sua perda e do que havia dentro dele.

Parou de pensar nisso quando ouviu o barulho da motocicleta acelerando ao longo do rio. Não soube por que teve medo da moto, por que ela o deixava com vontade de se esconder. Talvez porque, até aquele momento, só tivesse escutado carros durante a manhã. Talvez porque ela soasse mais alta do que os carros, mais alta do que a maioria das motos, como uma moto para trilhas, algo que não pertencia propriamente à cidade, que poderia ir atrás dele na calçada, através de parques e aonde mais ele fosse.

A moto vinha devagar, mas estava se aproximando... O som de um motor grande ricocheteando nos prédios ao redor, pistões subindo e descendo...

Vrummm... vrummm... vrummmm... Vrummmmmmm...

Bully olhou ao redor da praça. Havia prédios antigos por toda parte, mas nada que pudesse escalar, nenhuma entrada para se esconder. Além disso, o lugar dos políticos estava envolvido por grades de ferro e trancado, parecendo um castelo de areia único, gigantesco e muito caro. Ele deu outra olhada pela praça. Tinha ficado tão ocupado examinando os prédios que não absorvera tudo o que havia ali. No meio da grama havia uma multidão de barracas verdes e marrons e, durante apenas um segundo bobo, ele pensou que talvez estivessem ali de férias. Depois, viu os trapos coloridos e os cartazes amarrados às árvores na beira da calçada.

ACAMPAMENTO DA PAZ

Foi quando ele soube onde estava: na cidade dos rebeldes. Ele ouvira a respeito dos protestos, pessoas morando nas calçadas e atrapalhando todo mundo, queixando-se noite e dia sobre soldados matando pessoas. Mas, naquele exato segundo, ele amou os rebeldes! Ficou feliz por estarem ali, acampados no meio da praça do Big Ben! Correu para o meio da pequena cidade de barracas para se esconder. Quando se deu conta de que o som da moto permanecia constante e logo a veria, e seus perseguidores o veriam, sussurrou:

– Para baixo, garota! Para baixo! – E seguiu Jack para o chão.

Engatinhando, abriu caminho até uma das barracas na margem do acampamento. Bully espiou entre as pequenas aberturas em forma de *V* nas tendas. Ele tinha acertado: a moto *era* suja, grande, para-lamas retorcidos e suspensão elevada. Viu dois homens, um pilotando, outro na garupa com o visor levantado, olhando em volta, *realmente* procurando, o capacete virando para a esquerda e para a direita... esquerda e direita. Nenhum deles tinha a forma ou o tamanho de Janks.

A moto contornou o acampamento devagar, e Bully se arrastou lentamente ao redor da barraca, Jack o acompanhando, permanecendo no lado cego da moto. Ninguém disse nada e, quando chegou à frente da barraca, Bully abriu o zíper e mergulhou lá dentro, pronto para implorar por apenas um minuto, apenas tempo suficiente para recobrar o fôlego... Mas a barraca estava vazia.

– Entra, entra – disse para Jack antes de a moto passar. Mas, enquanto fechava o zíper de volta, ouviu o motor entrar em ponto morto e depois parar.

Ele esperou. Os homens falavam baixo, mas não sussurrando. Bully respirou, soltou o ar devagar, espalhando um pouco da bruma do começo da manhã dentro da barraca.

– O que você viu?

– Num sei. Alguma coisa se mexendo. Logo ali. Não dá para ver nada com esse capacete. Quer trocar?

– Qual era a barraca?

– Eu *não sei*! Acabei de falar, *logo ali*. São todas parecidas. Vamos para lá.
– Isto é desperdício de tempo! O que ele tem exatamente? O que o Janks disse?
– Ele não queria dizer, né? Deve ser alguma coisa valiosa.
– Talvez a gente consiga pegar do garoto, vai ver esse negócio vale *muito*.
– Tudo bem por mim, mas primeiro a gente precisa encontrar o menino...

Então agora havia um preço pela cabeça dele, pensou Bully. E Janks era quem o tinha colado ali. Quantas pessoas sabiam sobre o bilhete de loteria? Quantos celulares estavam tocando agora, marcados com o nome dele? Ele não queria pensar sobre isso, dava medo demais.

Ele conseguia ouvir os homens caminhando por perto, um deles tropeçando e xingando.

– Shh – disse o garoto, porque Jack estava arfando mais rápido e mais alto do que ele. Depois, ouviu o zíper de uma barraca próxima sendo aberto. Depois, outro.

– Esta está vazia... E esta também... Não tem ninguém aqui, Baz!

Aquilo fez com que Bully começasse a tremer de novo. A cidade dos rebeldes era como qualquer outra cidade: eles iam para casa no fim de semana. Ele ouviu outro zíper sendo aberto, dessa vez mais perto. Mais um, e mais um. Depois, *tump... tump*... Estavam pisoteando as barracas agora. Era mais rápido e mais divertido.

Tump... tump...

– Arrgh! – Alguém estava na barraca vizinha à dele! – O que vocês acham que estão fazendo?

Uma mulher estava partindo para cima deles, gritando, chamando-os de *fascistas*. Os dois começaram a berrar de volta, mandando *volte a dormir, querida*. Mas, agora, mais hippies estavam acordando e se aglomerando. No fim das contas, o lugar não estava vazio, apenas *parcialmente* vazio. E os dois homens estavam dizendo palavrões e disfarçando, voltando para a moto.

Bully ouviu o motor acelerar e partir. E, quando não escutava mais a moto, cambaleou até o zíper aos seus joelhos, abaixou-o lentamente e espiou para fora. Todos os hippies ainda olhavam na mesma direção, para onde a moto tinha ido, ao norte da praça. Alguns deles esfregavam a cabeça e diziam que aquilo era *inacreditável*. Depois de um tempo, começaram a pegar as barracas e a montá-las de novo, como se tudo não tivesse passado de uma brincadeira idiota.

Bully voltou a fechar o zíper da barraca, então relaxou e deu uma olhada ao redor.

Nunca tinha estado em uma barraca antes, e não achou nada de mais: as paredes eram finas e se moviam quando você tocava nelas. Ele não achou que aquilo fosse muito melhor do que dormir ao relento.

Havia um saco de dormir, mas não havia água, apenas um cartaz enrolado e um pouco de lixo em uma sacola de plástico. O garoto olhou dentro dela mesmo assim. Bem que estava com sede, mas o mais urgente era fazer xixi. Assim, esperou até que todos os rebeldes e hippies voltassem para a cama e abaixou o zíper apenas um pouquinho...

E, pela primeira vez em muito tempo, riu.

9

03 DIAS **12** HORAS **34** MINUTOS

Paz, guerra não! Paz, guerra não! Paz, guerra não! Paz, guerra não! Paz, guerra não! Paz, guerra não!

Os gritos e assobios o fizeram acordar em pânico. Bully se perguntou onde estava, o teto verde-claro da barraca aquecendo seu rosto, a apenas alguns centímetros dele. Ele tinha dormido direto. Havia pensado que o Big Ben o acordaria como um despertador às cinco ou seis da manhã, mas ele tinha dormido durante todo aquele *bang, bang* do relógio... Parou de pensar a respeito disso quando sentiu uma espécie de fedor de chocolate queimado atravessando seu frio...

– Jack! Jesus *amado*!

Ela fez cara de culpada, olhando de lado para o chão. Precisara se aliviar e o fizera o mais longe possível de Bully... mas em uma barraca para duas pessoas, isso não era muito longe.

Ele tentou respirar apenas pela boca, mas um acúmulo de catarro o engasgou. Ele estava ouvindo a balbúrdia lá fora. Ainda não poderia sair em meio a todo aquele barulho. Não sabia o que estava acontecendo. Assim, esvaziou a sacola de lixo do canto e, pela primeira vez na vida, pegou *aquilo*.

Fez um nó na sacola e a jogou para longe. Depois, conferiu a coleira de Jack. O chiclete ainda não secara, então ele esfregou um pouco mais de sebo e terra nele. Depois, sentou-se para planejar. Pela sensação da luz e pelo modo que o sol batia na barraca, já passara muito da hora de levantar e seguir em frente. Talvez fossem onze horas, ou meio-dia. Ele não ouvia nenhum carro, somente vozes, *muitas* vozes, gritando e se movimentando como se uma enorme festa estivesse acontecendo lá fora. Às vezes, faziam esse tipo de festa na antiga casa dele, no gramado entre os prédios, no verão, com hambúrgueres, bebidas, risadas e... Um tambor começou a soar, seguido por mais gritos, e ele tapou os ouvidos por algum tempo.

Paz, guerra não! Paz, guerra não! Paz, guerra não!

Quando o tambor parou, Bully espiou pelo zíper da barraca, abrindo-o o suficiente para que um olho captasse a luz. *Todos os ocupantes do acampamento* tinham voltado. E haviam trazido os amigos, também. A praça fora transformada de um acampamento em um acampamento de férias completo... Centenas, talvez milhares de pessoas gritando e cantando e parecendo *realmente* felizes com aquilo, mesmo com os rostos retorcidos e raivosos. Eles não eram um problema, mas os tiras eram... E estavam *por toda* a praça, bloqueando *todas* as saídas.

Bully xingou muito, pensou enquanto fazia isso e depois pegou o canivete e deu uma olhada na bússola. Girou-a, arrastando os pés até estar mais ou menos voltado para o norte, então cortou um lado da barraca com a lâmina curta do canivete. Estava na beira do acampamento e podia ver que os tiras tinham montado barreiras especiais nas saídas, ficando de pé um bem ao lado do outro para que ninguém pudesse passar, lampejos de raios solares refletindo de seus coletes. Ou pelo menos ele pensou que fosse a luz do sol, mas então ela surgiu branca, forte e *rápida* demais e ele olhou de novo: os tiras estavam tirando fotos de todo mundo que deixava a praça. O garoto não queria que ninguém soubesse que estava ali. Não queria nenhuma publicidade.

Como escapar? Ele não queria esperar na praça o dia todo até que retirassem as barreiras. Não só porque isso seria um desperdício de tempo, mas também porque não gostava da sensação de estar preso em um lugar, como se estivesse em uma prisão aberta. Ele precisava partir. Bully sabia que, se quisesse sair da praça sem nenhum problema, teria de se misturar com as pessoas. E, para se misturar, precisava de *camuflagem*. Tinha de ficar parecido com o resto das pessoas. O problema era que não se parecia com elas. Ele colocou a cabeça de novo dentro da barraca e observou a si mesmo do pescoço para baixo.

Para começar, estava sujo, imundo, e não tinha meias nem sapatos, apenas um casaco todo coberto de crostas e uma calça jeans que não era bacana e rasgada, e sim *desgastada*. Ele parecia exatamente o que era: um garoto que morava na calçada. E seu cabelo comprido e desgrenhado não tinha nada nele para deixá-lo liso e com aparência de novo. Ele sabia que simplesmente não tinha a aparência certa. Precisava mudar.

Bully tirou o casaco de capuz porque os tiras não gostavam de capuzes e não fazia sentido se esconder debaixo de um, porque o parariam na hora e pediriam para ver seu rosto. Depois, começou a trabalhar na calça jeans. Também a tirou, cortou cada perna bem acima do joelho e queimou as barras com o isqueiro, para dar uma aparência *mais rebelde* a elas. Vestiu-a de volta. Tinha cortado demais e agora ela estava bem *curta*, quase alcançando a bunda, mas pelo menos agora ele não parecia mais *tão* mendigo. Nenhum de seus amigos usava bermuda, não nas ruas, nem mesmo quando fazia calor. Nem mesmo os Daveys, malucos como eram, usavam bermudas. Em seguida, ele se lavou um pouco, tossindo o que restava do negócio verde até que ficasse com a boca bem cheia de bolhas – cuspe era como água com sabão, se você pensasse bem – e se esfregando até remover as partes mais cheias de poeira. Finalmente, penteou o cabelo com as unhas e, depois, o alisou para trás com as mãos molhadas.

Ainda assim, no entanto, não achava que seria o suficiente. A calça cortada deixava suas pernas magrelas à mostra, deixando-o com uma aparência mais jovem. E ele não tinha sapatos. Precisava ser honesto consigo mesmo: sem o casaco e o gorro, não parecia velho o suficiente nem mesmo para ser um garoto rebelde baixinho e crescido. E estava se esquecendo de uma coisa... O que faria em relação a Jack? Assim que os tiras a vissem, começariam a perguntar *Que tipo de cachorro é esse? Você é o dono?* Todo mundo perguntava isso. E a idade mínima para poder ter um cachorro era dezesseis anos. Pelo menos era o que diziam nas revistas. Depois, começariam a olhar melhor para *ele*, fazendo mais perguntas. Que tipo de pessoa ele era? Ele tinha *mesmo* dezesseis anos? Os pais dele sabiam que estava ali? De onde ele era? Quem era seu dono? Então, ele nunca chegaria a Camelot, nunca veria seu dinheiro.

Bully deixou o problema da idade de lado e, por alguns minutos, tentou pensar em maneiras de esconder Jack. Não havia onde enfiá-la para escondê-la. Assim, ele tentou envolvê-la no casaco de capuz, mas o focinho comprido cinza e branco dela ficava saindo e, de todo modo, os tiras poderiam pensar que ela era algum tipo de ameaça terrorista, um *cachorro-bomba*. Então, ele pegou o casaco e o amarrou em torno da cintura. Depois, desamarrou-o e colocou-o em cima dos ombros, para deixá-lo com uma aparência mais larga, como aqueles que os seguranças no túnel usavam, mas isso simplesmente o fez parecer uma *garota*. O que mais ele poderia fazer? Não havia mais nada na barraca, apenas aquelas *coisas de rebeldes*. Bully não tinha nada além do isqueiro, a guia de Jack e meia dúzia de elásticos nos pulsos.

Deu outra olhada pela barraca e *ainda* não havia nada lá além de lixo, cocô de cachorro e o cartaz. Ele desenrolou o cartaz. Talvez alguém chegasse em breve para segurar aquela placa bem alto. Não havia nada escrito, somente um desenho de um grande míssil vermelho explodindo uma pequena pomba branca com um graveto no bico.

– Errgh – soltou, pois a tinta era oleosa e úmida e se grudava nos dedos.

Foi quando ele teve uma ideia estranha e brilhante de como sair da praça, tão brilhante que era como se outra pessoa tivesse pensado nela e contado a ele. E tão estranha que ele só conseguia imaginar outra pessoa fazendo aquilo.

Não era exatamente *camuflagem*...

Mas como ele tiraria Jack de lá? Bully teve uma ideia: talvez não a tirasse dali. Olhou nos olhos dela. Às vezes, sentia que ela era mais velha do que ele, não apenas em anos de cachorro, como também em de humanos, como se soubesse mais sobre ele do que ele próprio.

Ele se deitou de bruços e olhou de novo pelos fundos da barraca para examinar a linha de visão e descobrir o que conseguiria ver.

– Vem aqui, amiga – pediu. Pegou a cabeça dela e enfiou os dedos em torno da coleira apertada. Tirou a coleira. Sentia-se mal em relação àquilo. – Muito bem... Tudo bem, amiga... Escuta... – disse, usando seu tom de voz mais gentil, aquele que reservava apenas para cães atualmente. E Jack fez um barulho como se estivesse tentando comer carne invisível, como se mastigasse o que ele dizia. – Certo. Escuta... amiga. Escuta. Agora, fica... fica... – disse, o mais delicada e tranquilamente que conseguiu, apesar das últimas palavras ainda terem saído como um guincho. – Você precisa *ficar*...

10

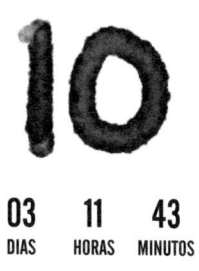

03 **11** **43**
DIAS HORAS MINUTOS

Os dois policiais encarregados da saída norte estavam ali desde quando as barreiras tinham sido retiradas da traseira do caminhão, bem no começo da manhã. Agora, quase meio-dia, com o sol ardendo através da nuvem, estavam ficando com calor sob seus coletes à prova de facadas.

— Vocês vão ficar aí por algum tempo — avisou o policial ao casal no começo da fila, aguardando para ingressar na manifestação.

Era entra um, sai um, como em uma boate lotada, e os policiais estavam parando os novos manifestantes que chegavam e conferindo suas bolsas em busca de bombas, instrumentos afiados e outros materiais *ilícitos*.

— Você não se incomoda, não é, Luke, se nós dois entrarmos separados? — perguntou a garota ao namorado. — Começou agora e você não vai precisar esperar muito.

Ele encolheu os ombros como se, na verdade, se incomodasse um pouco, pois tinha começado a sair com ela, mas não queria dizer nada na frente dos policiais.

— Por que a gente precisa ficar engaiolado desse jeito? É como se a gente estivesse em um *zoológico* de protesto — disse ele ao policial para não precisar responder à pergunta da namorada.

— Seção 60. Ato de Justiça Criminal e Ordem Pública. Sua saúde, nossa segurança — disse o policial meio que cantando, pois estava fazendo a mesma piada a manhã toda.

Luke olhou em volta, consciente agora da fila de pessoas se formando atrás dele, aguardando para entrar e protestar contra a guerra no outro lado do mundo. Do outro lado da barreira, havia uma fila muito mais curta de pessoas tentando sair. Uma garota adolescente na frente, parecendo constrangida, como se estivesse pensando em mudar de ideia e ficar por ali. Luke não achou que ela tivesse uma aparência exatamente apropriada para uma manifestação: descalça, com a calça cortada e uma camiseta dos *Transformers*; estava mais em um clima de festival, ele pensou, ainda mais com aquele cinto afivelado na cintura. Olhou para ela com reprovação, porque paz era um assunto sério.

– Escuta, vamos deixar para lá por enquanto, Becky? Não quero me perder de você. Por que a gente não volta mais tarde? De qualquer forma, dá para assistir dali.

Luke apontou para a praça Saint James e os dois saíram do caminho para deixar o homem atrás deles entrar. Apesar de o sujeito não ter bolsas para serem revistadas, o policial o parou.

– Só um minuto, senhor. Podemos deixar esta jovem sair primeiro, por favor... – Ele indicou a garota com a cabeça, ela com o cabelo na altura dos ombros, parecia molhado, preso para trás com um par de elásticos do tipo que os carteiros jogavam fora regularmente em seus trajetos. – Ai, cuidado com os dedos do pé, senhorita – disse ele quando viu os pés descalços. – Tem vidro quebrado em todo o lugar.

Depois, o policial sorriu, pois ele próprio tinha uma filha alguns anos mais nova do que aquela garota, que aparentava ter uns dezesseis ou dezessete anos, se bem que ele não tinha certeza, pela maneira como elas se arrumavam hoje em dia. Ele esperava que a própria filha usasse um pouco menos de batom quando chegasse àquela idade.

Então acenou para que a garota passasse. Ela estava prestes a partir quando o segundo policial ergueu a mão.

– Só um minuto, querida. Você se incomoda se tirarmos uma foto sua?

Nesse ponto, a garota ficou muito tímida.

– Você não precisa deixar, você sabe – disse Becky, ainda ali. – Pode dizer não, não é contra a lei dizer não.

Mas a garota apenas concordou com a cabeça humildemente enquanto um terceiro policial tirava a foto.

– Você poderia levantar a cabeça... um pouco mais... um pouco mais... Ótimo... Qual é o seu nome?

– Jacky... Jacky Bradley.

– Belo nome – elogiou ele, como fazia com todas as garotas, e a deixou partir. E o homem seguinte entrou na praça.

Alguns segundos depois, em segurança do outro lado da fila de policiais, a mesma garota saltou em um banco e gritou, em um guinchado rouco:

– Aqui, amiga! Aqui, Jack! – Ela colocou um dedo de cada mão na boca e tentou assobiar: – Jack! Aqui! Aqui! Vem!

– Alguém perdeu o namorado! – gritou uma voz, e algumas pessoas riram na beira da multidão bem-humorada.

– Aqui, Jacky! Aqui, garota! – gritou ela, a voz rachando, parando no meio da frase.

– Ei! Vamos lá... vamos descer daí – disse o primeiro policial ao ver a garota em cima do banco.

Ela fez uma careta, parecendo muito menos bonita agora, e ficou onde estava, esticando-se na ponta de um pé. Ele estava prestes a começar a dizer coisas sérias sobre saúde e segurança quando ouviu gargalhadas e alguns gritos vindos de dentro do acampamento da paz. Deu meia-volta e viu dedos apontando para a multidão, que abria caminho. As pessoas olhavam para os próprios pés e saltavam de lado como se um terremoto estivesse abrindo uma rachadura no chão. Depois, viu um cachorro de aspecto engraçado, cheio de dentes, galopando pela praça, indo direto para a barreira de saída no lado norte.

O policial pegou seu cassetete para caso o cachorro atacasse seus tornozelos, mas no último passo o cão se sentou nas pernas traseiras e pulou – parecia um gato –, dando tudo o que tinha para saltar um metro e trinta de aço galvanizado, *raspando* o topo da barreira, as patas da frente se movendo o mais rápido possível, como se estivesse nadando cachorrinho no ar. O policial se preparou para dar uma cacetada, mas o cachorro não estava avançando contra ele. Em vez disso, atravessou a multidão em fila e derrapou até parar perto da garota em cima do banco. A menina lançou ao policial um último olhar atravessado, depois saltou do banco e saiu correndo, uma perna um pouco bamba, o cachorro a seguindo.

– Que par mais engraçado – disse ele, observando os dois seguirem para o norte, na direção do lago na praça Saint James. Então, guardou o cassetete.

03 **11** **06**
DIAS HORAS MINUTOS

Bully tentou tirar a tinta vermelha oleosa dos lábios com as costas da mão, mas acabou espalhando-a ainda mais, porque não tinha mais nenhum resquício de saliva. No fim das contas, fez Jack lamber seu rosto e o secou no casaco.

– Boa garota, boa garota!

Ele ficava repetindo isso para ela, sem parar. Nunca tinha lido nada parecido em suas revistas (o que incluía *Cães Modernos*, *Mundo dos Cães* e *Cães Agora*). Em nenhuma delas, jamais ouvira falar em um cachorro ficando quieto daquela maneira. Àquela distância. Com todo aquele barulho. Correndo entre todos aqueles rebeldes e hippies na praça. E atravessando uma fila de tiras, também! Ele deveria dar um agrado a ela. Tinha um pedaço velho de chiclete no bolso, mas aquilo era pior do que chocolate para cachorros, então, em vez de dá-lo a Jack, colocou-o na própria boca.

Bully pegou de novo a bússola, com cuidado para esconder a faca, pois ainda havia alguns tiras pela rua. Não era possível seguir diretamente para o norte até Camelot dali; havia um grande lago no meio do parque e ele precisaria contorná-lo primeiro. Assim, seguiu pela rua comprida e larga com árvores nas laterais, atento para motos e carros que estivessem se movendo devagar, ao contrário de todo o resto de Londres, que sempre queria chegar o mais rápido possível a algum lugar.

Além do mais, a grama era mais macia para os pés dele. Em geral, no lugar onde vivia, nunca tirava os sapatos, nem mesmo à noite. E Bully pensou em seu lugar e sentiu saudades de lá – meio que desejava estar lá, seguindo sua rotina habitual, sem ter que pensar em seus milhões, talvez apenas em algo a mais para comer. Porque sua vida, agora, estava mais bagunçada do que jamais estivera. Ele nunca tinha pensado que dinheiro pudesse fazer isto: complicar as coisas, talvez até piorar. A grana parecia tornar as coisas mais fáceis e melhores para jogadores de futebol e celebridades. E, mesmo que eles fossem perseguidos, era apenas por uma foto. Não era sério. E não era com cachorros. E ninguém era esfaqueado até a morte em um parque.

Talvez, quando tivesse o dinheiro nas mãos – jogando-o para o alto como os milionários faziam pelo menos uma vez por dia –, quando tivesse uma chance de *gastá-lo*, cada coisa em sua vida começasse a ficar mais simples e melhor.

Ele tirou o casaco dos ombros e vestiu-o de novo. Nunca ia a lugar algum apenas de camiseta. Não se sentia seguro ou direito, como se a camada superior de sua pele estivesse faltando. Ia tirar os elásticos do cabelo, mas mudou de ideia. Ocorreu-lhe que qualquer um que o estivesse procurando e olhasse *para* ele ainda pudesse imaginar que fosse uma garota. E, apesar de isso ser ruim (afinal, ele era um garoto), valia a pena aguentar mais um pouco se aquilo os desviasse de seu rastro. Ele se confortou com a ideia de que era prático: o cabelo preso não ficava caindo nos olhos nem nas orelhas. Além do mais, nos filmes de kung-fu os homens também usavam o cabelo assim, em um rabo de cavalo.

Ele ouviu Jack arfando de sede. Viu-a lambendo a grama molhada nas sombras e depois comê-la também. A culpa interrompeu as celebrações de fuga dele. Bully pensou em tudo pelo que Jack tinha passado, toda aquela espera na barraca verde e quente, sem saber se ele voltaria. E cachorros ficavam estressados, isso era um fato. Pensar nisso o incomodou – como ele tinha sido capaz de fazer isso com Jack? –, por isso Bully começou a procurar água, tentando se redimir com ela.

Havia água no lago, mas ele só dava água limpa para Jack, a mesma que os humanos tomavam. De modo geral (a não ser quando se tratava de comida de cachorro), era assim: se não fosse bom o bastante para ele, não era bom o bastante para ela. Bully vislumbrou um bebedouro mais adiante na trilha, turistas fazendo fila com suas mochilas penduradas na frente do corpo, como se fossem explodir a si próprios. Pegou uma garrafa plástica amassada de uma lata de lixo e entrou na fila. Com Jack por perto, chegou depressa na frente. Duas meninas pareceram assustadas porque Jack começou a cheirar seus tornozelos, registrando o cheiro delas como amigável entre os trilhões de cheiros em Londres. Ele encheu a garrafa e depois colocou o dedo na bica do bebedouro.

– Água. Aqui, amiga, abre a boca – disse.

Jack abriu a boca e Bully espirrou a água. As garotas o surpreenderam ao aplaudir aquilo como se fosse um truque. Ele pensou em pedir dinheiro que nem os artistas de rua, mas, quando estendeu a mão, as garotas foram embora e tudo o que

Bully conseguiu foi uma lambida de Jack nas canelas. Ele se curvou e deu tapinhas nela, coçou o pequeno círculo marrom de pelo entre as orelhas e em torno do pescoço dela, a única parte do pelo que não era listrada de branco e cinza. Bully entrou em pânico por um segundo quando não viu a coleira dela, mas depois se lembrou de que a tirara só por precaução e a guardara no bolso de trás. Então conferiu os bolsos. Mas não havia nada neles. Conferiu os outros. Nada. Uma serra elétrica de horror se ligou na cabeça dele enquanto ele conferia desajeitadamente um bolso de cada vez, recusando-se a acreditar que tinha sumido. Era Deus punindo-o, e Jesus também, por sequer pensar que Jack talvez pudesse não conseguir sair da praça. Ele nunca deveria tê-la abandonado. Nunca deveria ter tirado a coleira dela. Prometeu que jamais faria aquilo de novo, mas ainda assim a coleira não estava no bolso de trás.

Deu meia-volta e franziu os olhos, observando por entre os turistas, mas não havia nenhuma tira de couro caída no chão. Começou a correr de volta, desviando das pessoas no último minuto porque estava de cabeça baixa, gritando para que saíssem da frente. Um homem não saiu. Veio cambaleando direto na direção de Bully, e os dois desviaram para o mesmo lado.

– Mas quê...? – gritou o garoto, levantando-se desajeitadamente.

– Desculpe, desculpe... – disse o homem, erguendo a mão como se precisasse de ajuda, acenando e gritando para que Bully voltasse. Ele podia acenar o quanto quisesse, pensou o garoto. Mas então ouviu um tilintar familiar. – Eu vi você... vi o cachorro... – Bully ignorou o que o homem estava falando, arrancando a coleira da mão dele. Examinou-a *só* para o caso de o sujeito estar tentando roubá-lo. – A gente estava comprando sorvete e viu a coleira no chão, depois eu olhei para trás... e minha esposa disse que tinha visto... – Ele pausou para substituir a palavra usada pela esposa para descrever Bully por outra mais apropriada. – *Alguém*. Alguém com um cachorro...

Então, o senhor parou a explicação para secar a testa. Bully podia ver bem lá atrás na trilha uma fila borrada de três ou quatro suspeitos que poderiam ser uma família esperando aquele homem se reunir a eles.

– Eu vou dar um milhão de libras para você – disse de repente ao homem. Bully queria dar o dinheiro para ele.

– Ha-ha. Bem, obrigado. Eu bem que poderia fazer bom uso – respondeu o homem, constrangido.

– É verdade! Eu vou dar mesmo! Quando receber o *meu* dinheiro! Aí dou um milhão de libras para você, amigo!

– Ha-ha – riu o homem, nervoso. Ele reparou que Bully estava descalço e pensou que a descrição que a esposa tinha feito do garoto era bastante precisa, no fim das contas. – De verdade, está tudo bem. Estou feliz de ter conseguido devolver a coleira.

– Vou te dar o dinheiro! Em dois dias! Estou a caminho!

– Obrigado. Está tudo bem, de verdade. O que quer que seja, fique para você.

Bully observou o homem se transformar de volta em um zumbi. Podia ver no rosto dele aquele olhar de afastamento que os zumbis lançavam para as pessoas, arrependidos da boa ação que tinham feito se você começasse a tentar conversar como se eles fossem seres humanos.

– Não se preocupe. Estou apenas feliz por poder ajudar – repetiu o homem.

– É você quem sai perdendo, amigo – disse ele, observando-o trotar de volta para a família como se não quisesse ser visto correndo.

Bully deu de ombros para mostrar a todos que *era* o homem quem sairia perdendo. Tendo acabado de economizar um milhão de libras, ajoelhou-se e, com cuidado, colocou a coleira em Jack.

– Desculpe, amiga – disse. – Não vou tirá-la outra vez.

Ele seguiu em frente pela grama, bebendo e pensando, sempre de olho na bússola, seguindo-a para o oeste, mas se preparando para rumar para o norte no instante em que o lago acabasse e ele pudesse chegar ao outro lado do parque. Não conseguia mais ouvir o barulho da manifestação e viu uma ponte branca de pedra entre as árvores, e depois, no meio do nada, a casa da rainha. Bully sempre tinha pensado em visitar o palácio um dia. Bem, o dia havia chegado.

Ele foi obrigado a reconhecer: a casa parecia *grande*, muito maior do que na TV. Tentou contar todas as janelas, mas perdeu o interesse quando passou de vinte. A bandeira no telhado foi aquilo de que mais gostou, mas não havia nenhum helicóptero ou piscina lá em cima, pelo menos até onde ele conseguia enxergar. A casa dele seria melhor do que aquela. Teria escorregas saindo pelas janelas até o chão – não tobogãs de água, apenas escorregas normais –, para não precisar usar as escadas ou o elevador. Em todos os prédios nos quais tinha morado, ele ficava irritado de sempre demorar tanto tempo para *sair*.

Bully chegou mais perto, saindo do parque para a calçada na direção da grande rotatória igual a um bolo de casamento, logo em frente aos portões do castelo. Tentou se misturar entre os zumbis que passeavam por ali, mas Jack criava um círculo de medo aonde quer que fosse, destacando-os na multidão. Bully ficou ali de pé uns bons cinco minutos, curioso para ver a rainha. Muitos dos zumbis faziam o mesmo, apenas olhavam e tiravam fotos do que não conseguiam ver.

A mãe dele amava a rainha. Todos os diamantes e casacos de pele que tinha, todos aqueles quartos sobrando pelos quais a família real não pagava impostos. Phil não gostava tanto assim: os príncipes eram todos *voadores*, nenhum deles levara um tiro por seu país *em terra*.

Bully deu mais alguns minutos para a rainha, mas ela não apareceu. Era provável que estivesse de folga, pensou ele, já que era domingo. E, com um último olhar para o palácio, baixou a vista para um carro prateado girando na rotatória. Ele reparou na placa, nas últimas três letras – **REX** –, parecia o nome de um cachorro de antigamente. A janela estava aberta. No banco do motorista havia um cara de óculos escuros e camiseta marrom, braço para fora, apoiado na porta, um cigarro protegido pela palma da mão para não apagar.

Um grande ônibus de dois andares, antiquado, com o topo arrancado, vinha se aproximando da rotatória e parou na faixa de pedestres para os zumbis. Nesse momento, Bully observou o carro girar no carrossel, o cigarro ainda protegido pela mão do homem... ocupado demais olhando em volta para dar mais um trago...

Provavelmente, não era nada. Mesmo assim: *Melhor seguro do que morto*, Phil sempre dizia.

Bully aguardou até que o ônibus sem teto começasse a andar e correu ao lado dele. Depois, quando viu que não havia motorista no andar de baixo, pegou Jack no colo, acelerou o máximo que conseguia com o tornozelo e, segurando o cachorro debaixo do braço, agarrou a barra de ferro.

11

03 **09** **33**
DIAS HORAS MINUTOS

O carro saiu da rotatória, na direção oposta do palácio, e ia seguindo em frente quando o Boné reparou no garoto, viu-o saltando para dentro do ônibus com um cachorro debaixo do braço.

– É ele! Ali, ali! Ali! No ônibus. Rápido, rápido, ele está indo para Piccadilly! Não perde ele de vista! Faz um retorno!

– Tudo bem, Boné. Já entendi. – Terry jogou o cigarro na rua e fez um retorno.

– Acelera, então! Acelera! – disse Boné. E Terry pisou *fundo* no pedal... arrastou-se para a frente e parou. Um policial começou a caminhar na direção deles para trocar umas palavras no instante em que ele ligou o carro de novo e arrancou.

– Ele não anotou a placa, anotou? – choramingou Boné.

Terry deu de ombros. Não se importava. O carro era de Boné. Ele havia se juntado ao cara para aquele trabalho justamente porque ele *tinha* um carro. Um amigo de um amigo de Janks. Ele não gostava do nome idiota do sujeito, então o chamava de *Boné* porque usava um boné idiota de beisebol. Terry também não gostava do time de futebol do sujeito, que dava para adivinhar pelo logo no boné. E já tinha deixado isso claro um monte de vezes. Ele podia fazer aquilo porque era o fortão. Podia dizer o que quisesse.

– Tem certeza de que era ele?

– Tenho, tenho. Era ele, com certeza. Estava carregando um cachorro. Vi debaixo do braço dele.

– Debaixo do braço? Tem certeza?
– Tenho!

Boné pegou o telefone e mostrou a Terry a foto que tinha chegado com a mensagem sobre a recompensa, como se aquilo provasse alguma coisa.

– É melhor você estar certo, para eu ficar bem *feliz* – disse Terry.

Na noite anterior, ele *tinha* ficado feliz depois de algumas bebidas, pensando no monte de dinheiro que receberia de recompensa, mas agora o efeito da bebida estava passando e ele começava a sentir que era muito improvável. E aquilo o estava deixando *in*feliz. E, quando se sentia assim, gostava de ameaçar as pessoas, para elas também ficarem infelizes. Mas por que Janks queria o garoto? Ele não queria dizer, todavia Terry sabia. Havia escutado alguns boatos a respeito de um bilhete *premiado*. Agora, se aquele fosse *o* garoto com *o* bilhete, então era uma improbabilidade pela qual valia a pena arriscar a felicidade de qualquer um.

Ele pisou fundo, acelerou até quase tocar o para-choque do carro na frente. O ônibus estava três carros à frente deles, então Terry os ultrapassou de uma vez, parando o trânsito que vinha no sentido contrário. O carro atrás deles buzinou e Terry se debruçou para fora da janela, virou a cabeça e encarou um ponto no para-brisa onde a cabeça do motorista normalmente ficaria, até o carro parar de buzinar e desacelerar totalmente.

– Muito bem, Boné, está ouvindo? – perguntou Terry. – No próximo sinal, você salta, sobe no ônibus e *tira* ele de lá. Vou encostar, aí eu agarro o garoto e o enfio no bagageiro. Certo?

– Mas será que ninguém vai ver a gente?

– É, mas e daí? Ele é um zé-ninguém.

Boné se contorceu um pouco enquanto pensava em toda aquela história de pular do carro e para dentro do ônibus. Depois, disse:

– Por que eu não assumo a direção e você entra no ônibus? Terry tirou os óculos escuros. Inclinou-se e olhou para ele com o mesmo olhar que tinha lançado para o carro atrás deles. Só que, sem os óculos escuros escondendo seus olhos, era muito mais agressivo, desagradável e *próximo*.

03 **09** **31**
DIAS HORAS MINUTOS

– *À esquerda, podem ver os Jardins do Palácio de Buckingham, onde a rainha oferece muitas festas no jardim durante os meses de verão...*
No segundo andar, o motorista oferecia um passeio guiado para os zumbis. Soava lotado lá em cima, pés dando pisões, todos querendo ver a rua em um dia bonito. Bully estava sentado nos fundos, fora da vista do espelho retrovisor do motorista. Ninguém reparara nele subindo no ônibus. Os bancos no fundo estavam vazios e havia apenas sete ou oito carecas sentados na frente, incapazes de subir a escada.

Ele se acomodou. De acordo com a bússola, o ônibus seguia para o norte, e aquilo serviria para ele por algum tempo.

Quando ouviu as buzinas, Bully olhou para trás e viu o carro prateado se aproximar da traseira do ônibus. Não conseguiu enxergar o motorista até que o homem grande de camiseta marrom colocou a cabeça para fora. Depois, desejou não vê-lo, pois os olhos do sujeito estavam esbugalhados e brancos, cheios de cifrões.

– *À direita fica o Green Park... que um dia foi terreno comum e um cemitério pantanoso usado para leprosos. Foi cercado no século XVII e comprado por Charles II...*

Bully desejou que o ônibus fosse mais rápido, mas sempre que olhava para trás o carro continuava ali.

O ônibus desacelerou... Um cara magrelo de boné vermelho saltou do carro prateado e correu até o ônibus, suas pernas indo mais rápido do que o resto dele. Bully se preparou para chutar os dedos do homem se ele tentasse agarrar a barra de ferro. Conseguia ver o Boné calculando a distância que precisava saltar... mas o ônibus acelerou, e o Boné desacelerou e bateu na lateral do carro para entrar de volta.

Eles iam avançar até ele, agarrá-lo no sinal de trânsito seguinte – era o que tinham planejado, pensou Bully. E, sem pensar muito sobre o que iria fazer, agarrou um carrinho de bebê que estava guardado debaixo dos degraus que subiam girando para o andar de cima. Depois, jogou-o para fora do ônibus.

O carrinho quicou no asfalto, abriu e foi inflado pelo ar, que o fez voar por cima do teto do carro, que desviou, mas não reduziu a velocidade. Bully pegou uma mala cinza grande com a metade do tamanho dele e a rolou até a beira dos degraus... então a empurrou para fora do ônibus. Ela ricocheteou no meio-fio e passou por baixo de uma das rodas, fazendo o carro saltar, mas o motorista continuou dirigindo.

Ele precisava mirar melhor. A mala grande tinha sido pesada demais para ser jogada no ângulo certo, portanto ele agarrou um par de malas menores e as lançou, uma depois da outra, com um braço esticado, como se estivesse arremessando granadas. A primeira errou o alvo, mas a segunda *explodiu* no para-brisa. Ele achou que aquilo daria conta do recado. O vidro rachou e cedeu para dentro, mas os limpadores de para-brisa ligaram e o Boné se debruçou para fora da janela, como um limpador adicional, puxando roupas, gritando para o motorista...

– Pare com isso! Seu garoto malcriado!

Os carecas na frente do ônibus estavam olhando para ele, um deles se levantando, gritando com ele. Bully ignorou todo mundo e puxou uma mochila verde grande, igual à que Phil tinha no Exército. Mas a ficou segurando, não a jogou. Bully olhou de novo debaixo da escada. Só lhe restava munição leve... um par de guarda-chuvas, um casaco... até que viu uma última coisa dobrada contra a lateral...

O motorista do ônibus freou bruscamente quando viu a cadeira de rodas quicando para fora do ônibus. E, ao frear, sentiu um baque quando o carro atrás dele bateu direto na traseira do ônibus.

Bang!

Bully viu o que ia acontecer, estava segurando na barra, mas Jack não estava, e deslizou por baixo dos bancos. O carro prateado começou a gemer de ré e o garoto agarrou a mochila.

– Foi você quem fez isso? – perguntou o motorista na escada. Ele estava apenas ali de pé, como que esperando que Bully dissesse *Foi!* e assumisse. Em vez disso, o garoto saltou do ônibus, arrastando a mochila junto.

No meio do salto, gritou:

– Aqui, garota!

O motorista chegou bem para trás enquanto um cachorro que parecia ranger os dentes passou apressado e seguiu o dono pela traseira do ônibus.

12

03 DIAS **09** HORAS **24** MINUTOS

O motorista do ônibus tentou perseguir Bully até Piccadilly, mas era gordo e lento, por isso o garoto escapou com facilidade, mesmo com o peso da mochila nas costas.

Agora em uma rua secundária, o garoto deu uma olhada. Começou a tirar roupas da mochila. Eram coisas de mulher – vestidos, blusas e outras coisas que não prestavam para ele. Porque tudo o que procurava eram sapatos. Precisava de sapatos se fosse caminhar até Watford. Mesmo que conseguisse pegar o trem, ainda precisava estar com uma aparência *meio* decente para convencer uma senhora legal ou alguém velho o bastante para compensar o bilhete para ele. Porque ninguém *legal* acreditaria em uma palavra sequer que dissesse, a menos que estivesse calçado.

Depois de ver metade do que havia na mochila, Bully encontrou algo, apesar de não ser exatamente o que tinha em mente: chinelos. Ele também tinha praticamente certeza de que eram de menina, roxos e amarelos com um desenho florido em espiral, mas teriam que servir. Enfiou os dedos dos pés nos chinelos e terminou de retirar o resto das roupas. Bem no fundo, encontrou dinheiro. Mas não era dinheiro *de verdade*; tinha na frente um desenho de um cara magrelo com óculos de Harry Potter. *Banco da Índia*, estava escrito. Não prestava para ele, então jogou tudo fora.

Quando terminou de esvaziar a mochila, Bully a colocou no chão e mandou Jack entrar nela.

Jack olhou para ele como que dizendo: *O quê, você quer dizer aí dentro?* Mas aquele tinha sido o outro motivo pelo qual roubara a mochila – para esconder Jack, para que não fosse um garoto com um cachorro. Seria um garoto com uma mochila. Bully pegou o traseiro dela, empurrou-a para dentro e depois a acomodou e fechou a aba de cima, deixando uma abertura pela qual ela pudesse respirar. Ele ainda conseguia ver um pouco do focinho e dos olhos dela, como se a mochila tivesse um... bem, um cachorro dentro.

Bully colocou a mochila e ajustou as alças. Não estava tão mal. Depois, partiu para o norte, rumo a Camelot, pensando em seu dinheiro apenas esperando para ser gasto, pedindo e implorando a ele para ir às lojas e gastar, gastar, gastar...

Flip, flop... Flip, flop, flip, flop. A cada poucos passos, ele olhava para trás, atento a qualquer sinal dos homens no carro prateado. Não estava acostumado com o som dos próprios pés debaixo de si e se virou para conferir se o *flip, flop* era ele próprio caminhando.

Ele chegou à Oxford Street. Era uma das ruas compridas cheias de lojas. Protegeu os olhos do sol. Imaginou que Brent Cross fosse como ali, só que melhor, com um telhado. Aquele era o lugar para ir, diziam Chris e Tiggs. Tudo o que você precisava debaixo do mesmo telhado.

Ele parou a primeira mulher que aparentava ser mãe – parecia mais delicada do que as mulheres mais jovens carregando bolsas de marca com quase nada dentro. E ela estava levando comida, e não roupas, em sacolas plásticas, como faziam as mães.

– Você tem 59... – começou ele, mas ela já estava indo embora.

Bully seguiu pela rua e, depois de pedir orientações e esmolar por algum tempo, conseguiu três pratas de uns estrangeiros. Mas ninguém sabia nada, onde nenhum lugar ficava.

Ninguém morava ali. Ele pensou que talvez devesse pegar um mapa, roubar um de uma livraria, apenas para conferir se o que aquele cara dissera sobre Watford estava certo.

Continuou caminhando pelas vielas e por ruas pequenas até chegar a uma grande e feia, com quatro faixas de largura, o sol atingindo as janelas e os para-brisas como um *maçarico*. *Mary le Bone* era o que dizia no lado de um dos prédios. Ele conseguia ver os portões de outro parque através dos espaços entre os prédios e seguiu em frente, preparando-se para atravessar aquele rio de asfalto, pensando em comprar um helicóptero – não, melhor do que isso: uma mochila a jato. Ele tinha as visto na TV – e não apenas nos filmes, mas em programas reais. E a mochila não era muito maior do que a que carregava agora. Poderia ligá-la, enfiar Jack atrás e *partir*.

Bully imaginou voar logo acima das calçadas, não alto demais, para que todo mundo que estivesse andando pudesse olhar para o alto, vê-lo e pensar: *Eu gostaria de ter uma dessas...* E decidir o que faria com seu dinheiro fez com que ele se lembrasse do dinheiro estrangeiro que tinha jogado fora. Foi quando lhe ocorreu que, mesmo aos domingos, poderia tê-lo trocado por dinheiro *de verdade* no banco ou em outro lugar... Depois, comprar um mapa, comida e uma lata de Coca-Cola gelada...

Enquanto se repreendia e lembrava a si mesmo de novo do que mais tinha perdido em um só dia, ele pisou fora da calçada e algo o pegou, sacudiu-o com força, arremessando-o pela rua.

13

03 **07** **54**
DIAS HORAS MINUTOS

Bully ficou paralisado. Não conseguia respirar. Estava deitado de lado, os olhos fixos nas rachaduras e rugas do asfalto, desejando ar de volta nos pulmões. Já tinha se sentido daquela maneira uma vez, deitado encolhido, três ou quatro garotos mais velhos pulando em cima dele no vestiário. Ele nunca tinha gostado de educação física, correndo em voltas sem motivo, ficando cansado por nada, jogando jogos nos quais não se ganhava nada que valesse a pena guardar. Pelo menos, quando você jogava nos fliperamas, o que quer que ganhasse ou perdesse era seu. E era real, era alguma coisa...

Depois, sentiu a respiração voltando lentamente, como se precisasse sugá-la do corpo de outra pessoa.

– Arrgh! – exclamou, a dor alcançando-o.

Ele se agachou e depois se sentou, abraçando os joelhos. Uma van branca enferrujada estava se afastando, de ré, agora o contornando e passando as marchas. Outro carro começou a vir na direção dele, depois encostou. Começaram a buzinar, mas o motorista saiu do carro.

– Você está bem? – perguntou o homem, indagando-se o que fazer se o garoto dissesse não. Bully fez que sim com a cabeça, não desperdiçou o fôlego para responder. – Tem certeza? Aquele cara acabou de *atropelar* você... fique aí que vou telefonar para uma ambulância. Certo?

Bully disse a si mesmo para se levantar.

– Levanta – falou.

E foi o que fez... primeiro ficando de quatro, depois com as duas pernas. Sentia-se aéreo e, depois, apenas *leve*. E, apesar de ainda estar com a mochila nas costas, algo não estava certo.

– Isso tem algo a ver com você? – perguntou o cara, apontando indeciso para trás de Bully.

O garoto deu meia-volta, ficando de frente para o sol, e Jack estava deitada na rua atrás dele, contorcendo-se.

– Você fez isso! Foi você!

– Eu não... Eu só parei. Eu... eu... eu nem o vi.

Então o homem empalideceu, hesitou e, depois, entrou de volta no carro e partiu devagar, com os sinalizadores ainda piscando laranja e vermelho.

Bully pegou Jack e a carregou, atravessando todas as quatro faixas, o tráfego rosnando, pessoas reduzindo a velocidade, olhando. Quando ele terminou, todos os pescoços tinham se torcido o bastante para ver que era apenas um cachorro que não estava se mexendo, e o tráfego acelerou de novo.

Ele deitou Jack na calçada vazia.

– Vamos lá, acorda!

Ele jogou água na cabeça dela e tentou espirrar um pouco dentro da boca, mas a água simplesmente vazou de volta para fora, escurecendo as pedras da calçada.

– Vou preparar seu lanche, Jack... Vamos lá... vamos lá... Vou pegar uma lata para você – disse ele, apesar de não ter nenhum lanche, de não ter nada agora, nem mesmo uma lata vazia.

– Levanta. Vamos lá, levanta! Vamos lá, amiga... Vamos lá! Levanta, garota! Levanta... levanta, garota... – A voz dele começava a rachar, subindo e descendo, soando nova e velha na mesma palavra.

Dentro de sua cabeça, ele também estava gritando, mas consigo mesmo, por não ter olhado, por não ver a van. A mochila tinha atrapalhado sua linha de visão e o sol havia batido em seus olhos, mas aquilo *não era desculpa*. Ele não tinha visto a van se aproximando porque estava ocupado demais pensando no *dinheiro*. Contudo, ainda assim, ele tinha culpa de sobra para o motorista da van, disparando entre os sinais de trânsito. Queria correr atrás do homem na van e esmagá-lo. Jogou a garrafa d'água vazia no meio da estrada.

Um carro buzinou para Bully, uma cara enojada passou por ele.

Então, sob o murmúrio e o rosnado do trânsito, ele ouviu um som vivo. E, ainda de joelhos, quase desmaiou, o corpo dormente como dentro do canhão, mas pinicando de uma maneira que ele estava feliz de aguentar, que ele não queria que passasse. E observou Jack se levantar com as pernas da frente e arrastar as traseiras até ficar de pé. Ela sacudiu o corpo, contorceu-se e tossiu como se tivesse comido rápido demais e fosse vomitar, mas permaneceu de pé.

– Você está bem? Esse cachorro é seu?

Havia alguém ali, agora. Um cara de vinte e poucos anos, com o tipo de bigode fino e sujo que Bully imaginava que teria a qualquer dia, olhava para ele. E uma mulher se ajoelhando, com o cabelo louro tão limpo que ele conseguia ver o sol através dele.

– É, é... – disse ele.

– Você perdeu um dos seus chinelos? Acho que estou vendo! – disse o homem, como se fosse um peixe na água, animado e satisfeito por ter visto algo assim. Ele aguardou até o sinal fechar para pegar o chinelo.

– Não acho que você *esteja* bem – disse a mulher. – Vocês *dois* deveriam ir para um médico – disse ela, porque Bully estava colocando Jack de volta na mochila e puxando-a para pendurá-la nas costas.

A mochila dava a sensação de estar torcida em um lado, e Bully percebeu que tinha uma armação de metal que havia aguentado boa parte da pancada e era o motivo pelo qual os dois estavam vivos.

– Quer um pouco de água? – indagou ela, oferecendo uma garrafa. Ele bebeu tudo e depois a ergueu diante do rosto.

– Posso ficar com ela? – perguntou, pois a garrafa d'água dele fora arrastada rua abaixo.

– Sim, claro. Sim, fique com ela – respondeu a mulher. – Tem certeza de que vocês dois estão bem? Acho que deveriam ir para uma emergência. Deveria mesmo fazer isso, não é verdade, James?

James apenas concordou com a cabeça. Bully ignorou os dois e tentou mover a mochila nas costas. Ela machucava e ferroava no meio, então ele balançou o peso de um lado para o outro nos ombros, como se ela estivesse quente demais.

– Preciso ir.

– Para onde? Quer que a gente o acompanhe ou alguma outra coisa?

Bully olhou para eles. Estava tentado a pedir ajuda, ajuda de verdade com o bilhete e o dinheiro. Mas eram dois, e ele não tinha cabeça para começar a pensar em dividir o prêmio e calcular quanto seria justo dar a eles. Além disso, talvez parecessem legais *demais* – pois qualquer pessoa que o ajudasse precisaria fingir que o bilhete fosse dela. E ele não achava que nenhum dos dois era do tipo que contava mentiras. Aquele era o problema: encontrar alguém nos três dias seguintes que fosse *legal o bastante* para ajudá-lo a fazer algo que não fosse *tão* certo.

O homem estava lhe oferecendo algo em um copo.

– Quer um café?

Bully balançou a cabeça. Estava cansado de café e de que lhe perguntassem se aquele cachorro era dele.

– Você precisa de *qualquer coisa*? – perguntou James desajeitadamente.

– Você tem 59 centavos? – indagou Bully por força do hábito, e o homem pareceu aliviado e satisfeito por poder lhe dar algo. Ele conferiu seus trocados e deu a ele uma nota de cinco.

– Valeu – agradeceu o garoto. Enfiou a nota no bolso de trás. Depois, sacudiu a mochila, porque agora onde a armação estava retorcida estava roçando em seu quadril.

– Podemos fazer mais alguma coisa por você? – perguntou a mulher, ainda querendo ajudar.

– Não – disse ele, olhando de volta para o outro lado da rua. – Preciso ir.

14

03 DIAS **07** HORAS **48** MINUTOS

Terry subiu com o carro fumegante bem na calçada. O Boné tinha retirado a cadeira de rodas da grade da frente do carro, mas o radiador estava perdendo água e superaquecendo. Pedestres olhavam... e, depois, desviavam o olhar.

– Onde ele está, então? – perguntou Terry. Estava suando por causa da perseguição de carro, e partes dele que jamais via estavam ficando muito *quentes* porque não havia ar-condicionado no carro.

– Ele estava *ali* – respondeu o Boné. – Eu o vi. Ele deve ter ido...

– Você o *viu*? Isso não é nada bom, é? Onde ele está *agora*? – E, para enfatizar a diferença entre passado e presente, Terry derrubou o boné da cabeça de Boné. Aquilo o deixou mais feliz e também o acalmou.

– O que você está fazendo? Para! Fui eu quem o viu primeiro, não fui? Sou o único vendo coisas!

– É... – fungou Terry. Ele deixou o desdém que sentia por qualquer coisa que o Boné estivesse vendo pairar no ar. Saiu do carro, sentou-se no capô, depois subiu no teto e deixou um amassado do tamanho de um Terry nele.

– Ei! O que você está fazendo? É o carro da minha mãe! – reclamou o Boné, como se aquilo pudesse fazer alguma diferença.

– Tem alguma coisa acontecendo ali – disse Terry, afundando ainda mais no teto de metal, de modo que, do alto, parecia que um punho gigante tinha socado o carro. No outro lado da autoestrada, ele podia ver uma mancha escura na calçada. Talvez fosse sangue ou algo assim. – E então, o que você está esperando? – gritou Terry.

Boné ficou parado onde estava e começou a mexer em seu celular.

– Quero o dinheiro pelo para-brisa e pelo conserto – disse.
– Então vai precisar querer, não vai? Agora, dá uma *olhada*.

03 **07** **34**
DIAS HORAS MINUTOS

Ele tinha certeza de que era o mesmo carro prateado no outro lado da Mary le Bone. Bully não conseguia entender como o estavam seguindo agora que Jack estava fora de vista. Aqueles homens, aqueles amigos de Janks, não tinham cachorros, e ele estava muito longe de seu território.

Os portões de ferro do parque estavam totalmente abertos para carros e zumbis e, inconscientemente, ele desviou deles, saindo da estrada. O sol, com nada o bloqueando, esquentava Bully, penetrando *debaixo* de sua pele, fazendo-o suar mesmo no final da tarde. Ele chegou à fileira de árvores que se estendia ao longo da trilha, onde estava mais fresco, um vento leve batendo atrás da cabeça. Ele tentou aliviar o peso em seu lado direito, onde o carro empurrara suas costelas, mas sempre que se virava para trás para conferir se alguém o seguia a mochila ralava um pouco mais a pele em seu quadril.

Algo molhado descia escorrendo por seu pescoço e, continuando a caminhar, Bully não conseguia determinar se era sangue ou suor.

– Você está bem, amiga? Tudo bem aí, amiga?

Ele podia ouvir Jack arfando, tentando se refrescar como faziam os cachorros, como se estivessem prestes a desmaiar a qualquer minuto e sofrer um ataque cardíaco. Ele queria tirá-la da mochila, deixá-la respirar um pouco de ar de verdade e conferir se ela estava realmente bem, checar que não havia um buraco na cabeça dela.

Bully parou para tirar a mochila das costas e Jack começou imediatamente com o rosnado. Dessa vez, quando olhou ao redor, ele viu os dois homens do carro prateado indo de um lado para o outro, escondendo-se atrás das árvores. O cara grandão de camiseta marrom arfava e resfolegava, seus braços grandes esticados para os lados como se estivesse louco para fazer algo com eles; o Boné magrelo fazendo o melhor que podia para permanecer atrás dele. E Bully poderia gritar e berrar – mas aquilo era o que crianças faziam em um parque, até as grandes –, contudo quem se importaria?

03 **07** **10**
DIAS HORAS MINUTOS

Bully parou de pensar naquilo por um segundo quando ouviu o som. O barulho era incrível – como um avião passando por cima dele, vindo do alto e balançando o ar. E, apesar de ter ouvido, não conseguiu evitar de *escutar*, pois era o som de um leão.

Ele desviou na direção da cerca e viu um pinguim saltando em um lago. Uma selva construída no meio de Londres! Bully já tinha ouvido falar nela, mas presumiu que ficasse a quilômetros de distância e não assim, na mosca, *bem* no meio. E tampouco havia apenas vacas sem graça ali, trazidas de ônibus do campo, mas animais de verdade, pelo que dava para concluir do som. Coisas que poderiam matar as pessoas, mas que mesmo assim elas queriam *ver*.

Ele começou a correr, uma espécie de saltitar para sacudir Jack para o lugar certo nas costas. Depois, girou, viu que tinha dez, talvez quinze segundos para pensar em algo antes que boné o alcançasse, agarrasse, reduzisse a velocidade dele para que o grandão o empurrasse. Ouviu o de camisa marrom dizer:
– *Empurra* ele! Derruba no chão.
SAÍDA DO ZOOLÓGICO piscou no radar de Bully. Ele leu a placa, entendeu-a ao contrário – não como palavras, mas como uma maneira de *entrar*, como uma ENTRADA DO ZOOLÓGICO. Virou-se rápido para a esquerda, fazendo uma careta de dor, passou correndo por uma funcionária de camiseta verde com uma câmera no rosto, tirando fotos de uma família em uma selva de mentira. Ele cortou caminho pela loja de lembranças, derrubou uma bancada de girafas e camelos fofinhos, depois ouviu estrondos mais altos atrás dele. Então saiu, passando correndo pelos pinguins que latiam para Jack (Jack dentro da mochila, revidando). E as pessoas olhando em volta como que dizendo: *Aquela mochila acabou de* latir?
Bully continuou correndo. Vislumbres de animais enjaulados eram tudo o que conseguia ver. Depois das araras e dos hipopótamos, agachou-se na *Arena dos Insetos* e atravessou correndo um corredor escuro de vidro cheio de coisinhas grandes e brilhantes pintadas de verde e amarelo.
Saindo pelo outro lado, ele fez uma curva fechada e se viu, de repente, no meio da fila que se espremia na entrada da casa dos macacos.
Bully tentou se encaixar entre as famílias, mas não conseguiu evitar empurrar as pessoas. Ele sentia o cheiro de comida nelas, do que tinham comido. Batatas fritas com queijo e cebolas, sorvetes, cachorros-quentes... pedacinhos minúsculos deles entrando em seu nariz. Mas não prestava. Lento demais por ali. *Tut, tut, tut,* ele ouviu, como algum tipo de pássaro, en-

quanto abria caminho para passar, mas a fila havia se aglomerado em um povaréu. E não havia mais para onde empurrar.

Bully se virou para voltar, mas ali estava o cara de camiseta marrom, a barriga escapulindo da calça jeans, o rosto todo retorcido e sem fôlego. Ele captou o olhar de Bully a dez metros dele e fixou-o como um piloto de caça com um botão vermelho para pressionar. Bully decidiu gritar de todo modo.

Inspirou, mas prendeu a respiração, viu algo que o grandão não estava vendo... Um monte de camisetas verdes.

– Com licença, senhor? Com licença? Posso ver seu bilhete?
– O quê? Ah, eu o perdi, não foi mesmo?

A zeladora do zoológico não estava engolindo aquilo, sua boca armada em um sorriso difícil de agradar, mais quatro camisetas verdes na retaguarda.

– Bem, então preciso que me acompanhe de volta à entrada, por favor, senhor. Por favor, *senhor*.
– Escute... Escute, querida... Estou, estou procurando meu *filho*.

Ele se virou para apontar para Bully.

– Ele está ali, em algum lugar! – disse ele, pois Bully se agachara, estava se escondendo entre os cadarços, as rodinhas dos carrinhos de bebê e as criancinhas.

Ele se arrastou junto com a fila dessa maneira, como uma criatura procurando algo para comer e, quando arriscou dar uma olhada, o grandão estava cercado de camisetas verdes, dando socos para todos os lados, tentando avançar através deles... Derrubou uma das pessoas de camisa verde, contudo, bem quando parecia que *poderia* se libertar, seguraram os braços e as pernas dele e o colocaram no chão.

15

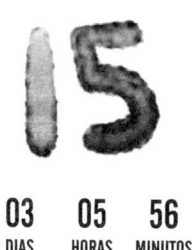

03 **05** **56**
DIAS HORAS MINUTOS

Bully estava na casa dos macacos, abrindo caminho. E, apesar da situação, estava se divertindo, porque os macacos – ele não conseguia acreditar – podiam *sair*. Estavam nas árvores e nos bancos, e as criancinhas ao redor deles davam gritinhos agudos, também sem conseguir acreditar.

Um macaco pousou na mochila dele, logo saltando de novo quando sentiu mandíbulas mordendo lá de dentro.

– Papai! Olha, papai! Um cachorrinho – disse uma menina.

– O quê, querida? Onde? – perguntou o pai, sem ver nenhum cachorrinho mesmo quando a filha apontou para a menina... ou seria um menino... de mochila, vestindo uma bermuda cortada e chinelos de dedo.

Em um ponto tranquilo lá fora, Bully foi a uma das latas de lixo e pescou um sorvete, quase novo, só com uma mordida, e mais rápido e mais barato do que se ele tivesse que comprar um na loja. Também viu ali um mapa do zoológico, que mostrava onde todos os animais moravam, e o pegou também.

Isso o fez começar a pensar em comprar o próprio zoológico. Compraria tudo e provavelmente conseguiria um desconto e levaria os bichos para sua casa. Os macacos não ficariam *dentro* da casa, mas no jardim. E ele deixaria os leões e tigres enjaulados durante o dia, mas eles poderiam circular à noite, ajudando com a segurança. Além disso, Bully chamaria alguém para escavar um lago para os hipopótamos, os pinguins e os grandes peixes dourados do Japão. E compraria girafas: elas também poderiam manter o próprio sustento. Ele as treinaria para *pegar*. Se estivesse no andar de cima e o carteiro chegasse para entregar suas revistas de cachorros, então elas poderiam simplesmente pegá-las e enfiar as cabeças através da janela do quarto dele.

Talvez Bully se livrasse das hienas, pensou, olhando para as imagens. Ele se lembrava de um programa sobre natureza no qual elas gargalhavam igualzinho a Sammy Homem, fazendo graça dele quando ele contara sobre os números sorteados. E nada de cobras. Nada de abutres no telhado também: eles poderiam pensar que Bully estava morto quando dormisse demais e arrancar os olhos dele.

Ele só queria animais bons, nada dos furtivos, assustadores. Depois, pensou em quem precisaria alimentar os animais, cuidar de todos e arrumar toda a sujeira que eles fariam em sua casa nova e no jardim. E, terminando o sorvete, pensou que talvez fosse mais fácil apenas economizar o dinheiro (como fizera com o sorvete), voltar ali e ver tudo naquele mesmo zoológico em outro dia.

Porque estava na hora de partir, e o zoológico preparava-se para fechar. Os grandes grupos tinham diminuído, e havia apenas Bully e o camelo ali, parecia pronto para cuspir. E, bem ao lado dele, do outro lado de uma cerca, algo que parecia um galgo peludo misturado com um espanador com penas. Tinha apenas garras em vez de patas, com um nariz que media a metade de todo o resto dele. Ele viu um filhotinho se arrastando em uma toca embaixo de uma colina especial transparente. E o filhotinho estava olhando para ele, apoiado nas pernas traseiras. Não era um cachorro, com certeza, mas fez com que Bully se lembrasse de Jack, quando a tinha encontrado embaixo daquele 4x4.

Ele olhou para ver no mapa o que era. Chamava-se *Tamanduá*. E, pelo mapa, dava para ver que estavam no final do zoológico. No outro lado, perto das gaiolas de pássaros, havia um pequeno *n* para indicar o norte e outra saída. E ele viu, quando saiu do zoológico, que seus passos seguintes seriam *fora* do mapa, de volta à folha em branco de Londres.

Bully dobrou o mapa e partiu rumo à saída norte, através do túnel e passando pelas girafas, hienas e cães de caça. Quando ouviu Jack rosnar, não se deu ao trabalho de olhar em volta por causa dos cachorros. Mas, se tivesse olhado, veria um boné vermelho seguindo-o escondido, enviando uma mensagem de texto pelo celular.

03 **02** **35**
DIAS HORAS MINUTOS

O céu estava ficando sem sol, mas ainda brilhava à esquerda, para o oeste, enquanto Bully caminhava mais ou menos para o norte, seguindo a flechinha que segurava com força. Evitava as longas vias principais, com o trânsito noturno ficando mais pesado, mesmo em um domingo, e caminhou descendo as ruas laterais.

Quando surgiu um aclive na estrada, Bully achou que isso era um bom sinal, pois sentia como se estivesse *subindo* para o norte. Agora, tinha praticamente certeza de que, quando saísse de Londres, as coisas melhorariam e encontraria alguém para compensar o bilhete para ele.

Quando finalmente chegou ao topo de uma colina muito grande, havia uma placa que dizia *Hampstead*. Ele franziu os olhos com força e olhou para baixo, para onde estava antes, mas não conseguiu ver o zoológico, nem a London Eye piscando no final do dia, nem mesmo uma fileira fina de rio marrom.

Estava agora em um lugar chique, cheio de lojas com nomes que Bully nunca vira. Ele planejava seguir em frente, mas, quando viu a banca de jornal diante da estação do metrô, não conseguiu resistir. Pegou sua nota de cinco, entrou e comprou duas latas de Coca-Cola, uma para ele, outra para Jack.

– Uh-oh, o que é isso? – disse a moça do caixa depois de Bully comprar as bebidas e se virar para partir. Ele não se deu ao trabalho de respondê-la.

Lá fora, tomou sua lata de uma só vez. Enquanto bebia, viu quatro garotos mais velhos do que ele, juntos no outro lado da rua. Eles ficavam olhando para os celulares, depois levantavam os olhos como que esperando que alguém específico chegasse, esperando – Bully se deu conta – por *ele*. Ele ficou enjoado e o pânico deixou sua pele eletrizada.

Lentamente, começou a se afastar, mantendo os olhos no chão (se olhasse para eles, eles olhavam para você). Depois, levantou a cabeça sem ter dado autorização para isso, e tudo o que conseguiu ver foi o céu azul-escuro.

– Você arrebentou meu carro! Seu pequeno...

Bully meio que se virou e viu o Boné vermelho muito perto, além de dentes acinzentados e espaçados em unidades ou pares cuspindo palavrões em sua direção.

Bully se virou na outra direção, tentou abrir caminho para fora da confusão com um soco, mas Boné estava agarrando seu cabelo, e as solas lisas dos chinelos não lhe proporcionavam nenhum atrito. Ele chutou os chinelos dos pés, mas não conseguiu escapar, e o cara magrelo de boné começou a gritar. Tudo que os zumbis fizeram foi levantarem e assistir como se fosse na TV. E, enquanto girava, Bully captou um vislumbre dos garotos do outro lado da rua, percebendo o que estava rolando.

Nhac!

Boné foi mordido! Ele gritava e berrava a plenos pulmões, com os dentes de Jack despontando por debaixo da aba da mochila, abocanhando de verdade. Veja só como é a sensação!

– Parada! – ordenou Bully, pois, apesar de o cara não ser muito mais pesado do que ele, estava o *rebocando*. Então, Jack parou de mastigar o braço do homem e o soltou. Bully começou a ganhar velocidade e a correr para o metrô.

Não havia funcionários ali, então ele forçou passagem pelas roletas. Procurou a escada rolante, mas havia apenas um grande elevador quadrado do tamanho de seu antigo quarto azul.

Ele correu para o elevador, procurando quais botões apertar, mas não havia botões, e as portas não se fechavam. Os rostos olhavam para ele, depois viam Jack, sangue nas presas, então se encolhiam contra as paredes de metal... não queriam pegar o mesmo elevador que *aquilo*.

Bully conseguia enxergar lá atrás, do outro lado das roletas, que os garotos já haviam atravessado a rua e seria impossível o elevador fechar as portas antes que o alcançassem.

Ele queria ficar onde estava. Aquela mesma sensação que sentia todos os dias, só que dez vezes pior. E ele precisava resistir. Precisava lutar contra aquilo *agora*; não tinha o dia todo, somente alguns segundos para se decidir. Fugiria ou ficaria?

– Esse cachorro deveria estar em uma guia... – disse a voz de uma mulher dentro do elevador, flutuando em torno da cabeça de Bully.

Ele saiu do elevador, preparou-se para correr de volta pelas roletas e disparar o mais rápido que conseguisse e, talvez, talvez, furar a barreira dos garotos à força.

Foi quando viu a escada.

ESCADA DE EMERGÊNCIA
Esta escada tem mais de 320 degraus.
Não utilize exceto em caso de emergência.

Bem, *isso* era uma emergência.

Os degraus não desciam simplesmente: giravam e giravam em uma espiral, como água escorrendo pelo ralo. Ele desceu dois, três de cada vez, agarrando o corrimão de metal. Girando e girando, foi descendo cada vez mais. As beiradas de metal amarelo da escada se borravam em um longo caminho dourado. A mochila estava cortando o tronco dele, machucando de verdade agora, sacudindo e fazendo-o gritar sem emitir som, mas ele não tinha tempo para tirar Jack da mochila, por isso seguiu em frente apesar da dor, para baixo, para baixo e para baixo...

Bully ouvia passos atrás dele, alcançando-o. Mas eram apenas um ou dois pares de pés. Onde estariam os outros? Estavam tomando o elevador – era o que estavam fazendo, cercando-o –, e seu coração acelerou por um segundo, porque não tinha como saber se os perseguidores tinham conseguido chegar à plataforma antes dele. Ainda assim, continuou correndo, tentando medir quão rápido um elevador seria capaz de se mover. Conseguia ouvir os passos logo atrás de si, dando pisões nas tiras de metal... *bang, bang, bang*... não olhou para trás, apenas seguiu descendo... Quantos degraus faltavam agora? Cem? Menos? Mais? Qual era a velocidade de um elevador? O que ele faria quando chegasse ao fundo? Era o tipo de matemática que não ensinavam na escola.

Então, Bully quase teve um ataque do coração – havia pés *subindo* a escada – e freou, mas era apenas um homem, um zumbi de fim de semana, cabeça baixa, café em uma das mãos, cansado de esperar pelo elevador. E, quando passou por ele, Bully aproveitou a situação e aplicou *medidas defensivas*, derramando o copo de café todo em cima do homem, de forma que ele ocupou toda a escada, reclamando e gritando. Aquilo deveria retardá-los um pouco.

Um vento passou por ele. Ele associou aquilo ao que sabia: um trem chegando, o som rugindo atrás dele, freios guinchando.

Enquanto acelerava de novo, Bully ignorou a voz em sua cabeça lhe dizendo que suas pernas estavam cedendo, porque agora ele conseguia ver as luzes mais fortes. Saiu tombando na plataforma, vozes ecoando cinquenta ou sessenta passos atrás dele.

Atenção com o espaço entre o trem e a plataforma, atenção com o espaço entre o trem e a plataforma, dizia o alto-falante. *Entre no trem, entre no trem*, dizia a voz na cabeça dele. E, mais adiante, ele ouviu as portas do elevador se abrindo... *Bip, bip, bip.*

– Ali! Ali! Peguem ele! Peguem ele!

Chacais e abutres desceram a plataforma gritando e revoando na direção dele. As portas do vagão estavam começando a se estreitar. Sem prestar atenção ao espaço entre o trem e a plataforma, Bully virou de lado e se atirou para dentro do vagão.

Segundos depois, um par de rostos na janela, cuspindo, gesticulando com a boca coisas terríveis, apenas alguns milímetros entre as palavras e Bully à medida que o trem partia.

16

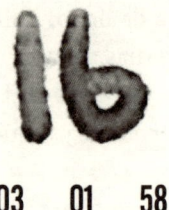

03 **01** **58**
DIAS HORAS MINUTOS

Bully olhou para o mapa do metrô acima de sua cabeça. Ele estava em uma linha reta *preta*, a linha do *norte*. Aquilo era bom. Se permanecesse no metrô até o fim da linha, então Watford não poderia ficar longe. E ali estava Brent Cross! Ele poderia saltar ali e procurar Tiggs e Chris. Eles o ajudariam.

    O trem estava parando na estação seguinte, mas, em vez de Golders Green, dizia Belsize Park, e Bully viu que estava viajando de volta para a cidade, indo para o sul. Era a estação *errada*, o caminho *errado*.

03 **01** **57**
DIAS HORA MINUTOS

Agora ele estava esperando em uma plataforma vazia no trilho oposto, aguardando o próximo trem de volta para o *norte*. Só que a plataforma não estava vazia agora. Bully estava tentando fingir para si mesmo que não tinha ouvido as solas dos sapatos guinchando ao sair do trem dez vagões para trás e tentando convencer a si mesmo de que nenhum dos garotos havia conseguido embarcar em outro vagão mais próximo do elevador. Ele não estava olhando. Estava se *recusando* a olhar. Pois naquele minuto sua mente estava esgotada de tanto ficar atenta, e seus pulmões estavam cheios até a borda de medo. Ele tinha perdido sua vantagem.

03 **01** **56**
DIAS HORA MINUTOS

Bully preferiu olhar para o túnel, implorando para que o metrô chegasse. Esfregou os dedos dos pés na linha amarela da plataforma, franziu os olhos na escuridão para detectar qualquer ponto de luz. Mas não havia nenhum trem chegando, apenas humanos *o cercando*, à sua esquerda, na beira de sua visão, bem no lugar para onde ele estava escolhendo não olhar.

– Dá o bilhete para a gente! – disse o garoto em um sussurro quase alegre, pois não acreditava na própria sorte.

Então Bully *precisou* olhar. Havia dois adolescentes, maiores do que ele. Um negro, outro branco.

Ele ergueu o canivete. Não era lá grande coisa como arma, especialmente com as lâminas ainda lá dentro. Os garotos gargalharam dele, como o Sammy Homem tinha feito. A diversão havia terminado agora, e eles estavam gritando, ameaçando, tentando se agitar para avançar contra ele, para tirar o bilhete dele antes que o trem chegasse. Mas estavam meio atrapalhados, pois nenhum dos dois era um líder – o cachorro alfa (Bully tinha lido sobre isso nas revistas). Cada matilha possui um alfa, e aqueles garotos eram os acompanhantes, os cachorros beta. Mas aquilo não significava que *não* fossem avançar contra ele.

Então, um arrepio percorreu o corpo de Bully, mas um arrepio bom, que o fez se sentir cheio de si, expulsando o medo de dentro dele, para fora de seu peito e para dentro do túnel. E ele sorriu, realmente sorriu, quando se lembrou de que tinha *outra* arma, muito melhor do que qualquer canivete.

Os garotos pararam, surpresos, quando Bully se ajoelhou, mantendo-os afastados tempo suficiente para ele dizer:

– Aqui! Jack! Aqui, garota! SAI!

E ela não conseguia *esperar* para sair! Quando os garotos viram aquele cachorro com uma boca cheia de dentes de tubarão, sangue espumando entre os ouvidos, estavam inspirando o medo. Bully quase conseguia ver, como se fosse uma névoa.

– Para trás! – disse ele. – Para trás. Vocês não vão pegar nada!

E foi o que eles fizeram. Foram para trás, xingando e ameaçando, mas recuaram escada acima.

O trem assobiou ao chegar. Bully embarcou com Jack. Os garotos ouviram as portas apitando e correram para a saída, subindo de volta à rua para obter sinal de celular e contar ao resto da gangue que ele estava voltando.

03 **01** **51**
DIAS HORA MINUTOS

Esse foi o erro deles, pois Bully fez algo corajoso. A mente dele disse que aquela era a melhor coisa a se fazer, mas o coração não queria ter nada a ver com aquilo. Ele saltou *para fora* do vagão assim que os tornozelos dos garotos começaram a desaparecer escada acima.

Nunca se torne previsível.

Portanto, ele estava agora sendo imprevisível: não fez o que gostaria de fazer, que era pegar aquele trem. Olhou para a placa de informações, viu-a mudar e perdeu um minuto de sua vida, da vida de seu bilhete, enquanto pensava no que fazer a seguir.

03 **01** **39**
DIAS HORA MINUTOS

Ele demorou um bom tempo até sair da estação, obrigando-se a fazer isso. Estava confuso e não conseguia entender como seus perseguidores estavam conseguindo se colocar *à frente* dele, esperando por ele em vez de ir atrás dele. Assim, quando saiu em segurança da estação do metrô, fez uma pequena dança de fúria. Tinha contado aos Sammies que estava indo para o norte, para Camelot, não era? Portanto, eles sabiam aonde ele estava indo e estavam tomando atalhos, ficando à frente do jogo, como o lobo no conto de fadas.

Bully piscou. Seus olhos ardiam com o sal que tinha secado e formado uma crosta nos cantos. Cuspiu nos dedos e esfregou os olhos até eles coçarem. Depois, esfregou-os mais um pouco. Sabia que isso só piorava a situação, mas não conseguia evitar. Então pegou a bússola. Uma bolhinha de ar presa no interior subiu à superfície do vidro enquanto Bully observava a seta girar lentamente para encontrar o caminho.

Ele parou de andar. E pensou realmente no que estava fazendo, nos garotos e nos homens talvez agora mais adiante, em um lugar mais alto, esperando por ele, e tentou raciocinar do jeito como eles raciocinariam. *Conhecer seu inimigo*. Estariam esperando até que ele, justamente como uma criança, seguisse subindo a estrada, seguisse rumo a Camelot para pegar o dinheiro. Foi nesse momento que ele teve um instante de clareza, de como virar aquela situação de cabeça para baixo e deixá-los a noite toda caçando a sombra dele enquanto ficava quieto até a manhã. Aquilo lhe custaria tempo, mas talvez ele conseguisse ficar com o bilhete.

Bully saiu da rua principal e atravessou um parque. Precisava de um lugar fechado mas que nunca fechasse, onde você não precisasse comprar nada. Algum lugar no qual deixassem *qualquer um* entrar, até mesmo alguém como ele, sem sapatos.

Encontrou um local assim em uma rua tranquila. Chamava-se *Royal Free Hospital*. O nome soava bem para ele, e, apesar de não ser nada parecido com o palácio de Buckingham, era definitivamente *grátis*: a placa dizia isso, *free* [gratuito em inglês]. Além disso, ele poderia encontrar alguém para sacar o dinheiro com o bilhete. Alguém velho ou, ainda melhor, que estivesse de saída, que não tivesse muito tempo de sobra, assim como ele. Porque três dias eram tudo o que tinha agora.

Contudo não deixavam ninguém entrar com cachorros em hospitais. Não havia uma placa, mas Bully sentiu que era provável que fosse assim, então manteve Jack dentro da mochila e disse a ela para ficar quieta. Entrou pelas portas rolantes, empurrando forte demais e precisando esperar que o alcançassem e o deixassem entrar. Passou por duas enfermeiras que lidavam com pessoas que simplesmente tinham entrado como ele, que não pareciam nem um pouco mais machucadas do que ele.

Foi até o lugar onde serviam café. Estava fechado, afinal era noite de domingo, e as grades estavam abaixadas. Havia uma máquina de vendas no corredor, mas ele tinha deixado seus trocados caírem na colina. Bully olhou para os dois lados do corredor branco. Depois, rapidamente, com a mochila escondendo o que fazia, agachou-se e enfiou o braço pela abertura, o mais para cima e o mais fundo que podia, mas não conseguiu pegar o chocolate.

Quando tentou tirar a mão, ela estava presa na tampa de metal da abertura. Ele puxou, mas isso só fez com que doesse mais. Frustrado, Bully empurrou a máquina. O alarme disparou, e o braço dele saiu arranhado e sangrando.

Ele pegou a escada para fugir, passando por um médico que estava descendo e viu seus pés descalços, mas seguiu em frente. Ninguém parecia incomodado ali por ele estar descalço. Bully compreendeu o motivo disso quando, no andar seguinte, ao empurrar um par de portas, uma senhora descalça com um balão cheio de água veio na direção dele, arrastando os pés. Apesar de o corredor ser mais do que suficientemente largo, ele saiu da frente. Parecia estar com a camisola ao contrário, as costas viradas para a frente, e ele ficou horrorizado quando viu a bunda velha da mulher de fora.

Decidiu subir mais um andar. E, quando atravessou as portas, havia um carrinho com alguns pratos de jantar vazios aguardando para serem levados pelo elevador. Ele pegou uma batata e uma salsicha. Obrigou-se a dar a salsicha para Jack e se perguntou se haveria mais comida no lugar de onde aquela tinha vindo. Foi até o final do corredor dar uma olhada.

Blarrr, blarrr, blarrr!

A cabeça dele foi tomada por um alarme muito pior do que o sutil *piiii, piii* da máquina de vendas, e Bully presumiu o que tinha disparado aquela sirene, fosse o que fosse, por roubar meia salsicha. Tapou os ouvidos com as mãos para impedir que mais do *blarrr, blarrr* entrasse enquanto tentava fugir do barulho.

Então, enfermeiras começaram a sair dos quartos aos saltos e a descer os corredores como se tivessem passado o dia todo escondidas ali, apenas esperando por aquilo. Mas passaram correndo por Bully, e ele as ouviu gritando *Emergência! Emergência!* e percebeu que não tinha nada a ver com ele.

Dois médicos estavam chegando agora, empurrando muito rápido um carrinho com um desfibrilador na direção dele. Para evitá-los, Bully dobrou em um corredor, espiou por uma porta com uma janelinha e imaginou que aquilo fosse uma despensa. Já tinha entrado quando viu o homem na cama.

03 **01** **23**
DIAS HORA MINUTOS

– E então, *onde você* estava? – Um velho Davey estava deitado na cama, olhando diretamente para Bully. – E então, *onde você* estava? – repetiu ele, como se estivesse perguntando, e não dando uma bronca.

Bully apenas ficou parado, sem vontade de falar.

– Vamos, entre, entre.

O homem abanou a mão enrugada. Ele parecia praticamente morto, mas, até aí, todos os Daveys pareciam.

– Feche a porta, feche a porta. Nas suas costas, a coisa... a coisa, essa bolsa nas suas costas. Com a *saca* – disse ele, ainda abanando o braço, a pele pendendo e balançando como se fosse se soltar do osso. – Isso, sim, é uma mochila! E então, *onde você* estava?

– No zoológico – disse Bully, pois aquela tinha sido a melhor parte do dia até agora.

– Ah, o *zoológico*... – O rosto do velho relaxou, como se ele tivesse tomado um gole de algo gostoso. – O que você viu?

Ele olhou em volta outra vez, conferindo a porta. As enfermeiras e os médicos continuavam gritando entre si.

– E então, *onde você* estava?

– Já disse. No zoológico.

Jack começou a choramingar, o pedaço de salsicha não tinha nem dado para tapar o buraco do dente, pois a hora do lanche dela já tinha passado, e muito.

– *Shh* – disse Bully.

– O que é isso? O que tem aí dentro da sua mochila? Um pinguim? O que é que você tem aí dentro?

O garoto riu em silêncio.

– Não – respondeu. – É um cachorro.

Bully não estava com medo daquele Davey, ainda que estivesse morrendo e perguntando coisas loucas, tipo se ele tinha um pinguim na mochila.

– Ah. Um cachorro. – O rosto do homem se iluminou e seus olhos pararam de vagar. E, em vez de perguntar se o cachorro era de Bully, o velho disse: – Bem, vamos dar uma olhada nele então! Tire-o daí, tire-o.

Ele colocou a mochila no chão e tirou Jack. Fez uma careta de dor, a pele viva em seus quadris.

– Ah, é um cachorro de raça? – perguntou o Davey, e agora foi a vez de Bully sorrir, pois aquele Davey sabia pelo menos alguma coisa sobre cachorros.

– É, quase isso. Ela é de raça, mas misturada com outra coisa muito boa. Não é uma raça de verdade, com *pedigree* e tudo o mais.

– Ah, mas que importância tem isso? Qual é o nome dela? Isso é tudo o que importa. Ter um bom nome. É tudo o que importa. Qual é o nome dela?

– Jack. Ela se chama Jack.

– Ah... Jack! Esse é um *bom* nome. Conheço alguém chamado Jack. Quem é? – indagou ele.

Aquele Davey era louco, mas era legal, decidiu Bully. Isto é, desde que o velho ficasse onde estava. Ele sentiu o cheiro da bandeja na extremidade da cama, e o homem o viu olhando.

– Está com fome?

– É.

O homem olhou desconsolado ao redor do quarto.

– Às vezes, deixam coisas aqui para comer.

– Isso. – Bully apontou para o jantar.

– Ah, o que é isso?

– Comida.

– Ah, sim, pode comer.

Bully tirou a tampa, e era uma torta de carne. A mãe dele costumava preparar esse prato, e Phil dizia que havia carne de cachorro nela para dissuadir o garoto de comer.

Ele pegou uma colherada grande, depois mais duas, e então colocou o prato no chão para Jack terminar.

– Pode comer tudo, pode terminar – disse o Davey quando viu Bully olhando para o manjar de sobremesa. Ele comeu tudo e embolsou a colher de metal, porque também tinha per-

149

dido a dele, com o casaco e o último restinho de sua mãe no cartão.

– Tenho um quarto individual e este é o *meu* quarto com vista – disse o Davey, apontando para a janela. A escuridão começava a refletir a luz de volta para dentro do quarto, e Bully não conseguiu ver nada lá fora, somente a rua e algumas árvores.

Ele conferiu a porta outra vez, encostando o rosto no vidro. As coisas estavam se acalmando agora, uma das enfermeiras balançando a cabeça, a outra fazendo que sim. Ele olhou para o velho. Imaginou que seria educado perguntar quanto tempo fazia que ele estava ali e o que havia de errado com ele. Era o que todo mundo indagava quando visitava pessoas no hospital.

– Está aqui há muito tempo?

– Não sei. Acho que não. Não sei. Você sabe? – perguntou o homem, esperançoso.

Bully encolheu os ombros.

– Você levou uma surra ou algo parecido?

– Não, não – disse o homem, e o garoto concordou com a cabeça, porque o rosto do velho não parecia tão mal, como se tivesse apanhado. Havia apenas uns vasinhos no nariz dele, e linhas vermelhas e azuis, como se uma criancinha o tivesse colorido enquanto dormia.

– Vou para casa amanhã.

– É?

– É. Vou para casa...

– Você já foi a Watford, amigo? – A pergunta escapou antes que Bully pensasse nela.

– Ah, Watford. Não sei. Eu *adoraria* ir.

– Quer dizer que você tem um carro?

– Ah, sim. Tenho. Tenho certeza que sim. Tenho um carro em algum lugar lá fora. Prateado – disse ele, o que fez Bully se lembrar dos homens que o estavam seguindo.

Um carro era boa notícia. Um carro era um luxo. Um carro era um apartamento com rodas; um lugar para dormir, para comer, para levá-lo a algum lugar. Lá onde Bully morava antes de a mãe morrer, era preciso esperar para ir a qualquer lugar, aguardar um ônibus ou uma carona até a cidade. Um carro o tiraria dali imediatamente.

Bully respirou fundo.

– Você poderia me fazer um favor, amigo?

– O quê? O quê?

– Tenho este bilhete, sabe?

– Um bilhete? É? – O homem olhava para Bully como se ele estivesse mais para o fundo do quarto.

– É, mas preciso de alguém para retirar o prêmio. Mas é segredo. E bandidos estão tentando me roubar. *Eu* comprei o bilhete para *minha mãe* e *ela* o deu de volta para *mim* de aniversário porque estava morrendo. – Ele achou melhor esclarecer a história. – Mas sou novo demais para apostar, então alguém mais velho do que eu precisava pegar o dinheiro na Camelot, em Watford. Depois, você devolve para mim. Precisa ser assim. Eu dou um pouco do prêmio para você, mas antes você precisaria me dar tudo, entendeu?

– O quê?

– O dinheiro – disse Bully. – O que eu ganhei.

– Você teve sorte nas corridas de cavalo?

– No quê? Não.

Aquele cara não estava entendendo direito. Era isso. Bully contou a ele um pouco mais da história, com alguns detalhes, de modo que soasse como algo verossímil, algo real em vez de uma história que um garoto com um cachorro estivesse lhe contando apenas para animá-lo no hospital. Levou algum tempo com o sujeito concordando com a cabeça, depois apontando para fora da janela, falando sobre sua vista particular da rua que escurecia e das árvores.

Finalmente, ele parou de falar. Podia ver que o Davey estava pensando a respeito da proposta. Bully tinha decidido que não ia dar, tipo, a metade para o sujeito. Ele poderia receber *meio* milhão, em vez disso. Aquilo serviria para ele durante o tempo de vida que lhe restava.

Ele conferiu a janelinha na porta. Ninguém mais estava se apressando de um lado para o outro. E, quando franziu os olhos de lado, havia apenas uma enfermeira no balcão.

Olhou para trás. Jack estava na cama e o velho dava tapinhas nela e chorava, seus olhos como pequenos ovos fritos amarelos. Aquilo assustou Bully, pois o homem chorava e sorria ao mesmo tempo. Então pegou a mochila, nervoso e com vontade de resolver tudo logo, de combinar quando aquele Davey o levaria para Watford.

Mas então o homem olhou para ele e parou de chorar. Não secou o rosto com as mãos; em vez disso, pareceu apenas surpreso.

– E então, *onde você* estava? – indagou, com a mesma voz com que tinha feito a pergunta um Scooby-Doo antes.

17

03 **01** **03**
DIAS HORA MINUTOS

Bully planejava dormir no hospital, mas um segurança o encontrou na escada e começou a perguntar por que ele estava ali. E, quando ele saiu de lá, o céu estava mais preto do que azul.

Ele não se sentia mais seguro ao ar livre, entre as pessoas que saíam tarde para passear com seus cachorros, os animais sem guias e cheirando a mochila dele. Assim, quando chegou a um muro alto, saltou-o. O topo tinha pontas curvas, como dedos velhos, mortos, mas ele apenas as agarrou e içou o corpo. Mesmo com a mochila nas costas, não foi difícil, pois ele era praticamente só pele e osso.

A primeira coisa que viu foi um pedaço de pedra enfiado no chão, e outro, e mais outro, com anjos despontando por todo o lugar. Estava em um lugar de sepulturas, em um cemitério. E ali, pensou, era um bom lugar para se esconder – como no hospital, qualquer um poderia entrar ali, mas ninguém realmente tinha vontade. Sentiu vontade de correr de volta e contar ao Davey no hospital que era ali onde ele terminaria; que, muito em breve, aquela seria a vista dele. Queria se vingar do homem pelo que ele tinha feito, dando esperanças para Bully, brincando, fazendo promessas que não sabia como cumprir.

Ele tirou Jack da mochila e a deixou ao lado de uma lápide. Depois, os dois foram dar uma caminhada. Bully permaneceu nos caminhos grandes e largos, parando de vez em quando para tocar em algum nome entalhado em uma lápide. Enquanto caminhava naquele restinho de luz extra que havia no verão, animou-se pensando que as pessoas atrás dele tampouco estariam felizes.

Bully e Jack passaram por alguns caixões de pedra vazios, com as tampas parcialmente abertas ou quebradas, como se alguém lá dentro tivesse se cansado de ficar preso ali. Enquanto caminhava, o garoto sentia os cheiros, cheiros verdes da noite e água velha se espreitando através de seu resfriado. Depois, sentiu os pés ficando *mais frios*, olhou para baixo e viu que estava caminhando sobre lápides: todo um caminho delas conduzindo para o meio de arbustos verdes e árvores.

Ele estremeceu, saltou de volta para a grama e começou a pensar seriamente sobre onde dormiria. Deveria haver algum banheiro, algum lugar por ali. Mas, quando tentou retornar ao caminho principal, percebeu que estava perdido.

Pegou a bússola, mas não adiantou, pois ele não tinha conferido para qual direção estava seguindo quando pulou o muro. E, à medida que os arbustos e a escuridão se fechavam em torno dele, Bully pensou ter visto o que parecia uma rua antiquada cheia de pequenas casas com telhados pontiagudos. Mas, conforme se aproximava, viu que aquelas casas não eram para morar. Ninguém jamais morara nelas. Elas eram para ficar *morto* lá dentro. As enormes portas de ferro e pedra só tinham sido abertas e fechadas uma ou duas vezes para quem estava lá dentro. E, agora que estava entre elas, ele viu que não eram tão pequenas. Elas pairavam acima dele, esculpindo aquele restinho de luz do céu de verão.

Bully parou de caminhar, viu um túnel de sepulturas fazendo curvas na escuridão. Não seguiria mais por ali...

Então, o último brilho de luz no céu desapareceu. E, apesar de o céu estar estrelado, as estrelas não brilhavam até lá embaixo. Ele acendeu o isqueiro, mas a escuridão permanecia ali, fazendo pressão contra ele dentro de sua pequena bolha de luz.

Bully se esforçou muito para não olhar para a direita e para a esquerda, para não balançar o isqueiro, mas acabou fazendo isso e vendo mais anjos, alguns malvados no meio das árvores, arrastando criancinhas para o céu. Outro estava apontando para ele com dedos brancos, como que dizendo: *É ele! É ele quem tem o bilhete de loteria premiado!* E havia ainda outros aos seus pés. Deitados bem na beira do caminho, tentando fazê-lo tropeçar!

– Onde está o muro, amiga? Para onde a gente está indo?

Jack parecia não saber a resposta. Apenas ganiu como se sentisse medo. E Bully precisou ouvir o som dos próprios pés apressados à medida que descia um caminho, depois outro, a cabeça virando para a direita e para a esquerda, até que ele parou de olhar para onde ia. Foi nesse momento que correu e tropeçou bem na frente do cão agachado, preparado e querendo rasgar sua garganta.

– *Uurrgh* – soltou, levantando-se aos tropeços.

Mas, quando o cachorro não o atacou, não saltou, nem mesmo *respirou*, Bully estendeu a mão e tocou nele.

O cachorro era frio como pedra: fazia parte de uma sepultura. E não queria rasgar a garganta dele, estava apenas descansando a cabeça entre as patas, vigiando para sempre o pobre coitado sete palmos abaixo da terra. Bully não conseguiu evitar ficar impressionado. Não sabia que podiam colocar um cachorro inteiro em sua sepultura. Ele não se importaria em comprar um daqueles depois que tivesse gasto seus milhões e estivesse morto, porque não queria terminar como a mãe, apenas cinzas em uma jarra de balas, jogada em uma lata de lixo.

Depois, ouviu um som muito alto, como se algo *muito grande* estivesse se aproximando dele. Então Bully gritou e *deu no pé*, girando freneticamente a pedra do isqueiro, *click, click, click*.

03 **00** **18**
DIAS HORA MINUTOS

Os dois saíram pulando outro muro, que dava para uma rua em uma colina. E Bully correu direto até o poste mais próximo para recuperar o fôlego. Depois, descobriu que estava com muita sede, porque não tinha bebido água no hospital.

Seguiu pela rua e passou por uma van azul, que examinou considerando arrombá-la. Na lateral, dizia *Highgate Bombeiros e Solar*. Na fileira seguinte de ruas, foi procurar nos jardins por uma bica e talvez um barraco em um jardim para passar o que restava da noite. Foi de jardim em jardim, enxergando alguém diante da TV muito, muito longe.

Jack perseguia um gato. Bully deu uma bronca nela: os dois estavam realizando manobras, e nessas horas é preciso se manter discreto, não sair perseguindo gatos.

Três jardins depois do começo da rua, Bully encontrou uma torneira na parede externa de uma casa. Não havia nenhuma luz acesa lá dentro, apenas um brilho que vinha da porta do vizinho, mesmo assim ele se abaixou o máximo que conseguiu enquanto avaliava os arredores. Agora Jack estava levando a situação mais a sério, esperando, invisível na grama alta.

Ele abriu a torneira o mais silenciosamente que conseguiu, mas ainda assim ela rangeu quando nenhuma água saiu. Bully a girou para um lado e para o outro, sentindo vontade de gritar e chorar. Depois, acalmou-se e pensou que, como não havia nenhuma luz acesa nem água na casa, isso significava que alguém poderia ter *desligado* as luzes e a água.

03 **00** **03**
DIAS HORA MINUTOS

Bully espiou a escuridão através das persianas da cozinha. Perguntou-se há quanto tempo os moradores teriam partido. Pela aparência da grama e de todas as flores nos vasos, crescendo como loucas, era provável que tivessem ido embora semanas antes. Ele pensou em pegar um dos vasos e atirá-lo pela janela, mas isso faria muito barulho, e aquele tipo de som de vidro espatifando sempre acordava todo mundo. Depois, lembrou que pessoas que moravam em casas às vezes deixavam chaves no lado de fora, para caso não conseguissem entrar de volta, e começou a procurar debaixo do capacho e a tatear a moldura da janela. Até levantou todos os vasos para olhar embaixo deles com o isqueiro, mas não havia nenhuma chave.

Foi nesse momento que começou a chover, apenas uma garoa, nada pesado, mas Bully se sentou no pequeno pórtico, cansado demais para ir embora logo. Um cachorro do vizinho começou a ganir. Algo grande e felpudo, Bully conseguiu identificar. Ele avisou a Jack para que não latisse de volta e depois pensou de novo em invadir a casa. Pegou o vaso no degrau debaixo do pórtico. Não havia muita coisa dentro dele, apenas um par de gravetos como o que a pomba carregava no bico na cidade dos rebeldes.

Por que aquelas pessoas tinham todas aquelas flores e plantas em vasos quando já tinham um jardim? Isso o deixou novamente com raiva, e ele gostou da sensação, diminuindo um pouco a intensidade de todo o cansaço que sentia.

Bully pesou o vaso na mão. Resolveu arriscar: jogaria o vaso pela janela da cozinha e desejaria que os vizinhos fossem maus vizinhos e não se incomodassem em ir conferir o que estava acontecendo. Preparou-se e, depois, como que pensando melhor, puxou os gravetos do vaso e arrancou tudo de uma vez, raízes e todo o resto. E, logo antes de jogá-lo, ouviu um *clink* no pátio. Ajoelhou-se e viu o que pareciam minúsculos dentes dourados brilhando na terra.

02 **23** **20**
DIAS HORAS MINUTOS

Quando destrancou a porta dos fundos com a chave, Bully pensou por um minuto que aquele lugar fosse uma ocupação. Que tinha entendido errado. Havia louça suja acumulando crostas na pia, a lata de lixo fedia mais do que as caçambas dele e a cozinha estava simplesmente uma *zona*. Mas ele percebeu que a eletricidade estava ligada quando abriu a porta da geladeira, então a deixou assim para ter um pouco de luz.

Não havia muita coisa lá dentro que ele reconhecesse como comida. Havia manteiga dura e algumas jarras com uma geleia engraçada. Os armários não estavam muito melhores. Ele encontrou uma bebida em uma garrafa amarela chamada *cordial* e um pedaço de pão ressecado. Achou que o cordial pudesse ser vinho, mas era doce, então bebeu tudo, depois passou manteiga na ponta do pão mofado e comeu-o como um rato faria, roendo a ponta. Depois, descongelou um pouco de carne para Jack. E, enquanto o micro-ondas zumbia, deu uma olhada pelo resto da casa.

Quando descobriu que as persianas estavam fechadas nas janelas da frente, acendeu as luzes. Não ficou impressionado. O cômodo também estava uma verdadeira bagunça: roupas penduradas nos sofás e nas portas. O estado do lugar era terrível. As paredes estavam brancas como se os moradores tivessem acabado de receber as chaves da casa da prefeitura, e não havia tapetes de verdade em nenhum lugar. Havia algumas pinturas nas paredes que davam um pouco de vida à sala, mas eram umas porcarias. A melhor era de uma moça nua com cabelo ondulado adorável, presa dentro de uma grande concha, mas o resto dos quadros não era de *coisa alguma*: pior do que Cortnie costumava fazer com suas canetinhas de colorir.

Ele deu comida a Jack e, depois, subiu para o segundo andar. Acendeu outra luz. Nunca tinha subido escada dentro de uma casa. Todas as escadas entre os andares no prédio onde morava ficavam do lado de fora. Era uma sensação estranha, e Bully se segurou no corrimão, que subia, girando, a colina de madeira, como se estivesse em um conto de fadas. Havia fotografias de uma mãe, um pai e dois filhos na parede. Um montão de livros no segundo andar, todos de tamanhos e cores diferentes, um quarto simplesmente cheio deles, sem cama nem nada, somente livros, uma escrivaninha e uma cadeira. Bully preferia revistas, mas não se *importava* com livros desde que fossem realmente interessantes, com coisas reais neles, e não cheios de *histórias*. O que ele não compreendia, no entanto, era por que as pessoas os guardavam durante tanto tempo depois de já terem lido tudo.

Quando entrou no primeiro quarto de criança, Bully deduziu pelas roupas e pelos tipos de livros escolares que o garoto era mais velho do que ele. Deu uma olhada no armário, revirou algumas coisas e depois viu um skate apoiado em um canto. Levou-o com um laptop para o quarto seguinte, o da menina. A cama estava mais bagunçada do que a do garoto, toda coberta de roupas, e ele se sentia confortável dormindo em lugares que não pareciam arrumados. Por isso, deitou-se na cama, Jack ao seu lado. Ela agora estava se acostumando a deitar em camas, já que jamais tivera permissão para aquilo no apartamento.

Havia mais uma coisa que ele não conseguia entender... gastar todo aquele dinheiro... em livros... e nem mesmo uma única *televisão* na casa. Conforme começava a cair no sono, Bully tentou imaginar um lugar onde não houvesse televisões no fundo de uma caverna escura e profunda sem eletricidade, pois até na prisão as pessoas tinham alguma coisa para assistir.

18

02 DIAS **09** HORAS **10** MINUTOS

Pela segunda vez em três dias, Bully acordou e deparou com uma garota o encarando. Apesar de esta ser mais velha, ela gritou igualzinho à irmã dele quando viu Jack.

Ele teve um sobressalto, caiu da cama. Quando finalmente ficou de pé, a garota tinha sumido e um homem estava na porta.

– O que você está fazendo aqui, garoto?

O homem parecia alguém conhecido. Bully não sabia quem. Foi quando se deu conta de que era o homem na fotografia, o pai. Continuava confuso. Tinha a sensação de que havia dormido quase o dia todo. Tinha *perdido* um dia. Estava furioso consigo mesmo. Já era *de dia*, e o tempo corria. Era como trocar uma nota de dinheiro. Fazer isso era o mesmo que perdê-la.

– Eu estou...

Bully estava prestes a dizer *indo embora*, mas já tinha aprendido pela experiência que era sempre melhor simplesmente *partir*, então ele correu na direção da porta. O homem o surpreendeu abrindo passagem e, depois, fechando a porta ao sair. Bully já tinha descido metade da escada quando se deu conta de que Jack ainda estava no quarto.

– Deixa ela sair!

Ele conseguia ouvir Jack se atirando contra a porta, arranhando-a com as patas, latindo, desesperada.

– Por que você está aqui, garoto? Só vou soltá-la depois que você me disser.

Bully tateou em busca do canivete sem pensar direito, subindo a escada de volta, a raiva fervendo e fazendo-o tremer como se fosse uma chaleira barata.

– John! Deixa o garoto ir, ok? – disse uma mulher no primeiro andar, a mãe.

A garota estava ao lado dela, cabelo longo preso em um coque bagunçado.

Bully se atrapalhou com o canivete. Não conseguia abri-lo porque tinha quebrado a ponta das unhas na outra noite e a beirada da lâmina grande estava oleosa e molhada demais.

– Certo, não seja *tolo*. Guarde isso, garoto – disse o homem em voz baixa, como se estivesse tentando ser um professor. Mas Bully não gostava de ser chamado de *garoto*.

– John, ele tem uma faca!

Ele olhou de novo para baixo e, dessa vez, viu a mãe e o garoto, mais velho *e* maior do que ele, vestindo jeans e camiseta, os quais pareciam ter sido comprados em uma loja para ele pela mãe.

No entanto, foi a garota quem começou a subir a escada. Aquilo o irritou, uma garota indo em sua direção, e Bully brandiu o canivete fechado para ela como que para dizer que não, ele não o daria a ela. Ele recuou ainda mais, de volta na direção do pai.

– Jo! Fique *aí*, Jo. *Alex*, me dá o telefone!

– Minha bateria acabou!

– Então vai pegar o fixo!

– Devolve meu cachorro – disse Bully. Ele estava agora no patamar, próximo o bastante para chutar o homem. – Devolve meu *maldito* cachorro *agora*.

– Calma, garoto. Escute, apenas *se acalme*, garoto – disse o homem, e Bully viu o medo dele. Isso o assustou, foi como ver um rosto aparecer de repente em uma janela. Ele baixou os olhos para sua mão para ver por que o homem estava com medo, e,

161

agora, magicamente, a lâmina estava para fora. Ele não se lembrava de ter feito aquilo, mas não poderia guardá-la agora.

— Me dá... — disse, mas então sua raiva sumiu e ele se sentiu quente e vazio. Lembrou-se pela centésima vez de que tinha perdido o cartão da mãe e nunca mais ouviria a voz dela. A boca de Bully se contorceu e algo como um espirro subiu por trás de seus olhos. Tarde demais, ele se deu conta de que ia chorar.

02 **08** **06**
DIAS HORAS MINUTOS

Depois que o homem soltou Jack, Bully parou de chorar e ela parou de tentar dar mordidas, latir e rosnar, o pai estendeu a mão. Para tomar a faca, pensou Bully, mas o homem pegou a outra mão, sua mão direita, para apertá-la.

— Meu nome é *John* — disse ele com uma voz engraçada e acelerada que soava estrangeira. A maneira como dizia as palavras fazia com que elas parecessem significar algo a mais para ele.

Fizeram Bully se sentar com uma xícara de chá. Ele estava faminto. Permitiram que ele colocasse açúcar no chá, sorrindo um pouco mais a cada colherada. A mãe se chamava Rosie. Bully achou que parecia um pouco velha demais para ser mãe, o cabelo perdendo a cor, os cachos apenas pendendo nas extremidades. Ela disse que a família tinha acabado de voltar do exterior, de uma visita a alguma garota chamada *Siena*, na Itália.

— Desculpe — disse ela, olhando ao redor pela cozinha. — Desculpe por tanta *bagunça*. A gente saiu com pressa.

Bully se deu conta de que estavam se desculpando com ele pelo estado do lugar.

Quantos anos ele tinha, queriam saber. Bully mentiu automaticamente e disse dezesseis. O garoto, Alex, fungou, achando que não. *Ele morava nas ruas?* Bully fez que sim com a cabeça, apesar de chamar aquilo de dormir fora. *Há quanto tempo?* Ele não queria dizer, não queria que soubessem quantos dias, pois poderiam contar aos tiras se achassem que eram dias demais. *O que tinha acontecido com ele?* Ele respondeu que tinha perdido seu lugar, e também os sapatos e o casaco. Deixou Janks e o morto de fora e não disse nada sobre seus números sorteados. *Ele gostaria de telefonar para alguém, sua mãe e seu pai, para dizer a eles que estava bem?* Bully simplesmente encolheu os ombros em reação à pergunta. Não era que não quisesse, apenas não podia.

A mãe encerrou dizendo que ele *precisava* ficar para comer algo. Ele não disse nem sim nem não, até que o sentaram a uma mesa, comendo *risoto*. Parecia vômito. Exceto por arrotos nos quais a comida subia, Bully nunca tinha comido nenhum tipo de vômito, mas o gosto até que não era tão ruim. Terminou rápido para poder ir embora, mas a família continuava fazendo perguntas e falando. E ele não sabia como aquele pessoal conseguia terminar de comer, com tanto falatório. Era muito cansativo ter de levantar o olhar toda hora enquanto comia.

– Você pode passar a noite aqui se quiser, Bully – disse o pai enquanto Alex, o garoto, empilhava os pratos. Bully reparou no rosto dele ficando duro como o que tinha sobrado do *risoto*.

Ele tinha ouvido o garoto falando mais cedo com o pai: *Não me importa o que você diga, pai... Ele invadiu a casa... destruiu totalmente o limoeiro da mamãe... e por que meu skate estava no quarto da Jo? Você não pode confiar nele... com certeza, você deveria chamar a polícia, caso ele tenha feito alguma coisa...*

Bully não gostou dele, por motivos que não conseguia colocar em palavras. Não eram apenas o tamanho, a força dele e as roupas que vestia, mas a maneira como se portava, como se movia, como se fosse dono do lugar.

– É, tudo bem, então – disse Bully, no fim das contas, sobre dormir lá, porque, mesmo tendo dormido o dia todo, continuava muito cansado, pesado e dolorido. Além disso, aquele lugar era melhor do que algum barraco. Se levantasse cedo, ele ainda teria *dois* dias.

A mãe preparou um banho para ele, pegou algumas roupas e disse que lavaria as dele.

– São apenas algumas coisas que não cabem mais no Alex.

Era uma camiseta e um casaco com *Superdry* escrito e um par de tênis *Adidas* que era grande demais até que a mãe pegou mais algumas meias para ele para que coubessem direito.

– Acho que vão servir, por enquanto – disse ela.

– Eu posso devolver depois – disse ele.

– Não, não. São seus, fique com eles.

Bully não disse nada, mas, quando recolhesse o prêmio, compraria um par de Reeboks. Novinhos, na caixa. Aliás, mais do que um par. Compraria uma pilha deles, que nem aquelas que ficavam nas lojas. Não... ele ia *comprar* a loja. Compraria *todas* as lojas para não precisar ir às compras. Ou isso, ou faria tudo pela internet.

A mãe preparou um banho de banheira com espuma para ele. Antes de entrar, captou seu reflexo no espelho comprido: um garoto magrelo, todos os cortes e hematomas. Isso o assustou. Era como se estivesse se transformando em outra pessoa. E ele estava feliz com as bolhas na banheira.

– Você parece refrescado – disse a mãe quando o viu no andar de baixo. – Você está bem?

O nariz dele ficava se retorcendo com o cheiro ao redor dele, indo e vindo por causa do resfriado. Bully se deu conta de que aquele cheiro vinha *dele*, bem debaixo do próprio nariz, com as roupas limpas no corpo.

– Você quer comer mais alguma coisa, ou então beber? Ele balançou a cabeça, mas ela continuava olhando fixamente para ele, para a cabeça dele. Os elásticos tinham arrebentado quando Boné puxara seu rabo de cavalo, e o cabelo agora cobria seu rosto.

– Tem alguma coisa que eu possa fazer? Que tal... você quer que eu apare seu cabelo para você? Só as pontas?

– *Mãe* – disse a garota. – Isso é tão *do nada*.

– Por quê? Qual o problema? Eu costumava aparar o seu cabelo quando você era pequena... mais nova – corrigiu ela, vendo o rosto de Bully começar a desanimar.

– Você nunca aparou o cabelo do Alex!

– Bem, ele sempre foi mais fresco do que você.

Bully gostou da ideia de que Alex fosse fresco em relação ao próprio cabelo. Apenas garotas eram frescas em relação a seus cabelos. Phil costumava raspar o dele quando ficava comprido demais, totalmente, até que ficasse parecendo que alguém tinha pontilhado a cabeça dele com pontos-finais. A mãe dele ficava furiosa toda vez que Phil fazia aquilo, mas ele dizia que estava apenas economizando dinheiro para a família.

– O cabelo dele está legal assim, de qualquer jeito. Muitos garotos usam assim agora, mãe.

– Tudo bem – disse Bully.

Ele gostava daquela ideia, de que era "legal" ter cabelo comprido, mas pensou que o cabelo cortado e as roupas novas serviriam como um disfarce para ir ao *norte*. Portanto, concordou de novo com a cabeça. Ela fez Bully se sentar em uma cadeira na cozinha e colocou uma toalha em torno do pescoço dele. Jo se sentou à mesa e ficou assistindo, dizendo que garantiria que a mãe não faria nada drástico demais.

A mãe estava bem diante de Bully, e ele viu que ela não era bonita que nem a mãe dele. Tinha rugas o tempo todo, mesmo quando não estava falando, o cabelo era *muito* ondulado e suas sobrancelhas pareciam lutar por espaço no rosto. Mas ela falava de um jeito agradável com ele, não como algumas pessoas falavam com crianças e cachorros.

– E então, quando foi a última vez que você cortou o cabelo? Se você não se importar de eu perguntar.

– Não sei – disse ele, mas sabia.

– Foi quando estava em casa?

Ele fez que sim. Daria corda para aquilo.

– Sua casa fica muito longe?

Ele concordou. Ficava a *quilômetros* de distância.

– E você tem vontade de voltar?

Ele balançou a cabeça e ouviu um *snip* alto.

– Mãe! – disse Jo.

– Está tudo bem. Está bom. Traz o espelho para mim, para eu acertar um pouquinho... – Ela fez uma cara de concentração por um minuto e as rugas começaram a se juntar, depois perguntou: – Por que você não quer ir para casa? É algo que possa me contar?

– Não – respondeu ele, não querendo balançar a cabeça para não correr o risco de ela acabar cortando a orelha dele. E não era algo que pudesse contar a ela. Seriam necessários muitos cortes de cabelo para fazer aquilo. Não explicar tudo... aquilo levaria apenas algumas tesouradas... mas deixar que ele dissesse tudo... aquilo demoraria um pouco.

Jack deu um latidinho agudo, com ciúmes de toda a atenção que Bully recebia.

– Ei, quieta – disse ele.

Jack se sentou de volta, as pernas dianteiras arqueadas, mas ainda levemente erguidas, como que para capturar qualquer afeto que pudesse cair em sua direção.

— Ele é bem treinado, não é mesmo? — disse a mãe, e Bully sentiu seu coração ceder. Nesse momento, quis contar tudo, surpreendendo a si mesmo. Mas a garota voltou com o espelho e começou a falar.

— Eu não tive a intenção de gritar antes. Foi só que seu cachorro... ele pareceu um pouco assustador. Qual é o nome dele?

— Jack. Mas não é ele — confidenciou Bully, vendo que ela própria era uma menina. — É uma cachorrinha, uma cadela.

— Ah, certo — disse ela.

— Mas, então, por que você resolveu chamá-la de Jack? — perguntou a mãe.

— Não sei — respondeu ele, apesar de saber.

— Mas que tipo de cachorro Jack é? Uma pit bull? — indagou a garota.

Ele não conseguia falar. Estava chocado com o que ela havia acabado de dizer.

— Ela não é um *pit bull*. Ela não é *nada* parecida com um pit bull. É uma *staffy*, uma *staffy* mestiça.

— Ah, certo, desculpe. Não entendo muito de cachorros. Esses tipos de cachorros são todos meio parecidos para mim, mas a sua é bem *legal* — disse ela.

Isso a salvou por pouco aos olhos dele. E também quando a mãe disse que era claro que não, claro que Jack não era *igual* a qualquer outro cachorro. E que cachorro adorável ela era. Então ninguém falou mais nada sobre raças diferentes.

Eles tinham uma TV, no fim das contas. Bully ficou impressionado com quanto era pequena, velha e gorda. Não ficou surpreso que a escondessem dentro de um armário. Ele também ficaria constrangido se tivesse uma TV como aquela.

Começou o noticiário. Londres. Uma imagem dos canhões e do museu da guerra fez os olhos de Bully se arregalarem.

— Este é o Museu Imperial de Guerra — disse Alex.

O entrevistador com o microfone estava de pé no parque dando as últimas notícias. Ele não disse nada sobre Janks, apenas sobre um *homem não identificado* morto em algum momento entre a noite de sábado e o começo da manhã de domingo. A notícia terminou sem que ninguém realmente reparasse nela, por causa do falatório de toda a família. Todos falavam. A mãe era a pior, palavras que Bully sequer conseguiria dizer, muito menos entender.

– Cala a boca, pai – disse Jo quando ele reclamou porque ela ficava mudando os canais. Bully reparou para ver se aquilo poderia render a ela um tapa nas costas da mão, mas não.

– Onde você quer dormir hoje? – perguntou-lhe a mãe quando a TV foi *desligada*. – Tem o quarto vazio no sótão, mas está um pouco bagunçado lá em cima, ou você pode dormir no sofá, se quiser. Você decide.

– Aqui embaixo, então – respondeu ele. Talvez conseguisse ligar de novo a televisãozinha. Melhor do que nada.

– Jo, você pode subir até o sótão e pegar o saco de dormir, por favor?

– Quer subir? – perguntou Jo, voltando-se para Bully na escada.

Ele não disse nada, mas subiu atrás dela.

O sótão ficava bem no alto, acima dos tetos. O cômodo tinha um telhado inclinado, de modo que não dava para ficar de pé nos cantos, o que não importava, pois estava entupido de coisas: mais livros, malas, roupas, como uma loja de caridade que nunca vendeu nada.

Ela começou a procurar o saco de dormir.

– Quando está claro, dá para ver St. Paul bem de longe daqui. – Ele fez que sim, mas não sabia do que ela estava falando. – Mamãe diz que é o único lugar onde nunca se casaria, então acho que o papai está em segurança. Eles são meio que hippies velhos.

Hippies. Eles não pareciam hippies. Bully fez uma cara esquisita, pois não aprovava rebeldes ou hippies de qualquer idade, e não se deu conta da expressão em seu rosto até ela dizer:
– Mas eles são legais.
– Seu pai fala engraçado – disse Bully.
– Ah, sim, ele ainda tem sotaque, não tem? Ele é da África do Sul. Veio para cá há muitos anos, quando conheceu minha mãe.
– Ele não parece negro – disse Bully, e Jo gargalhou até perceber que ele falava sério.
– Não, na verdade, não... De todo modo, ali está a London Eye, dá para ver bem de longe. – Então Bully olhou pela janela, pois sabia do que se tratava. Mal dava para vê-la, como um pontinho brilhante. Parecia do tamanho do olho dele, piscando no fim do dia. – E ali fica o cemitério Highgate. – Ela apontou para uma das pequenas casas de pedra que ele tinha visto na noite anterior, no outro lado da rua. – Um monte de gente famosa está enterrada lá, como Karl Marx e George Eliot... e um montão de *outras* pessoas também – disse ela quando viu que ele não estava parecendo reconhecer nenhum dos nomes.
– Fazem visitas guiadas se você quiser dar uma olhada.
– O quê? Precisa *pagar*?
Ele tinha visto o cemitério de graça na noite anterior e não havia achado nada de mais até descobrir o cachorro na lápide.
– Hmm, sim. Acho que são mais ou menos oito libras. Acho bem caro, na verdade – disse ela, dando-se conta de que oito libras não era tão barato quando não se tinha sapatos. – Mas acho que a igreja é de graça... Desculpe, não sei por que disse isso. – Quando Bully olhou para Jo, as bochechas dela estavam vermelhas, como se ela tivesse colocado maquiagem sem ele ver. – Quero dizer, qualquer um pode simplesmente entrar. E, às vezes, as pessoas conseguem ajuda para você, esse tipo de coisa. Não estou dizendo que você *precise* de ajuda. Só

quero dizer que são lugares seguros para se ir, tipo santuários, sabe? Desculpe, vou calar a boca...

    Jo se virou e começou de novo a procurar o saco de dormir, mas Bully sabia ao que ela tinha se referido: como um santuário para pássaros. Certa vez, ele tinha visitado um desses e ganhado uma caneta de brinde. Bully se deu conta de que ainda estava olhando para ela, apenas para a parte de trás da cabeça dela, e sentiu a mesma maquiagem no próprio rosto, deixando-o vermelho. Ela era mais velha do que ele. E tudo o mais.

    – Aqui está. – Ela se virou de volta para ele, sorrindo igual à mãe, só por sorrir. – Tem certeza de que não prefere dormir aqui em cima?

    – Não – respondeu ele. Estava acostumado ao sofá.

Cerca de uma hora mais tarde, quando todos os outros já tinham ido para a cama, Bully permanecia deitado pensando no que havia acontecido nos poucos dias anteriores, desde que tinha ganhado na loteria. Era como assistir a um garoto em um filme... Na verdade, não pensava muito em como o garoto estava se sentindo, nas situações pelas quais estava passando. Só queria que tudo ficasse bem no final. Ele ficava assistindo de novo e de novo na cabeça, rebobinando toda vez que chegava aonde estava agora e se perguntando o que aconteceria em seguida, porque a parte na qual estava *agora*, naquela casa com aquelas pessoas, com todas as escadas e os livros, parecia um *trailer* para outra história.

01 18 07
DIA HORAS MINUTOS

Bully acordou cedo com um plano *perfeito*. Não tinha parado para pensar nele: o plano simplesmente estava ali quando seus olhos se abriram. Como se alguém tivesse aberto uma cortina em seu cérebro e deixado a luz entrar. Ele não precisava *aparentar* ter dezesseis anos; só precisava *provar*. Portanto, o que precisava fazer era pegar emprestado o documento de outra pessoa e torná-lo dele. Precisaria ser um garoto mais velho, e Alex era um garoto mais velho. Alex tinha um passaporte; toda a família tinha. Bully vira a mãe guardá-los em uma gaveta ao lado da pia na cozinha. E, conferindo se tudo permanecia silencioso e mandando Jack ficar *parada*, Bully saiu do sofá. O pé estava melhor, quase perfeito, e ele contornou a sala na ponta dos pés para que as tábuas do assoalho não rangessem.

Encontrou primeiro o passaporte de Jo. Na verdade, ela se chamava *Josephine*, muito mais longo do que Jo, e ele não tinha certeza se gostava do nome. Então, em vez de ficar olhando para o nome, Bully observou a fotografia. A Josephine da foto não se parecia com Jo. Era anos mais nova e tinha um rosto branco e inexpressivo que tentava ocultar um sorriso. O cabelo estava curto, na altura das orelhas, sem muito movimento. Ele folheou os outros passaportes e encontrou o de Alex. O nome de verdade dele também era maior: *Alexander*. Mas, dessa vez, Bully ficou satisfeito, pois era como se Alex estivesse fingindo ser alguém que não era. Por isso, Bully não se importava de roubar o passaporte dele e fazer o mesmo.

Ele raciocinou que, com a lâmina curta do canivete, poderia cortar o plástico e deslizar uma foto dele mesmo em cima da de Alex. Tiraria uma em uma cabine de fotografias em uma estação rodoviária ou em um shopping e, depois, apagaria aquele sorriso do rosto do garoto, *literalmente*.

Como Bully não queria nenhuma publicidade, Alex nunca descobriria, ninguém descobriria. Mas será que o garoto daria falta do passaporte? Bully achava que não. Não até que viajassem no ano seguinte, de todo modo. Ele pensou em sair e levar Jack, mas aquilo pareceria suspeito, portanto decidiu esperar todos acordarem, desperdiçando mais algumas horas da vida de seu bilhete.

01 **14** **40**
DIA HORAS MINUTOS

Ele acordou de novo e viu sua bermuda cortada, o casaco de capuz e a camiseta no braço do sofá. A mãe os lavara e tudo estava seco e limpo. Ele decidiu que gostava das roupas novas e deixou as velhas onde estavam. No bolso da calça jeans nova, encontrou uma chave – a chave da porta dos fundos pela qual havia entrado. Apesar de haver uma explicação muito simples para *como* tinha ido parar ali, ele não sabia *por que* estava ali. Por que Rosie estava lhe devolvendo a chave da casa deles? Ele não conseguia compreender.

Bully ouviu vozes na cozinha, vozes oficiais falando. Pensou que fossem os tiras, mas, depois de ouvir por um tempo, percebeu que as vozes vinham de um rádio e prestou atenção para caso houvesse mais alguma coisa sobre o homem no parque. Depois, a mãe e o pai começaram a conversar, a conversar sobre dinheiro – sobre a situação não ficar apertada. E precisaria ser um acampamento no País de Gales no ano que vem.

Bully ficou satisfeito com isso, pois tinha praticamente certeza de que não era preciso um passaporte para ir até lá.

Toda a concentração o deixou com fome, então ele entrou na cozinha. Todos estavam lendo jornais, sentados à mesa. O pai vestia macacões azuis, como se estivesse consertando algo. Sob a luz, Bully viu como o cabelo dele era branco e quanto a cabeça dele era marrom. Quando o viram, todos sorriram como se ele devesse estar ali.

– Desculpe, acordamos você? Dormiu bem? – perguntou a mãe. – Vou preparar seu café da manhã.

Bully balançou a cabeça, mas ela pareceu saber que ele não queria mesmo dizer aquilo e pegou um pouco de cereal e um pouco de leite para ele.

– Posso deixar você em algum lugar? John sai em um minuto, mas vou ficar aqui o dia todo.

O pai riu.

– Alguém precisa trabalhar nesta casa.

– Ei, eu *faço por merecer* minhas férias.

– Rosie é professora – explicou o pai.

Bully ficou igualmente fascinado e chocado pelo fato de uma mulher de verdade, com um primeiro nome e tudo o mais, ser professora. Ele não conseguia imaginar as professoras existindo fora dos portões da escola. Imaginava-as mais como, bem, como zumbis, apenas vagando pelas salas de aula a noite toda, de olho em crianças que tivessem ficado para trás, pois sempre estavam lá antes dele, logo de manhã, brigando por causa de atrasos.

– Ensino inglês, pelos meus pecados – disse, como se a punição fosse sofrimento *dela*.

Bem, aquilo explicava *um monte* do falatório daquela família. De todos os professores, os de inglês falavam e falavam mais do que todos os outros: sobre letras, pontos, hifens, *palavras* e o que elas *significavam*, como se estivessem ensinando uma língua estrangeira ou algo parecido. E livros. Falavam e falavam sobre livros. Às vezes, semanas depois de você os ter lido.

– E eu sou encanador – disse o pai.

Um encanador, pensou Bully, vivendo numa casa como aquela. Não fazia sentido. Não era certo. Encanadores ganhavam bem, mas não viviam em casas cheias de livros.

– Quer dizer então que aquela é sua van? – perguntou Bully. – A azul lá na rua?

– O *ferro-velho*? É. É minha e, se ela não pegar, vou fazer você *empurrá-la*. – O homem se levantou. Não era muito maior do que ele, mas aquilo não parecia incomodá-lo. Foi até Bully e deu um tapinha nas costas dele. – É brincadeira, *garoto*. Tenha um bom dia, filho. Vejo você mais tarde, quem sabe.

Jo desceu para o primeiro andar. Bully queria mesmo que ela descesse. O cabelo dela estava preso no topo da cabeça, como em um coque chique, e ela ainda estava de pijama.

Jack começou a choramingar.

– Ei – disse Bully.

Mas ela estava com fome, não estava? Jo tinha saído e comprado uma latinha de comida de cachorro na véspera, mas já tinha acabado.

– Ela está com fome? Tem uma loja no alto da rua, na praça.

Um *tump, tump* veio da escada. Alex entrou na cozinha, evitando os olhos de Bully.

– Bom dia, Alex – disse a mãe. Depois, Bully a viu estendendo o braço para a gaveta onde ficavam os passaportes.

– Preciso ir agora – disse ele.

– Ok... bem, Jo, vista-se e leve Bully às lojas e...

– Não, preciso ir *agora*.

– Tudo bem.

Ela estendeu a mão para ele, com dinheiro, e ele o pegou.

Rosie o levou até a porta e entregou-lhe seu novo casaco, o qual ele pegou, e os tênis novos, os quais ele calçou. Ainda eram muito desleixados, mas eram bonitos.

– Ah, você acha que poderia me fazer um favor *bem* grande e trazer pão quando voltar? Você pode simplesmente entregar aqui, se não for ficar. Pão preto, se tiverem. Mas não importa. Qualquer um serve.

Ela abriu a porta para ele e apontou para o alto da colina.

– Fica bem ali. É só ir até o topo da Swain's Lane que você vai conseguir ver a loja no outro lado da praça. Vou pegar uma sacola para você.

Ele entrou de volta e pegou Alex dizendo para Jo:

– Pois sim. Ele vai voltar com o troco...

Bully ficou realmente satisfeito por ter pegado o passaporte daquele tal de *Alexander*.

01   13   47
DIA HORAS MINUTOS

Alguns dos zumbis estavam circulando pela rua, mas Bully se sentia bem. Não deu bola para eles enquanto caminhava até a loja. Estava aquecido e seco, e o céu também. Talvez pela primeira vez, sentia-se um pouco como um deles. Lugares para ir, coisas para fazer.

A loja ficava exatamente onde a mãe dissera que ficava. Ele olhou ao redor, examinando primeiro, um pouco desconfiado, mas tinha certeza de que, agora, qualquer um que o estivesse procurando estaria em Watford, esperando por ele lá. Tentou não pensar a respeito enquanto amarrava a coleira de Jack a um poste diante da loja e entrou. Às vezes, quando tinha dinheiro, como agora, entrava com Jack apenas para incomodar as pessoas, mas não queria fazer isso hoje.

A loja não tinha nenhuma lata com um Jack Russell no rótulo, portanto, em vez disso, Bully acabou se virando com outra raça. Estava prestes a pagar quando se lembrou do pão; escuro, era o que a mãe tinha dito, então ele escolheu o pão mais marrom que encontrou; antes comparou todos os que estavam prontos, o que demorou um pouco.

O homem no caixa sorriu para ele.

– Vai colocar na torradeira, hein? – disse ele, indicando com a cabeça a ração de cachorro. Foi somente depois de sair da loja que Bully se deu conta de que era uma piada.

Diante da loja, alguém deu um tapa nas suas costas, com força. Ele se encolheu para a frente, apoiado nos dedos dos pés, afastando-se, já preparado para correr.

– Heh, heh! Devagar, cara. Por onde você andou?

Era Chris. Ele parecia mais baixo e mais gordo com sua bandana de pirata na cabeça, como se alguém tivesse ficado de pé sobre ele, esmagando-o, e tinha uma espécie de barba, apenas uns tufos, de modo que Bully levou um segundo para reconhecê-lo.

– Eu disse que a gente encontraria ele, não foi, Tiggs?

Tiggs também estava lá, com os fones em torno do pescoço, dando chocolate para Jack.

– Por onde você andou? Está com o telefone desligado? O que está acontecendo? O que está *rolando*? – perguntou o garoto, em uma voz que não era exatamente a dele.

– Escuta, escuta... – disse Chris. Inconscientemente, Bully baixou um pouco a cabeça. – Você precisa sair da cidade, cara.

– É, eu sei. Vi Janks e... – Ele fez uma pausa, sem mencionar o que Janks tinha feito com o homem no parque.

– Viu? O que você andou fazendo, Bully?

– Nada.

– Deve ter sido alguma coisa. Se ele está atrás de você.

– Você, cara... *Você* – disse Chris. Ele pegou o celular e mostrou uma mensagem de texto para Bully.

Pivete desaparecido $$$$ recompensa. JANKS

Bully não conseguiu decifrar o que aquilo queria dizer. Depois, deu-se conta de que *ele* era o pivete.
– O que *isso* significa? – indagou Chris.
– Eu devo dinheiro a ele.
– Ok... – disse Chris. – O quê? Imposto atrasado?
– É, é. Imposto atrasado.
– Quanto? O que você andou fazendo? Curtindo por aí? – Chris riu como se não pensasse aquilo de verdade. De todo modo, Bully balançou a cabeça, negando.
– Nada – disse.
Ele não precisava contar a Chris ou Tiggs sobre o bilhete agora... poderia compensá-lo por conta própria. Manteria segredo até chegar a Camelot. Nada de publicidade. Já havia aprendido isso.
– Tudo bem. Deixa pra lá. Você não quer contar, mas a cidade toda sabe. É só o que estou dizendo. Você precisa ir embora.
Chris concordou com a cabeça para Tiggs, que desamarrou a coleira de Jack, e os dois começaram a conduzir Bully para longe da loja.
– Para onde vocês estão indo?
– Para lá. Vem, a gente está de carro.
Essa era uma boa notícia! Chris poderia simplesmente levar Bully até Camelot e deixá-lo. Ele lhe daria algum dinheiro mais tarde, pela gasolina.
– É aqui embaixo – disse Chris.
Bully pegou a guia da mão de Tiggs, porque podia andar com o próprio cachorro. E os três começaram a caminhar de volta na direção da casa, descendo a Swain's Lane.
– Vocês podem me deixar em Watford?
– O quê? Watford? Por que você quer ir para lá?
– Para nada.

– Nada? – ecoou Chris. – Deve ser *alguma coisa*, Bully, meu rapaz...

– Tenho um encontro.

– Ah, é? Com quem?

Ele tentou pensar em alguém para completar a mentira, mas não conseguiu raciocinar rápido o suficiente.

– Meu pai. Meu pai mora lá. Em Watford.

– Ah, entendi. A gente não sabia que você tinha um pai, não é mesmo, Tiggs? – Tiggs só concordou com a cabeça, pois havia ligado os fones de ouvido. – Ah, certo, Tiggs sabe tudo a respeito disso. De todo modo, a gente leva você até lá, certo, Tiggs? A gente vai ajudar você.

– É? – perguntou Bully.

– É. Sem problemas, meu amigo.

Eles passaram a esquina da rua de Jo, e Bully olhou para baixo, caso alguém estivesse olhando pela janela. Ficou satisfeito ao reparar que a van azul não estava mais lá, pois não queria ver John. Parou bem onde ela estava estacionada.

– Só preciso ir entregar isso.

Ele ergueu a sacola plástica.

– O quê?

– Estava fazendo compras para umas pessoas – explicou, apontando para o outro lado do jardim.

– Não importa, a gente não tem tempo para isso. Você sabe que se Janks te pegar ele vai soltar os cachorros em você? Sabe que é isso que ele faz com quem paga atrasado? Vamos logo! O carro está estacionado logo ali.

Bully parou de novo.

– Só vou entregar.

– *Deixa disso*. Joga isso fora, cara, vamos logo! A gente precisa ir.

– Espera...

Chris lançou-lhe o olhar de morto para mostrar que estava ficando impaciente.

– A gente não tem *tempo*.

Bully o ignorou, calculou a distância até a parede a três casas dali e começou a enrolar a sacola plástica várias vezes, formando um círculo, para arremessá-la no jardim da família.

– Vamos lá...

A sacola plástica girava cada vez mais rápido, mas ele não queria soltá-la.

– Bully! Vamos logo com essa m...

A sacola voou para o alto, ultrapassou a primeira cerca, continuou subindo por cima da segunda, mas Bully não queria vê-la cair. Quando ouviu o *tump*, lembrou-se de que a comida de cachorro de Jack ainda estava na sacola. Voltaria com o troco depois, com muito mais dinheiro. E muito mais pão também. Os mais marrons que conseguisse comprar.

O carro era uma perua Granada grande e velha, com assentos de couro rachados e estragados pelo sol, o que fez Bully se lembrar do velho Davey no hospital. Ele se sentou no banco de trás, abriu algum espaço em meio ao lixo e chutou garrafas verdes e marrons para baixo do assento. Tiggs não se sentou no banco do carona com Chris, mas sim ao lado dele e de Jack. Ele manteve os fones nos ouvidos.

– A gente consegue chegar lá antes do anoitecer, né? – perguntou Bully.

– Sim, sim. – concordou Chris.

Eles desceram a Swain's Lane, voltando à cidade. Bully nunca tinha visto nenhuma parte de Londres de dentro de um carro, apenas em um ônibus. Decidiu que gostava de estar em um carro em Londres, porque não era o mesmo que atravessar as ruas a pé. Ficou esticando o pescoço para apreciar a vista desconhecida entre os bancos, ainda assim perdendo partes do caminho. Precisou ficar se inclinando de um lado para o outro toda hora, pois Chris jogava o carro nas curvas, fazendo *uaaaaa*...

Depois de algum tempo, apesar de todas as curvas, Bully não conseguiu deixar de reparar em algo na direção em que seguiam. A setinha em sua bússola apontava quase exatamente para o sentido errado.

– É para o norte, Chris. Watford fica no norte. Precisamos ir para o norte – disse ele.

Chris olhou para trás.

– O que tem aí? Você é escoteiro? Vamos dar uma olhada.

Bully entregou o canivete e Chris o colocou onde guardava os cigarros, no cinzeiro, sem dar nem uma olhada.

– Pode dizer à sua bussolazinha que a gente precisa pegar a estrada primeiro, tá? A gente vai entrar por Brent Cross.

– Ah, é? – indagou Bully. Sempre tivera vontade de ir a Brent Cross. E agora, por pouco, ainda havia tempo.

– A gente pode fazer uma pausa lá?

– Sim, sim – disse Chris.

Ele poderia tirar as fotos lá. Não diria o motivo a Chris caso ele perguntasse, mas ele não parecia querer saber.

Um ônibus passou por eles, escondendo o sol. Bully olhou para o deque superior e, de repente, desejou estar lá em cima, vendo mais. Tinha baixado a janela para que Jack pudesse enfiar a cabeça para fora. Também era a primeira vez que ela passeava em um carro, fosse em Londres ou em qualquer outro lugar. Depois, ele se lembrou de que, provavelmente, ela já tinha andado de carro, pelo menos uma vez, porque, afinal de contas, ele a havia encontrado debaixo do 4x4. Ele não sabia como alguém era capaz de abandonar um cachorro daquele jeito, largado em um estacionamento, pronto para ser atropelado.

Chris se virou quando ouviu o som da rua invadindo o carro.

– Bully, cara! O que você está fazendo? Fecha a janela, cara. Fecha! A gente não quer que ninguém veja quem está aqui dentro, não é? Somos agentes secretos.

– O quê? – indagou Bully. Ninguém tinha falado nada sobre essa história de agentes secretos para ele.

– Louco... escutem só, este ritmo é *irado* – disse Tiggs.

Chris olhou para trás e Tiggs começou a rir, colocando os grandes fones nas orelhas de Bully, que não conhecia aquela música e não gostava da sensação daqueles fones tapando seus ouvidos. A música não tinha letra, e ele não achou o ritmo nada de mais. Bully gostava de palavras; gostava de rap, mas sua canção favorita era "Under the Boardwalk". Ele não entendia direito o significado da letra, mas a mãe gostava daquela música, pois a fazia chorar. Por que a mãe gostava de uma canção que a deixava cheia de lágrimas era algo que Bully não compreendia.

Ele olhou para fora, franziu os olhos com força e achou ter visto uma placa para Romford, o que soava parecido com Watford e fez com que ele se sentisse melhor por algum tempo.

– É, louco – comentou. Sentia seu coração batendo no ritmo da música. – Quanto tempo você acha que a gente vai levar para chegar lá? – perguntou.

No entanto, apesar de ser ele quem estava com os fones de ouvido, nenhum dos dois pareceu escutar o que ele dizia, então Bully os tirou da cabeça.

Quando o carro estava reduzindo a velocidade para parar no sinal de trânsito, ele viu gaivotas e, depois, entre os prédios, borrões do rio. Pensou que talvez fosse um rio diferente do dele. Tentou olhar direito, mas Chris já estava girando o volante e indo em frente.

Então as ruas ficaram menores, mais estreitas, e Bully começou a conseguir ler as placas. A van fez uma curva fechada, subindo a *Gutter Lane* e, depois, descendo a *Milk Street*, com Chris batendo no meio-fio, enviando uma mensagem de texto enquanto dirigia. Era como se estivessem em algum tipo de jogo com nomes engraçados, mas Bully já tinha desistido de jogá-lo.

– A gente já está chegando?

Ele sabia que não estavam nem um pouco perto de lugar nenhum, porém não tinha coragem de dizer a verdade a si próprio. Imaginou os cavaleiros do castelo da loteria conferindo seus relógios, ficando ansiosos sob as armaduras, quase prontos para içar a ponte levadiça quando o dia chegasse ao fim.

– Malditas crianças – disse Chris, e Bully se deu conta de que o comentário fora sobre ele.

Então, o carro ficou silencioso até Chris estacionar no meio-fio e se debruçar no banco traseiro.

– A gente só precisa fazer uma pausa aqui para entregar um negócio. Cinco minutos. Depois, vamos direto para Brent Cross. Você entra com Tiggs para dar uma mãozinha? Sabe como ele é, né?

Chris sorriu e ergueu as sobrancelhas, fazendo com que Bully sentisse que talvez ele estivesse dizendo que, na verdade, Tiggs era a criança entre os três. Bully olhou no lixo dentro do carro para ver o que entregariam, espiando no bagageiro por cima do banco de trás.

– O que vocês vão entregar? – indagou ele enquanto abria a porta do carro.

– Não, eu quis dizer que a gente vai pegar um negócio. Pode deixar a Jacky comigo – disse Chris.

Bully hesitou.

– O quê? – disse, pois ninguém mais em Londres chamava Jack assim. E, por algum motivo, isso o fez se sentir muito, muito triste.

– Eu disse para deixar o cachorro.

– Não sei...

– Vão ser cinco minutos. Vamos lá. Mexe esse traseiro.

– Ok, mas não dê mais chocolate para ela.

– Certo, certo – disse Chris.

Bully e Tiggs saíram, foram na direção da fachada vazia de um prédio comercial em construção, sem as janelas e vários barulhos de que Bully não gostava saindo pelos buracos: bate-estacas e brocas.

– Tiggs! Tiggs! – Chris tinha baixado a janela do carro e acenava para que o amigo voltasse.

– O quê? – Tiggs tirou os fones. – Espera aqui – disse ele para Bully, voltando até o carro.

– O que Chris queria? – perguntou Bully quando Tiggs voltou.

– Nada... Por aqui. – Tiggs apontou na direção de uma viela de tijolos entre os prédios.

– Aonde isso vai dar? – gritou Bully, com as mãos tapando os ouvidos.

Tiggs apenas apontou para a frente. Foi quando Bully olhou para cima e viu a casa enorme no fim da viela, com várias chaminés no telhado. Todas as grandes janelas quadradas estavam lacradas com folhas pretas de metal, exceto por uma, no andar mais baixo.

Os dois seguiram, passando por um poste de luz antigo com o vidro quebrado e que não emitia nenhuma luz, as brocas cada vez mais altas e *tump, tump, tump* entre as paredes.

Mais de perto, Bully viu que a janela ficava entreaberta apoiada em um pedaço de pau. E pôde ver que a viela não terminava ali, mas tinha sido bloqueada para impedir que as pessoas se aproximassem da entrada da casa.

– Entra aí – disse Tiggs.

Bully entrou devagar, tentando manter as mãos nos ouvidos e subir apoiado nos cotovelos, nos joelhos e nos pés. Tiggs praguejou e o levantou. Bully se sentou no parapeito, ainda com as mãos nos ouvidos, porque o *tump, tump, tump* era ainda pior lá dentro, tremendo pela casa toda e entrando nele. Tiggs lhe deu um cutucão e também entrou. O cômodo estava vazio, exceto por alguns sacos de dormir rasgados com aparência úmida. Bully percebeu pelas guimbas de cigarro ao redor do parapeito que o lugar era bastante usado como uma entrada, um ponto de encontro.

– Está *alto* demais – disse Bully, mexendo-se para sair de volta pela janela.

Tiggs o agarrou quando viu o que ele estava fazendo.

– Não, espera! Não, escuta. O Chris disse que você *precisa* me ajudar. – Bully balançou a cabeça, a palma das mãos esticada em cima dos ouvidos. – Você não gosta de barulhos, né? Escuta, coloca os fones. Vamos lá... Vai ser rapidinho – disse Tiggs, pondo os fones na cabeça de Bully e o iPod no bolso do garoto.

Estava tocando o mesmo som louco.

– É – disse Bully, concordando com a cabeça, porque as batidas e as furadeiras eram abafadas pela espuma espessa.

Ele se sentiu melhor por um tempinho, impedindo que o que estava fora de sua cabeça entrasse nela. Tiggs apontou para que seguissem, penetrando na casa escura e barulhenta.

Pelo que dava para ver com o brilho do celular de Tiggs, os dois estavam em um corredor, e apenas aquele pedacinho da casa já era enorme, tão grande quanto o antigo apartamento de Bully. Não havia carpete ou tapetes, apenas placas pretas de madeira no piso, como em um navio. As paredes também eram feitas de madeira e pareciam centenas e centenas de molduras antigas coladas umas nas outras.

– Vamos subir aqui – apontou Tiggs, abanando o celular.

Bully viu na escuridão um pequeno círculo de luz, como um holofote, saindo de uma janelinha redonda no topo da escada que não tinham se dado ao trabalho de lacrar, pequena demais para que até mesmo um garoto magrelo como ele conseguisse entrar. Bully subiu, não gostando do escuro. Tiggs o cutucou nas costas. Bully se virou e disse para ele parar.

– Não posso esperar *aqui embaixo*? – balbuciou.

Tiggs balançou a cabeça para indicar que não. Fez uma mímica como se estivesse carregando muito peso, curvando os ombros e colocando as mãos nos joelhos, mostrando quanto precisava de ajuda. Depois, apontou para as orelhas de Bully.

– A parte realmente *louca*... – gritou Tiggs, mas Bully mal conseguia ouvir – está chegando...

Bully concordou com a cabeça e fungou. Não se importava com o ritmo louco. Tiraria os fones dos ouvidos assim que encontrassem o que procuravam e sairia daquele lugar. Limpou o nariz com a mão. A gripe estava piorando, mas algo familiar subia se contorcendo em seu nariz, um cheiro que ele não conseguia identificar exatamente, porque a batida da música estava atrapalhando seus sentidos.

Ele fungou outra vez e esfregou o nariz de novo. Havia algo oleoso e quente no ar em torno dele... um cheiro. O cheiro estava agora dentro da cabeça dele, cutucando desesperadamente sua memória, mas ele estava quase constrangido demais para dizer a si próprio o que era, como quando o professor faz aquelas perguntas na escola, mas não fala as respostas porque são óbvias demais, as respostas bem ali na sua cara.

Tiggs deu outro empurrão. Bully se virou, mais alto do que ele na escada. Lançou um olhar para Tiggs e arrancou os fones de ouvido, pois naquele momento não se importava com o barulho lá fora ou com a loucura de verdade chegando... Foi quando ouviu um cachorro começar a uivar e a latir. Depois outro, e mais outro, este último latindo em um ritmo diferente, que vinha do coração de Bully.

Ele se virou e saltou escada abaixo, passando no ar por Tiggs. De repente, parecia que a casa toda estava caindo, mas era ele quem caía, seu pé machucado cedendo. Bully caiu na direção do homem no holofote, que subia a escada com o sorriso de lagarto e os olhos arregalados.

Era a casa de Janks.

20

01 **09** **09**
DIA HORAS MINUTOS

Bully estava cego. Ficava piscando forte, abrindo e fechando os olhos, mas, assim como tinha acontecido dentro do canhão, continuava sem conseguir ver nada. Além disso, tudo o que conseguia ouvir eram as batidas e as brocas. O barulho parou por um minuto. Em algum lugar abaixo deles, cães assumiram o trabalho no silêncio, ganindo e uivando, e foi quando ele lembrou onde estava. Não importava quantas vezes abrisse e fechasse os olhos, ainda estaria amarrado na casa de Janks.

Nesse momento, sua mãe falou com ele.

> ... Eu te amo... Eu te amo tanto... Te amo mais do que... mais do que qualquer pessoa... mais do que qualquer outra coisa no mundo... Feliz aniversário, Bradley! Feliz aniversário, amor... Muito, muito amor da sua mamãe... Mmpur, mmpurrrr, mmpurr... Mmmmmmrr...

Bully tentou berrar, mas algo impediu o som de sair de sua boca, e ele descobriu que precisava respirar pelo nariz. A cabeça latejava, e ele se sentia enjoado com a mordaça. Então, alguém começou a tentar arrancar seu rosto. Pelo menos, a sensação foi essa quando a fita adesiva foi removida de seus olhos. Então, um feixe de luz brilhando o cegou totalmente outra vez.

– Isso é legal – disse Janks. – Esse seu cartão. Como ele fala. É sua mãe? A morta?

Bully tentou se levantar e começou a se engasgar. Viu que estava pelado exceto pela cueca. Janks o empurrou de volta para baixo com a ponta da bota.

– *Uau*, garoto! Quieto, quieto...

E Bully escorregou de volta contra o aquecedor.

Janks bateu na cabeça dele com os nós dos dedos, para ver se havia alguém lá dentro.

– Quer dizer que você está na terra dos vivos? Você tem um crânio *grosso*. Não é mesmo, hein? Olha só, dá uma olhada – disse Janks. – Eles acharam que você também estava morto.

Bully espiou com olhos exaustos para o lado do rosto de Janks, e uma pequena bolhinha de luz saía de um celular. Tudo estava mais borrado do que o normal. Conforme seus olhos se ajustavam à luz, Bully identificou as orelhas cor de laranja e o trapo vermelho: eram Tiggs e Chris, oscilando como dois fantasmas ansiosos.

Pensamentos terríveis pingaram na mente de Bully e derreteram o choque por um segundo. Os dois o tinham enganado. Haviam mentido e trapaceado para levá-lo até lá. Seus amigos o tinham *traído*.

– Ei, não há necessidade disso – disse Janks quando houve uma pausa nas obras lá fora e ele ouviu Bully praguejando.

Iluminou Bully de novo com o celular, mas dessa vez não diretamente nos olhos.

O homem se agachou e se aproximou dele. Agora havia apenas alguns centímetros entre seus rostos, e Bully viu os vincos no rosto do sujeito se movendo, acomodando-se. Janks alisou para trás seu cabelo de espinha de peixe, ajeitando o penteado.

– Eles estavam preocupados com você. Todos nós, na verdade... não é verdade, meninos? – Chris e Tiggs concordaram com a cabeça. – Coloquei todo mundo procurando você, de tão preocupado que eu estava. Agora, eu soube que você está procurando alguém para lhe fazer um favor? Hein?

– Ele está com fita na boca, Janks. Não consegue falar, não é? – interveio Chris, apressado e nervoso.

Janks se levantou. A luz mudou de direção, e Bully viu que estava em um quarto comprido com pé-direito baixo, não muito mais alto do que ele, o teto rachado, esburacado e cinzento, como uma nuvem de chuva.

– O quê? Você acha que eu sou *burro*? – gritou Janks de repente, alto como um aparelho de som.

– Eu só estava avisando – disse Chris, caso aquela fosse uma pergunta trapaceira e ele tivesse entendido errado.

Janks arrancou a bandana da cabeça de Chris e esfregou o rosto dele com o pano. Depois, passou-o em círculos com força no rosto do garoto, como se ele estivesse muito sujo, até Chris implorar para que parasse.

– E você, orelhudo? Tem algo a dizer?

Antes que Tiggs pudesse responder, Janks arrancou os fones dele e os bateu na parede, até as grandes orelhas laranja se soltarem.

– Certo... Resolvido. Agora, de volta aos negócios.

O homem se ajoelhou de novo, colocou os dedos nos lábios (apesar de as brocas estarem mais altas do que qualquer barulho que Bully conseguisse fazer) e arrancou a fita adesiva em um movimento brusco. Bully tossiu e tossiu, sentindo o breve alívio de respirar pela boca.

– Como eu ia dizendo... Ouvi falar que você tem um dinheiro para sacar. Estou certo?

Bully balançou a cabeça.

– Não? – Janks sorriu para si mesmo, como se tivesse se lembrado de algum momento em seu passado parecido com aquele. – Bem, devo ter entendido errado, então. Você deve ter me contado errado, Chris. – Chris ficou totalmente imóvel. Não queria dizer *nada* dessa vez. – Certo, bem, todo mundo aqui tem coisas a fazer. – Janks se levantou, como que esperan-

do que Bully fizesse o mesmo. – Bem, podem ir, então! Não tenho tempo para desperdiçar com garotinhos como vocês. Fora!
– Não posso, Janks... Estou amarrado – disse Bully, finalmente.
– É mesmo?
Janks olhou para ele fazendo cara de surpresa, como se aquilo fosse novidade. Mas Bully não conseguiu evitar entrar no jogo dele, na esperança de que houvesse uma chance, ainda que uma em um milhão, de que Janks realmente o soltasse.
O homem estava saboreando a situação, aproveitando-a, espalhando lentamente uma expressão de falsa preocupação no rosto.
– Mas quem colocou você em uma coleira, Bully, meu garoto? Foi um de vocês dois?
Chris *precisou* concordar com a cabeça e Tiggs fez que não, como se, daquela maneira, estivessem se protegendo, certos ou errados.
Os olhos de Janks se estreitaram, depois se arregalaram.
– Bem... o que vocês dois estão esperando? Desamarrem ele então, desamarrem ele. Não tenho o dia todo.
Chris e Tiggs se agacharam, hesitantes, um em cada lado de Bully, onde as mãos e o pescoço dele estavam presos ao aquecedor.
– Não consigo desatar os nós, Janky – choramingou Chris.
– Um desperdício de espaço, não são? – disse Janks para Bully, como se fizesse um comentário sem importância. – Não sei por que fico com eles.
– Ele fica puxando – disse Tiggs.
– Vamos lá, então, enquanto a gente espera – disse Janks a Bully. – Vamos dar uma olhada nele.
– O quê? – indagou Bully. Mas sabia a resposta.
– O bilhete que vale um dinheirão, hein? Vamos dar uma olhada. Onde ele está? Onde você o guardou? O que fez com

ele? Onde o escondeu, porque não estou conseguindo encontrar de jeito nenhum nessa pilha... – Ele apontou para o contorno volumoso do velho casaco e das roupas novas e limpas de Bully.

– Não ganhei nada. O bilhete não valia nada – falou Bully.
– É mesmo?

O garoto fez que sim com a cabeça e a virou para o lado, esperando desesperadamente que Chris talvez tivesse desatado um dos nós e ainda fosse seu amigo de verdade.

– Ha... Então *existe* um bilhete? Te peguei, não foi? Porque um passarinho me contou que você estava indo para Watford para pegar o seu dinheiro. Então, se você não ganhou nada, por que estaria indo para Camelot, hein? Diga-me, Bully, meu garoto.

– Eu estava indo ver meu...

Janks o esbofeteou depressa e muito forte, como se estivesse tentando esmagar uma mosca que o estivesse incomodando o dia inteiro e finalmente a tivesse matado, bem no meio da palma da mão.

– Para ver seu *pai*? Acho que não. Por que você roubaria o passaporte? Ah, sim, a gente o encontrou. E sua *chave*. O Chris me contou tudo sobre a sua pequena família maravilhosa. Sei tudo sobre você, Bully... Sei *tudo*. Então não quero ouvir mais nenhuma historinha saindo *daí*.

Ele apontou para a boca de Bully, depois pegou o cartão e o abriu.

Eu te amo... Te amo tanto...

Depois, Janks começou a rasgar o cartão muito lentamente. A mãe de Bully estava quase chegando ao ponto em que dizia que o amava mais do que qualquer outra coisa no mundo quando a voz finalmente morreu.

Janks estalou a língua, irritado.

– E agora, está vendo? Viu o que você me obrigou a fazer? Você me deixou muito irritado. Então vamos recomeçar com uma pergunta fácil. Tudo o que você precisa fazer é me dizer apenas duas coisinhas; duas coisas... Onde está o bilhete e onde o comprou? Duas coisas. Uma, duas: fácil como tirar doce de uma criança para um garotinho esperto e ardiloso como você.

– Dowley Road Spar – respondeu Bully, o medo tomando conta dele. Podia dizer uma coisa a Janks, isso não importava... Uma informação não tinha muita importância sem a outra, era como ter um cartão de crédito sem saber a senha.

– Onde fica isso?

Ele contou a Janks, gaguejando um pouco enquanto descrevia a rua, a loja e o Velho Mac, que lhe vendera o bilhete quase seis meses antes, quando Bully tinha quase doze anos.

– Isso é bom. Foi há algum tempo. Ninguém vai se lembrar do bilhete, não é mesmo? Eles têm câmeras de segurança lá? Bem, mesmo que tenham – disse Janks, respondendo à própria pergunta –, não vão guardá-las durante seis meses, certo? Bom, isso é bom. Bom garoto. Fez bem. Agora, só mais uma coisa... cadê o bilhete?

– Não valia nada, então joguei fora. Simplesmente joguei fora! Não lembro o que fiz com ele.

– Bem, que sorte, não é mesmo? – comentou Janks, dando outra pancada com os nós dos dedos na testa de Bully, mas torcendo-os contra a pele como os garotos faziam na escola. – Que eu esteja aqui. Porque se tem uma coisa que eu faço *bem* é trazer as lembranças das pessoas de volta. Você ficaria *impressionado* se soubesse como a memória das pessoas volta aqui. – O homem olhou ao redor e suspirou, então apontou o telefone para os fundos da sala e, depois, para o teto. – Está vendo isso?

Bully forçou os olhos e virou o pescoço até onde os músculos aguentaram naquela direção. Identificou uma longa viga de madeira, como os bancos na escola, estendendo-se pelo comprimento da sala. E, pendurado nela pelas mandíbulas, havia um cachorro morto, suor e baba fazendo uma poça embaixo dele.

Bully abafou meio grito, mas o cachorro não tinha a mesma cor de Jack. Franziu os olhos ainda mais e viu que também era mais pesado, um pit bull. E tampouco estava morto. Conseguia ouvi-lo roncando baixo entre os dentes.

Ele suspirou o que lhe restava de compaixão, sentindo pena do cachorro, que tinha queloides brancos grossos como creme em torno das orelhas, por causa de brigas que devia ter vencido.

– Está vendo, este é o *Scoff*. Você conhece o Scoff? Sabe por que ele está pendurado ali? – indagou Janks, voltando-se para Bully e dando tapinhas na cabeça dele, quase afetuosamente. – Bem, ele me deixou na mão no parque naquela noite... o que me lembra... Onde você estava escondido? No telhado? No alto da árvore?

– Em um dos canhões.

Bully torceu para que isso não deixasse Janks com raiva, mas o sujeito pareceu satisfeito, como se fosse uma boa história.

– Não! O quê, um daqueles grandões na entrada? Você subiu lá no alto, foi? Bem debaixo do meu nariz? – Ele abriu um sorriso largo para Bully. – Tive a sensação de que você estava lá. O Scoff não encontrou você, não foi? Ele caiu do canhão. Me deixou na mão. Não fez o que eu mandei. Por isso estou fazendo ele se lembrar, como vou lembrar a você em um minuto. Sabem do que estou falando, certo? Todos vocês sabem, não é? – indagou ele, olhando em volta, procurando um menear de cabeça ou um sim no rosto de cada um dos garotos.

– É claro que sabem. Porque animais são iguais a *vocês*, todos precisam ser lembrados. Quando comecei com cachorros, eu tinha um favorito. O nome dele era *Arny*. Queria sempre ganhar comida antes da matilha e nunca deixava os outros se aproximarem de mim se conseguisse. Mas, um dia, eu acordo, e o que encontro? Nada mais de Arny... só uns pedaços... espalhados. Ele tinha ficado velho e lento, então os outros o estraçalharam. E você sabe por que fizeram isso? – perguntou, apenas para Bully agora, aguardando pacientemente até que o menino balançasse a cabeça. – Porque o Arny era o líder dos meus cachorros. E, com meia oportunidade, *todos* querem ser o líder.

Então, todos os indícios de um sorriso deixaram o rosto de Janks.

– Certo, vocês dois... – Tiggs e Chris hesitaram. O olhar de Janks desviou para os pés descalços de Bully. – Bem, sentem-se nele, então! Não tenho o dia todo!

Bully se contorceu e tentou se revirar, quase derrubando os dois de cima dele quando viu Janks sacar o espeto da bota.

– Olha só para isso... você sabe para que serve, não sabe? É para perfurar carne. Olha. – Ele deslizou o espeto no espaço entre o polegar e o indicador, e Bully ficou hipnotizado. Não conseguia desviar o olhar. – Certo, segurem o pé dele... Última chance – avisou Janks. – Onde está o *meu* bilhete? Não quero ouvir mais nenhuma das suas historinhas.

– Eu nunca ganhei... nada – respondeu Bully o mais lentamente que conseguiu, demorando de propósito. Sentiu o espeto fazer cócegas na sola do pé esquerdo.

– Arrgh! – gritou Chris. – Ele se mijou!

– Deixa para lá – disse Janks.

Ele ergueu o espeto devagar, bem acima da própria cabeça, depois o abaixou rapidamente. Bully gritou, mas não sentiu nada. Quando olhou, ali estava o espeto, preso nas tábuas do piso, entre seus tornozelos.

Janks se levantou.

– O quê? – perguntou Chris, esquecendo-se de si mesmo.

– Você não vai tomar o bilhete dele?

A voz de Janks assumiu um tom debochado de mágoa.

– Ah, você quer tentar, é? O que está dizendo? *Você* sabe como tomar coisas das pessoas, é?

– Não, não... Só quis dizer... Janks, você não vai torturá-lo, então?

– *Torturá-lo*! Torturar um garotinho! O que você pensa que eu *sou*? Um animal?

Janks se agachou e puxou o espeto, que guinchou e rangeu ao sair da madeira, como um filhotinho de cachorro acordando.

Ele deslizou o espeto de volta para dentro da bota.

– Digamos que eu *realmente* o torture. Digamos isso. E depois? Ele começa a gritar e a berrar, espalhando sangue por todos os lados e me dizendo a primeira coisa que passar pela cabeça; que o bilhete está aqui ou ali. Depois, está em *outro* lugar... e aí ele faz a gente correr pela cidade toda até o tempo acabar. O que a gente ganharia com isso, hein?

Chris e Tiggs concordaram com a cabeça. Ninguém ganharia nada com aquilo.

– Então, não. Não vou torturá-lo, Chris. Vou torturar o *cachorro* dele e matar dois coelhos com uma cajadada só. De quebra, vou ganhar algum dinheiro com isso.

Lá fora, as brocas na construção encerraram o trabalho do dia e tudo ficou silencioso. Então, como se tivessem ouvido o que seu mestre tinha dito, os cachorros começaram a uivar de novo no andar de baixo.

21

00 **22** **08**
DIA HORAS MINUTOS

Horas mais tarde, Janks colocou Bully no bagageiro do carro de Chris sem lhe dizer para onde iam. O pior momento foi quando o carro parou e os cachorros começaram a latir. Ele teve que esperar para ver o que aconteceria quando o bagageiro abrisse de novo.

Um homem com um rosto amassado que Bully nunca tinha visto o examinava, como se estivesse se perguntando o que um garoto seminu fazia ali e como se não quisesse ter nada a ver com ele. Janks o puxou para fora, levantou-o e cortou a fita em torno de seus pés, mas não a que prendia as mãos. Outro homem apontou para ele, encarando-o, então balançou a cabeça e foi embora.

Ao se levantar, Bully se sentiu como um cachorrinho, um filhotinho recém-nascido, os pés descalços macios no concreto. Olhou em volta. Seus olhos estavam inchados de tanto chorar, e ele precisou se esforçar para abri-los e conseguir enxergar qualquer coisa. Sentia que estava dentro de algum lugar grande, algum lugar vazio; uma fábrica velha ou um armazém, um cheiro molhado e sujo penetrando através de seu resfriado.

– Por aqui – disse Janks.

Ele levou Bully até um círculo de luzes formado por carros, alguns deles com os bagageiros abertos, cachorros (ilegais, pela aparência deles; desagradáveis misturas confusas de raças) sentados, arfando e rosnando. Um carro estava com o bagageiro fechado, batidas e latidos vindos de dentro... até ficar em silêncio. Bully ouviu um homem dizendo como era *preciso* atiçar um cachorro, colocá-lo contra alguma coisa antes de sua primeira briga de verdade, só para dar um gostinho. Agora, Bully conseguia ver que, no meio de todos os carros, havia um buraco no chão de concreto, sete, oito metros de comprimento, dois ou três de largura, com degraus em uma extremidade.

Janks o agarrou pelo cabelo e o fez dar meia-volta.

– Então você quer brincar, é? *Comigo*, é o que quer? – indagou. – Você quer...

Ele parou quando o homem com o rosto amassado deu um tapinha em seu ombro.

– Isso não está certo. Não é certo ter um garoto aqui.

Janks socou o homem bem abaixo do queixo, e o sujeito agarrou a garganta como se um alguém invisível o estivesse estrangulando. Depois, Janks se voltou para Bully.

– Então, vamos brincar.

Bully soube o que era a isca antes que Janks mandasse Chris jogar o casaco verde e velho no buraco. O agasalho emitiu um baque quando atingiu o chão, algo envolto nele.

– Última chance... cadê o bilhete? – disse Janks. – *Cadê*? – Bully continuou olhando para o casaco se contorcendo no concreto. – Ela está toda presa com fita adesiva lá dentro, não tem a menor chance. Ela é comida de cachorro. Vamos lá... Não? Tudo bem, então. Você teve sua chance.

– Vamos logo com isso! – disse uma voz entre os homens. Janks acenou para um deles com um movimento da cabeça e, na extremidade oposta do buraco, uma sombra negra se aproximou dos degraus, a pelugem ficando cada vez mais escura sob a luz forte.

Bully não conseguia evitar a sensação de que aquilo que estava enxergando não era real. A maneira como a pele dobrava em torno do rosto e pendia debaixo do queixo. O modo como os grandes olhos negros atraíam você, como se um garoto os tivesse desenhado tão bem quanto possível. Ele já tinha visto aquilo antes, apenas em uma foto; algo igualzinho. Uma da meia dúzia de lições que tinha conseguido aprender dos tempos de escola. No livro, os romanos atacavam os ingleses em suas pequenas choupanas de palha com aqueles buldogues grandes, enormes. E Bully havia perguntado à professora que tipo de cachorro era aquele. Quando ela não soube dizer, ele procurou. Era um mastife, uma mistura antiga, não exatamente uma raça, mas do tamanho e do peso de um mastim e com a velocidade de um buldogue, nascido para brigar com qualquer coisa. E aquele bem na sua frente não era uma foto em um livro, era *real*.

O mastife cavava o chão de concreto, movendo-se para a frente na direção do volume do casaco, sentindo o cheiro de Jack, mas depois recuando enquanto decifrava *onde* estava o cachorro. Bully percebeu que era a primeira briga dele.

– Aposto que você nunca imaginou que pagam uma boa grana por isso, não é mesmo? *Eu* não desperdiçaria meu cachorro nisso. Nem é uma briga – disse Janks.

Então, o mastife mordeu o casaco de Bully e o sacudiu e sacudiu, pensando que fosse *pele* de cachorro. O público aplaudiu.

Agora o cachorro tinha descoberto que não havia nenhuma carne entre seus dentes e cuspiu o casaco, porque era *aquilo* o que procurava: o que estava se contorcendo no chão, tentando se levantar.

– É isso aí – disse Janks. – *Última*, última chance...

Bully saltou no buraco. Seus joelhos se dobraram e bateram debaixo da mandíbula. Ele mordeu a língua, o sangue enchendo a boca, então cuspiu, manchando o chão.

Aplausos *fortes* de algumas pessoas na plateia abafaram certa preocupação.

– Tirem ele daí! – gritou alguém, mas naquela voz cansada e irritada que as pessoas usam em uma multidão quando um cachorro ou até mesmo uma criança está prestes a estragar um jogo.

Alguns homens foram embora, e algumas das luzes foram diminuindo enquanto os carros partiam de ré. Os sujeitos não queriam ver aquilo. Não era uma briga justa. Mas o resto das pessoas ficou. Queriam assistir.

Agora o mastife estava com as costas voltadas para os degraus, lutando para decidir quem era o inimigo: aquela coisa coberta de hematomas com os pulsos cheios de elásticos ou o outro cachorro. Ele não sabia o que estava enfrentando. Talvez seus ancestrais tivessem derrotado ursos, leões e até mesmo cristãos, mas aquele cachorro nunca tinha lutado contra um garoto. E Bully precisava aproveitar aquele pequeno espaço de tempo, aquele momento de confusão, antes de se tornar apenas mais um cão de aparência engraçada.

Raspou as mãos para cima e para baixo na parede de concreto áspero, fazendo-as sangrar, mas rasgando a fita. Depois, desenrolou o que havia em torno do focinho e das pernas de Jack, enrolando a fita nos punhos só para tirá-la depressa. Imediatamente, Jack se levantou de um jeito desajeitado, latindo, *pronta para a briga*, o traseiro empinado, passando por Bully e o empurrando com o focinho, ansiosa *para assumir sua vez*. Os dois cães começaram com as cabeças erguidas, traseiros abaixados, procurando fraquezas um no outro, mostrando suas defesas, mordendo o ar.

Contudo, Bully estava facilitando as coisas para o mastife ao permanecer ali de pé atrás de Jack, os dois, um único alvo. Ele precisava *cercar* o mastife. Conseguir contornar o inimigo pela lateral para atacá-lo por trás. *Mas com o quê?* Não estava com o canivete, que tinha sido tomado dele. Haviam tomado tudo dele. Talvez pudesse usar o casaco. Os bolsos estavam todos rasgados, igual ao homem morto no parque, mas, ainda assim, se conseguisse contornar o mastife e usar o casaco para estrangulá-lo ou alguma outra coisa...

Então Bully se encolheu contra a parede do buraco, raspando as costas no concreto enquanto começava a contornar o mastife. Estava quase atrás da cabeça e do pescoço, no limite da visão periférica do cachorro, quando as orelhas pontudas do animal estremeceram e ele se voltou para Bully. O bicho se virou incrivelmente rápido; a listra branca e fina em sua barriga brilhando na direção do garoto, a mandíbula abrindo. A última coisa que Bully viu foi o próprio braço subindo para proteger seu rosto.

Ele esperou sentir a dor, mas ainda via o braço. Quando o afastou dos olhos, ali estava o mastife, contorcendo-se no chão, Jack pendurada em sua barriga.

Bully correu na direção do cachorro. Era sua chance. Foi chutar as costelas dele com os pés descalços, mas escorregou e caiu.

Ouviu homens começarem a tossir e a limpar as gargantas repetidamente. Estavam gargalhando... estavam rindo dele, era o que estavam fazendo, e ele começou a xingar e a gritar de volta todos os palavrões que conseguiu lembrar, como se as palavras pudessem cortar em pedacinhos cada rosto encardido.

Clink... Ele olhou para baixo. Estava de pé sobre o casaco. O som metálico o fez começar a procurar o canivete, mas tudo o que encontrou no bolso interno foi a lata amassada que tinha guardado por todo aquele tempo, durante cinco dias. Sem pensar, vestiu o casaco, como se fosse uma armadura. E, pelo menos, agora estava atrás do mastife. Isso já era alguma coisa. Ele observou o mastife se livrar de Jack com uma sacudida, deixando-a com a boca cheia de pelo e pele, e depois, ganhando confiança, voltando para pegar a perna dela. Por cima do barulho, Bully ouviu o osso quebrar e Jack guinchar como se estivesse prestes a falar.

Bully pegou a lata, abriu-a e enfiou o punho direito nela. Quando alguns dos homens viram o que estava fazendo, começaram a zombar e a gritar. Ele correu na direção do mastife para abrir um buraco nas costelas dele. O cão estremeceu com o primeiro soco e se afastou, contorcendo-se, tirando os dentes de Jack para mostrá-los a Bully.

Bully tentou acertar outro soco, mas não foi rápido o bastante. Estava cansado, sua respiração fazendo todo seu peito subir e descer, e o cachorro voltou contra ele rápido *demais* – tão rápido que não viu o punho de lata de Bully balançando debaixo do queixo.

O animal estremeceu e caiu bufando. Bully pensou que tinham vencido. Mas, enquanto o observava se levantar com esforço, viu que um cão não era como um garoto, não sabia que estava derrotado até que não *conseguisse* mais seguir em frente. E, antes que Bully pudesse pensar no que fazer em seguida, o cachorro avançou diretamente nele.

22

00 **21** **43**
DIA HORAS MINUTOS

Pap! Pap!, foi o que Bully ouviu enquanto o cachorro o derrubava. Quando se debateu para sair de debaixo dele, viu os intestinos do bicho reluzindo como salsichas cruas, um buraco brilhante do tamanho de seu pulso na barriga dele, contorcendo-se e pulsando.

Ele se levantou e se encostou na parede. A plateia estava em silêncio, imóvel, as pessoas recortadas pela luz como se fossem figuras de papelão, apenas um homem se movendo, brandindo uma pistola, dizendo que não deviam se meter com ele. Dois homens estavam de pé, um a cada lado dele, conferindo suas linhas de visão, procurando pelo cachorro alfa.

– Sua cadela? – perguntou.

O sujeito estava olhando para baixo, para Jack.

Bully concordou com a cabeça.

– E *você* é o Dourado, certo?

Bully olhou para ele, sem entender.

– Você é o garoto de ouro, *certo*? Você tem o *bilhete*?

– É, é – respondeu ele, amortecido.

– Você está me dizendo a verdade, Dourado?

– Não existe nenhum bilhete! – disse Janks, aumentando a voz. – Por que você acha que ele está aqui?

A plateia fez *uau*, pois o homem estava agora apontando a arma para a cabeça de Janks, parando de balançá-la.

– Shh – fez ele.

Bully foi até a quina do buraco para ver Jack. Ela estava choramingando, lambendo as feridas. A perna traseira estava esmagada e retorcida e havia um longo rasgo cor-de-rosa em sua bochecha, como se ela estivesse mostrando os dentes e sorrindo. Bully acariciou o topo da cabeça de Jack, porque o pelo dela estava rasgado e ralado nas costas e nas costelas.

– É. Eu ganhei... Ganhei o prêmio – disse ele. A voz saiu como um ganido no espaço vazio, fazendo-o soar como um garotinho.

– E então, onde está o *bi-lhe-te*? – perguntou o homem com a pistola, marcando a palavra com pancadas com a ponta do cano.

Bully olhou de volta para o homem.

– Não estou com ele. – O cano da arma apontou para o peito de Bully, que empurrou Jack para o pouco de sombra que havia atrás dele. – Está com *ela*. Está na *coleira* dela.

– Ele está enganando você! – gritou Janks. – Não tem bilhete nenhum! Atira nele! Atira nesse *pequen*...

O homem armado girou a pistola no ar, pegou-a e bateu em Janks com o cabo, derrubando-o.

– Agora, Dourado... Está vendo este cachorrinho? – indagou ele, ainda falando com a pistola. – Minta para mim e colocarei um buraco no seu cachorro. Depois, se continuar me contando mais mentiras, coloco um em você. Entendido?

– Está na coleira dela. Escondi lá. Escondi na coleira dela.

Bully olhou para Janks e observou a vida que aquele homem *poderia* ter tido... uma vida com milhões... pegando fogo e morrendo diante de seus olhos. O que quer que acontecesse agora, Bully estava satisfeito.

– *Certo*, agora estamos chegando em algum lugar... Sai da frente, garoto – disse o homem com a pistola, depois mirou em Jack.

Quando Bully não se moveu, ele ajustou um pouco a mira e fechou um olho, como se não *quisesse* atirar em um garoto, mas também não achasse essa possibilidade a pior coisa do mundo. Depois, baixou a pistola.

– Não queremos colocar um buraco no bilhete, não é mesmo, Dourado?

Ele indicou para que um de seus homens descesse no buraco, mas os dois balançaram a cabeça e disseram que de jeito nenhum, de jeito nenhum se aproximariam *daquilo*.

– Pega – disse o homem a Bully. – Me dá a coleira. Joga para cá, tranquilo.

Bully tateou para encontrar a fivela, tentando usar os dedos para segurar o couro, mas sua mão estava melada de sangue e ele não conseguiu desafivelar a coleira.

– Não me faz descer aí, garoto.

– Estou tentando, estou tentando...

Bully levantou o olhar para pedir mais tempo. O homem com a pistola o observava com muito cuidado, assim como os dois sujeitos junto dele, como se o garoto estivesse escavando um tesouro enterrado naquele buraco. O que não estavam vendo, no entanto, era Janks de joelhos, olhando para o homem com a pistola e muito, muito lentamente tateando dentro de sua bota e, muito, muito, muito lentamente, puxando algo prateado de dentro dela.

Bully então deu meia-volta e viu uma tonelada de metal branco como olhos queimando sua sombra, fazendo-a desaparecer.

Mas o que ele poderia fazer? Mergulhar para a esquerda ou para a direita? Como um goleiro em um pênalti, ele já tomara sua decisão. Aninhou Jack nos braços e agachou-se até os faróis se tornarem um único feixe de luz... então, saltou *para cima*.

O capô do carro deu um puxão em seus pés por baixo e ele chocou-se contra o para-brisa, quicando nele logo antes da caminhonete derrubar as portas, atravessando-as. O som foi como o de um animal guinchando, tentando escapar, metal contra metal. E quando cessou, ele ouviu Janks ainda dentro do carro, chutando a porta amassada. Bully afastou-se arrastando-se sob o para-choque do carro, tateando em busca de onde a porta de correr fora arrancada pela batida.

– Jacky, Jacky – sussurrou ele, e sentiu o cachorro se esfregar em seu rosto, indicando-lhe o caminho. Bully contorceu-se atrás dela, seu casaco agarrando no metal dentado, e girou, rasgando-o e arrancando a pele de seu ombro.

Pap! ele ouviu, perto da sua cabeça. Então ele escapou.

00 **21** **32**
DIA HORAS MINUTOS

Ele estava mancando mais rápido, a adrenalina deixando seus pés dormentes, avançando em uma espécie de trote. Ele pensou que talvez pudesse até *disparar*, se precisasse. E foi o que fez. Era como se tivesse almofadas pinicantes nos pés, não podia sentir muita coisa agora, somente sua respiração o carregando.

– Venha, amiga! Venha! – disse ele. Toda vez que Bully olhava para trás, Jack dava um passo a mais, como se estivesse tentando alcançar a si mesma. E Bully conseguiu ver o quanto a perna dela estava machucada sob as luzes da rua, uma confusão de pele e osso que parecia ter sido encaixada da maneira errada.

E os dois desceram uma rua depois da outra apenas para escapar, Bully sem pensar sobre o que acontecia até ver as luzes, retalhos de luminosidade que ele reconheceu; ele estava de volta ao seu lado do rio, mais abaixo ao longo da correnteza.

Um carro passou em alta velocidade. Ele acenou, mas o carro não desacelerou, apenas contornou o garoto. Ele não podia arriscar esperar mais tempo por ajuda e seguiu para baixo na direção do curso do rio.

00 21 37
DIA HORAS MINUTOS

Bully já estava correndo quando ouviu o primeiro disparo. Como um atleta em uma prova, não olhou para a pistola. Começou a correr no instante em que Janks ergueu o braço como o Super-Homem para cravar o espeto na garganta do pistoleiro.

Homens gritavam, berravam, mas ele estava fora do buraco, fora do alcance das luzes dos carros, na escuridão, seus pés descalços pisando forte no chão de concreto, Jack deslizando atrás dele apoiada em três patas.

Bully estava a cinquenta ou sessenta metros de distância quando ouviu a voz de Janks carregada de fúria.

– Peguem o cachorro! Peguem o cachorro!

Em seguida, alguns segundos depois, o barulho rápido de um carro sendo ligado, forçando o motor, soltando fumaça e borracha no ar.

Os faróis do carro circularam rapidamente, expandindo-se na escuridão, fazendo com que o chão de concreto cinza ficasse branco, iluminando as paredes de tijolo exposto e também *ele*. Mas agora Bully conseguia ver a saída, e ajustou sua direção para as portas de correr a dez metros. Seria preciso um homem crescido, talvez dois, para abri-las, mas ele tentou mesmo assim. Balançou as portas e elas chacoalharam, mas foi tudo.

00 21 28
DIA HORAS MINUTOS

Quando viu o casal de braços dados, Bully começou a correr na direção deles, girando os braços como se estivesse de palhaçada.

– Ajuuuuudaaaaaa, ajuuuuudaaaaa – disse, a voz saindo embolada, como se estivesse bêbado, porque tinha mordido a língua.

O casal olhou para ele, viu o cachorro e tomou o que considerou a decisão certa naquele horário entre o dia e a noite: deu no pé. Bully *tentou* correr atrás deles, mas cada passo exigia uma respiração mais longa. Ele logo percebeu que não lhe restaria nenhuma força, então caiu de joelhos e começou a chorar. Não queria os milhões. Tudo o que queria era a mãe de volta e ser um garotinho outra vez, queria voltar ao tempo em que havia apenas ele e a mãe no apartamento antigo com dois quartos, nada de Phil e nada de gato. Se pudesse voltar agora para aquela época, a única coisa que levaria consigo seria Jack. Olhou para ela, para o que ainda tinha. E viu que não seria por muito mais tempo, pois não era somente a perna dela que estava quebrada e rasgada...

00 21 20
DIA HORAS MINUTOS

... Jack estava sangrando, sangue das profundezas de seus órgãos escorrendo, mudando de vermelho para preto. Bully precisava fazer aquilo parar. Estava na calçada, mas no *campo de batalha*. Jack era uma baixa na pequena guerra do próprio Bully, e ele precisava fazer pressão no ferimento dele. Pôs as mãos em torno da parte superior da perna de Jack, que estava parecendo um pano de prato encharcado, e ela ganiu e mordeu.

Ele precisava de um torniquete. Começou a tentar rasgar seu casaco, mas o tecido era muito espesso. Então ele viu algo melhor: os elásticos vermelhos ainda nos seus pulsos. Puxou-os e os dobrou para esticá-los sobre a perna de Jack, mas quase todos arrebentaram e saíram voando, pois ou eram finos demais ou o elástico estava velho demais e podre. Foi nesse momento que Bully viu que a palma de suas mãos estava *cinza*, e não branca...

Quando começou a enrolar a fita isolante em torno da parte superior do osso da coxa de Jack, ela o atacou. Bully se encolheu e gritou quando os dentes dela rasgaram a pele de seu braço e penetraram no músculo. A dor era *excruciante* e ele sentiu vontade de bater nela, mas não a soltou até que a fita cobrisse o buraco na perna.

Ele esfregou o sangue que saía de seu antebraço no lugar onde Jack tinha mordido. A dor era pior do que a aparência. Pelo menos, ela não estava mais chorando; estava de pé sobre três patas boas e *rosnando*. Mas não para ele. Era o tipo de barulho que ela fazia quando um tira ou uma briga se aproximava na esquina, dizendo a Bully que ela sabia mais do que ele sobre o futuro, sobre o que aconteceria a seguir. Era hora de *partir*. Bully puxou o corpo para se levantar. Aos saltos e tropeços, os dois se aproximaram alguns passos do rio.

Então, Bully viu a ponte magrela. E, no outro lado da ponte magrela, viu o cone de sorvete grande, enorme, simplesmente desperdiçado e jogado fora. Santuário.

Conseguiu subir a rampa. A sensação era de que estava subindo escadas rolantes correndo na direção contrária, e então: *Pap! Pap!* Ele se virou e ali estava Janks, atirando a esmo da margem do rio, uma bala ricocheteando no corrimão de aço, um último zumbi fugindo da ponte. Bully olhou para a igreja tão, tão grande, seu corpo tomando os últimos goles de adrenalina. Começou a correr e já estava quase na metade do caminho, com a igreja ficando mais definida em sua visão, quando ouviu um ganido.

Olhou para trás e viu que o pit bull de Janks havia alcançado Jack na ponte, mandíbulas presas à garganta dela. Bully parou, mas hesitou em voltar, saltando de um pé para o outro como um garotinho precisando fazer xixi enquanto assistia ao pit bull esmagar a traqueia de Jack, deixando-a sem ar. Ela estaria morta em um minuto, porque não havia nada que ele pudesse fazer por Jack agora. Não apenas com as mãos. Bully olhou para elas, pretas de sangue e inúteis.

00 **21** **13**
DIA HORAS MINUTOS

Bang!
    Janks estava na ponte, mancando muito, arrastando a perna.
    Bully olhou para baixo, para a água escura, grossa, ondulando. Era tarde demais para ele e *talvez* tarde demais para seu cachorro, mas havia uma última coisa que poderia tentar. Então, voltou até Jack e se ajoelhou, colocou os braços embaixo dos dois animais, ainda engalfinhados, aprumou-se e, usando toda a força que restava, jogou-os na água oleosa.
    Bang!

00 **21** **11**
DIA HORAS MINUTOS

O ombro de Bully levou o que pareceu uma martelada e ele começou a rodar, girando por cima do parapeito, caindo entre os cabos de aço da ponte.
    Foi como uma daquelas quedas livres: o estômago dele ficou para trás, depois o resto dele o alcançou, depois *bam!* Bully caiu em um carrinho de compras, uma bicicleta, um poste de um andaime, *algo*, foi o que pensou, mas era apenas a água.
    E lá se foi ele para baixo, afundando, afundando na escuridão, os pés penetrando a lama fria e a imundície do fundo do

rio. Bully agitou os braços e se soltou, balançando as pernas, mas seus pulmões ferviam e ele não conseguia mais segurar a meia respiração que tinha, por isso ficou onde estava, peso e ar o equilibrando debaixo da água.

Ele inspirou... e começou a afundar de novo. Uma dor congelante se espalhou rapidamente por seu peito, aquela sensação de engolir uma bebida gelada com pressa. Depois, um calor *lento* surgiu em seu corpo, como a sensação que ele tinha quando estava meio acordado, mas ainda cansado. Bully queria tanto fechar os olhos, voltar a dormir, não importava o quanto estivesse escuro lá embaixo, debaixo d'água.

Mas algo o cutucava, mordendo seu ombro machucado, despertando o último restinho de dor nele, não aceitando não como resposta, como a mãe dele costumava brigar com ele para ir à escola, sacudindo-o, arrastando-o para fora da cama, mandando-o se levantar, se levantar... E bem devagar... Para cima, para cima, ele começou a subir.

00 20 51
DIA HORAS MINUTOS

Bully emergiu e tentou respirar, mas a água precisava sair primeiro, de volta para o rio. Tossindo e engasgando, agarrou-se à coleira de Jack enquanto os dois eram lentamente carregados rio abaixo, na direção das torres escuras da ponte que abria no meio e ficava bem no limite do mundo que ele imaginava. Bully pensou que talvez devesse soltar antes que chegassem ao vazio do mar. Mas continuou segurando, à deriva, vislumbrando e depois perdendo de vista os arredores.

O que sentiu em seguida foram seus pés tocando o fundo do rio. Ele virou a cabeça e viu a margem negra fazendo uma curva em sua direção, a corrente na maré baixa chutando-o para cima das pedras, como se ele fosse uma lata. Bully largou Jack para ir até a margem e cravou o cotovelo bom na lama, usando as mãos como garras para subir, como um caranguejo vacilante, até estar quase fora da água. Mas, quando olhou para trás em busca de seu cachorro, Jack não estava mais lá. Apenas uma plaqueta dourada e suja de identificação havia restado na mão dele.

00 **20** **34**
DIA HORAS MINUTOS

Bam! Bam!
O entregador jogou os jornais na porta dos fundos da loja. As luzes continuavam apagadas, a porta permanecia trancada, mas, dali a dois jornais, Norman despertaria.
Bam! Bam! Todos os jornais, todas as notícias: acidentes automobilísticos, mortes, nascimentos, assassinatos, guerras. Tudo já defasado... exceto por um único pequeno item na primeira página, sobre um bilhete de loteria não compensado cujo prazo terminava no final *desse* dia, mais ou menos na mesma hora que a sorte de alguém, pelo visto. Afinal de contas, quase seis meses haviam se passado desde o sorteio. E o que era mais um dia? *Ele* já teria gastado o dinheiro àquela altura, pensou o entregador. Se o bilhete fosse dele, o teria compensado no *mesmo dia* e comprado uma casa no campo, algum lugar agradável, não grandioso demais, perto de um rio com cisnes, patos e peixes... para pescar... Fazia um tempo que não pescava. Ele fechou a traseira da van e jogou o último jornal... *Bam!* Uma luz se acendeu no andar de cima da banca de jornais. *Hhmmf*, fungou ele. Norman tinha despertado. Agora, ele não era o único acordado às três e meia da manhã.
O motorista pegou da escada os jornais não vendidos da véspera. Quando voltou para a van, havia um cachorro dian-

te dos faróis. Ele tinha deixado o motor ligado, por isso não o ouvira se aproximando sorrateiramente. O entregador não sabia muito a respeito de cachorros hoje em dia, mas esse parecia um daqueles novos tipos de cachorros *demônio*, do tipo que *atacava você* se não fosse bastante cauteloso. Ele jogou a pilha de jornais desgrenhados no banco da frente e entrou de volta na van. Acelerou o motor para assustar o cachorro, mas o animal ficou onde estava, bem na frente do veículo. Do alto, no estofamento do banco do motorista, ele conseguiu ver embaixo dos faróis que aquele cachorro estava mal, mancando sobre três patas, girando como se estivesse tentando agarrar o próprio rabo sem sucesso.

Um labrador de pelo duro lampejou em sua memória: o último cachorro que tivera quando criança. Muita sujeira para limpar. Um fardo pesado demais para a idade que ele tinha na época. Ainda assim, às vezes, em alguns dias, sentia falta de ter um cachorro – algo que o esperaria em casa no fim de sua ronda matinal, algo que sentisse saudades dele.

Lentamente, ele deslizou a porta para trás, saiu da van e foi até o cachorro para ver o que havia de errado com ele. O cão não latiu nem mostrou os dentes, então o entregador se aproximou e se agachou. O animal foi até ele, saltando sobre as três patas, a traseira pendendo como uma asa de galinha.

Ele estava sangrando muito. Seria a maior sujeira limpá-lo, e o bicho provavelmente estaria morto antes que o entregador terminasse a ronda e pudesse levá-lo ao veterinário. Ainda assim, ele se viu simplesmente pegando o cachorro no colo – manchando de sangue seu casaco de lã – e colocando-o no banco do carona, onde o animal se acomodou por cima da pilha de notícias velhas.

O homem reparou na fita cinza manchada de sangue envolta da perna traseira do cachorro. Naquele momento, ficou com raiva. Crianças! Sempre eram as crianças! Ele se moveu para puxá-la, mas pensou melhor. Que o veterinário fizesse aquilo, se chegasse a tal ponto...

Foi para a loja seguinte, na direção do rio. Quando olhou para a rua, achou que estava começando a chover; a cada poucos metros, havia pequenas manchas escuras no asfalto, mas nada no para-brisa. Então, ele percebeu que aquele era o caminho que o cachorro tinha percorrido, vindo do rio. E, quando chegou à margem, viu luzes azuis rio abaixo, piscando. Aquela era a direção em que ele estava indo, rumo à confusão e às luzes azuis. O homem começou a dobrar para a esquerda, mas acabou fazendo uma curva larga com o veículo, mudando de ideia quando viu as manchas de sangue ziguezagueando para a direita, porque simplesmente *precisava* saber de onde aquele cachorro com aparência mestiça tinha vindo.

00 **20** **09**
DIA HORAS MINUTOS

A trilha terminava ali. O homem estacionou, com os faróis iluminando a margem do rio. Dessa vez, desligou o motor, saltou da van e espiou para a beira escura da água. E, na luz do novo dia, pensou que o que viu saindo da lama e se arrastando fosse alguma criatura do passado. Alguma *coisa* que fizera aquilo com o cachorro. Mas, depois, viu que era apenas um garoto enrolado em um casaco de adulto, deitado, retorcido, apoiado em um cotovelo, cabeça baixa, tragando o ar a dois centímetros da água.

O motorista avançou com dificuldade pela lama, gritando e dizendo ao garoto que ele estava em *segurança*, que ele estava *bem* agora, como se fazia quando alguém não estava nenhuma das duas coisas. Chegou até o menino, pegou-o no colo e o levou para perto da van, então o deitou na calçada e o cobriu com jornais limpos, novos.

– Jacky está com o bilhete – falou o menino com a voz rouca. O motorista ouviu o cachorro se movendo na van, arranhando a porta.

– Jacky? Quem é Jacky? Não se preocupe – disse, pois estava *muito* preocupado.

Ele pegou o celular. Nunca se dava ao trabalho de ligá-lo naquela primeira parte do dia.

– Quem é Jacky? – perguntou o entregador de novo, mas o menino apenas olhou para cima, para o céu, que clareava.

– Vamos lá, garoto... fique acordado.

O homem tinha a sensação de que era isso que precisava ser feito: permanecer acordado, para impedir que um sonho maior o puxasse no silêncio.

– Quem é Jacky? Que bilhete? – perguntou ele, desesperado, fazendo qualquer pergunta, tentando manter o garoto *ligado*. – Vamos lá, acorde. Onde está o bilhete? O que você tem? É *ele*? – O homem viu algo tentando brilhar na mão fechada do menino. – É este o bilhete? Este é o bilhete de Jacky? Vamos lá, garoto... Tente permanecer acordado...

Ele tirou a plaquinha da mão do garoto. Parecia uma moeda de ouro que o garoto tinha retirado do fundo do rio. Mas, depois de limpá-la, o entregador viu que era apenas uma plaquinha barata de cobre para identificação de cachorros. Do tipo que podia ser comprada por apenas algumas libras. *Jacky* estava gravado no metal. Mas ele levou a duração do telefonema para a emergência para compreender que o cachorro do garoto era aquele que estava sentado nos jornais em sua van. Que aquele *era* Jacky.

E, conforme as luzes piscantes rio abaixo se aproximavam, o homem começou a se perguntar, naquele choque estranho que o pânico traz, se o cachorro em sua van teria *mesmo* o bilhete, onde esse tal bilhete poderia estar e por qual tipo de bilhete valeria a pena morrer.

23

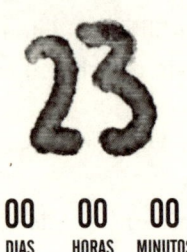

00 **00** **00**
DIAS HORAS MINUTOS

Bully flutuava em uma espécie de barco que não se movia, ancorado ao fundo do mar. Ele ouvia passarinhos, *bip, bip*. Um homem vestindo uma camisa boa e calça avançava com dificuldade em sua direção, tentando captar seu olhar com um sorriso de borracha.

– Como você está se sentindo, Bradley? – perguntou.

Bully olhou ao redor. Viu um par de outros barcos como o dele com corpos neles, mas não conseguia de forma alguma localizar os passarinhos que estavam fazendo *bip, bip*.

Ele tentou se sentar, mas estava pesado demais, todo o seu corpo sendo puxado para baixo por correntes de âncoras invisíveis. Nem a voz dele conseguia escapar. Bully tentou falar, mas o que saiu foi um sussurro. Depois, não conseguiu ouvir mais nada, e as formas e sons ao seu redor borbulharam e derreteram.

Quando acordou de novo, Phil estava ali, ao lado da cama. Ele parecia esquisito. Sorria com a boca aberta, mostrando os dentes, como que para um retrato em um jornal ou uma revista.

– Como você está se sentindo, amigo? No que andou se metendo? Tem sorte de não ter atingido uma artéria. Passou *raspando* na sua omoplata, foi o que disseram...

Bully olhou em volta, procurando algo que estava faltando, mas não conseguiu descobrir o que poderia ser.

– Está tudo bem, não se preocupe. Você está *em segurança*. Tomei as providências. Por que você não me disse que a gente tinha ganhado? Se não fosse aquele entregador, você teria feito a gente perder tudo! O quê? – perguntou, pois Bully estava tentando falar.

Doía muito, como se a garganta estivesse muito inflamada, a dor disparando para baixo até os pulmões. Finalmente, ele disse: "Ja..." e fez uma expressão de que estava ouvindo, virando a cabeça para um lado.

– Quem? Sua mãe?

Bully balançou a cabeça.

– O quê? O *cachorro*?

O garoto concordou com a cabeça, o ombro latejando agora que sabia que o tiro o tinha atingido de raspão.

– Ela não está aqui, não é? Não deixam cachorros sujos e velhos entrar aqui, deixam?

Phil fez uma pausa para olhar ao redor, caso alguém pudesse estar ouvindo.

– Certo, escuta. Está me ouvindo? – Ele inclinou o corpo para a frente, ficando mais perto de Bully do que tinha estado nos seis meses anteriores. – Eles não querem pagar, já posso dizer isso. A menos que a gente diga que fui eu quem comprou o bilhete, certo? Portanto, essa é a *nossa* história. Certo?

– Jack...

– Tá, *o que foi?* – indagou Phil, ficando irritado, tentando repassar seu plano.

Bully fez o sinal de ok com os dedos e piscou os olhos arregalados para dizer: Ela. Está. Ok?

– Bem, ela não está aqui, está? Escuta, tudo o que sei é que ela estava em péssimo estado. Os veterinários disseram que estava praticamente morta quando chegou lá e não estão prometendo nada. Já estou falando isso que é para você se preparar para o pior. – Phil parou para inspecionar algo na bochecha de Bully. Pareceu intrigado, depois irritado. – Não, deixa disso, deixa disso, deixa disso. Não faz isso – disse ele, depois mostrou a Bully as manchetes dos jornais dos dias anteriores.

GAROTO SEM-TETO ESCAPA DE GANGUE ATRÁS DE RECOMPENSA EM DRAMÁTICA QUEDA NO TÂMISA

CACHORRO DEMÔNIO SALVA MENINO DE RUA EM MERGULHO NO RIO!

GAROTO DE RUA PERSEGUIDO POR GANGUE DA LOTERIA GANHA UMA FORTUNA GRAÇAS A VIRA-LATA!

SUSPEITO DE ASSASSINATO CONTINUA FORAGIDO...

A polícia veio falar com Bully três vezes. Os policiais o elogiaram e disseram que ele era um garoto corajoso, como se ele fosse um menininho com câncer ou algo do gênero. Ele não falou muito, pois seus pulmões doíam. Além de toda aquela água suja que tinha entrado neles, suas costelas haviam se quebrado na briga. Três. E não se podia fazer nada a respeito. Nada de facas, nada de injeções, nada de tubos. Sequer colocavam gesso. Você simplesmente precisava esperá-las sarar. E aquilo ia demorar, disseram os médicos.

Ele perguntou aos tiras sobre como Jack estava, mas eles pareciam não saber e prometeram que checariam para ele. Depois, falaram com ele sobre sua própria história. Metade de Londres – a metade errada – havia descoberto que os números dele tinham sido sorteados. E queria saber sobre o homem morto no parque, pois todos diziam saber que Bully tinha estado lá. Tiggs e Chris haviam sido presos, além de alguns dos homens na briga de cachorros, mas a polícia ainda estava procurando Janks. O nome verdadeiro dele era Peter Jefferson. E será que Bully poderia dizer qualquer coisa sobre ele ou o homem morto? O garoto respondeu que não, que não se lembrava de nenhum morto, não se lembrava de *nada*, especialmente nada sobre Janks.

Depois de removerem a maioria dos tubos e de Bully voltar a conseguir comer sem a ajuda de ninguém, uma mulher entrou na enfermaria e se sentou ao lado da cama dele. Ele identificou na hora quem era. A maneira como ela ficava sorrindo quando não havia nenhum motivo para sorrir, o modo como parecia ter parado ali a caminho de outro lugar. Ela era uma assistente social. Bully perguntou sobre Jack, mas ela não sabia nada sobre cachorro nenhum. Depois, ele indagou quando sairia dali. O sorriso dela encolheu um pouco, e ela disse que estavam examinando cuidadosamente o que seria melhor para ele agora que sua situação tinha vindo à tona. Como a mãe dele estava morta e o paradeiro do pai era desconhecido, ele estava *em risco*. Bully percebeu que a mulher achava que saber aquilo poderia deixá-lo triste. Ele escutou enquanto ela enumerava para ele as opções de cuidados.

Opção de cuidado 1: Como ele se sentia em relação a voltar para o apartamento? (Ele respondeu "não sei".)

Opção de cuidado 2: O que ele achava de morar com um parente próximo? Se conseguissem encontrar algum. (Ele apenas encolheu os ombros.)

Opção de cuidado 3: Que tal ficar com uma família adotiva? (Ele disse "não" para isso: não queria uma mãe ou um pai de mentira.)

Opção de cuidado 4: Quais eram os pensamentos dele acerca de ir morar em um orfanato? (Ele considerou a ideia até ela dizer que não aceitavam cachorros, somente crianças.)

A mulher foi embora e voltou uns dias depois com seu melhor sorriso. Estava muito satisfeita em lhe dizer que tinham avaliado todas as opções e a opção preferida dele era agora *definitivamente* uma opção. Ele voltaria para o apartamento.

24

Bully abriu os olhos e ouviu o final de um grito saindo da própria mente.

Ele estivera sonhando. *No* sonho, estava dormindo e o cheiro o despertou. Estava no sofá, com a TV ligada, cochilando e depois começando a tossir, aquele cheiro químico tomando sua garganta, piorando cada vez mais à medida que tossia, arrastando-se mais para baixo e *borbulhando*. Em seguida, acima do encosto do sofá, aquele cabelo arrepiado aparecendo e seu antigo nome de rua vindo pegá-lo... *Bully... Vim pegar você...* Foi quando ele acordou do sonho para a vida real, de volta ao sofá, gritando pela mãe.

Cortnie assistia a alguma porcaria infantil com *aquilo* no colo e também gritava. E o bebê começou a chorar. E Jack latia, tentando se levantar no sofá. Era para o cachorro que Cortnie gritava, pois agora ele parecia mais esquisito do que nunca para ela.

Bully bocejou, virou-se e esfregou o ombro. Ele coçava onde a bala tinha entrado, e havia um buraco pequeno, porém profundo, na pele, como se um meteoro minúsculo tivesse rasgado a atmosfera e entrado nele algumas semanas antes.

– Tire *isso* daqui – disse Bully para ela, pois era ali que ele dormia.

Mas, com todo mundo entrando e saindo, e *aquilo* acordando toda hora, e Emma reclamando com ele para que saísse do sofá quando se esquecia de que deveria ser gentil com ele, Bully não conseguia dormir muito ali.

Emma veio do banheiro.
– O que *está* acontecendo, Bradley? Você não pode ficar gritando assim com o bebê! – Ela pegou o bebê e, ninando-o, levou-o para a cozinha. Depois, gritou de volta: – E não deixa esse cachorro ficar subindo nas coisas! Não quero esse bicho perto do bebê!

Bully observou o rosto de Jack aparecer acima do braço do sofá, os olhos frenéticos e arregalados antes de ela cair e tentar outra vez. Ela estava brincando, tentando chamar a atenção dele, mas ele não queria brincar.

– Vem cá – falou, acenando em torno do sofá agora que o bebê não estava mais lá.

Quando saiu do hospital, Bully não pôde simplesmente ir e pegar Jack no veterinário. Era novo demais para ser *legalmente responsável*. A pessoa podia ter um gato, um porquinho-da-Índia, camundongos, uma *ratazana* ou qualquer outra daquelas porcarias de quatro patas, mas aos olhos da lei era preciso ter dezesseis anos para ter um cachorro.

Quando finalmente encheu a paciência de Phil o bastante para levá-lo ao canil e assinar os formulários, Bully esperava ver Jack, e não aquele outro cachorro. Era parecido com ela, mas estava totalmente raspado, praticamente só pele arrepiada e ossos. Ela estava mais magra, com cinco ou seis quilos e *uma* perna a menos. No lado esquerdo traseiro, havia apenas um pedaço de pele costurada por cima do toco.

– A perna estava *estraçalhada*. Quero dizer, mesmo que a gente tivesse conseguido salvá-la, na verdade não valeria a pena – disse o veterinário, tentando ser gentil quanto àquilo.

Phil, sem tentar ser gentil, sugeriu que se livrassem daquele cachorro e pegassem outro depois, um melhor, com um *pedigree* de verdade e todas as quatro patas, quando recebessem o pagamento do prêmio e se mudassem para outra casa. Mas Bully balançou a cabeça e disse não. Por dentro, disse coisas muito piores. Porque Jack ainda era o cachorro dele. A diferença era que, agora, ele não sentia mais tanto orgulho dela, não queria sair por aí a exibindo. Só levava Jack para passear depois do anoitecer, depois que os programas bons na TV ficavam ruins, quando não havia muita gente na rua.

Ele não quis sair *de jeito nenhum* por causa da imprensa e da TV querendo fotos dele e de Jack. Bully não queria nenhuma publicidade. Portanto, os jornalistas precisaram se virar com Phil e o entregador que tinha encontrado o bilhete e informado a polícia sobre ele bem no último minuto, no final de sua ronda. Havia toneladas de fotos *dele*. O homem já tinha recebido sua recompensa de Camelot por entregá-lo.

Agora, todos haviam seguido para outra notícia e o estavam deixando em paz, mas algumas pessoas ainda sussurravam e apontavam para ele como se fosse uma celebridade. E Bully não gostava daquilo. Talvez, quando recebessem o dinheiro e fossem morar com todas as outras celebridades, ele não se incomodasse de que apontassem para ele, sentado, quem sabe, ao lado de David Beckham. Mas quase um mês já tinha se passado desde que ele havia se arrastado para fora do Tâmisa, contudo a loteria ainda não tinha entregado o prêmio, apesar de a mulher de Camelot ter ido visitá-los. Ela havia ido ao apartamento com apenas um cartão, nenhum dinheiro nele. Disse a Phil que algumas perguntas *ainda precisavam ser feitas*. E seriam feitas em Camelot, com Bully e Phil na linha de fogo.

Phil já estava gastando dinheiro. E estava *devendo* em todos os lugares, e não apenas aos cartões de crédito, mas a pessoas a quem deveria pagar, tivesse ou não o prêmio. Essas pessoas não eram como o banco, que simplesmente escreve um lembrete desagradável em letras vermelhas. Elas vinham ver você pessoalmente.

Flap, flap, flap na caixa de correspondência. Aquela era a única parte interessante do dia de Bully. Pelo barulho, ele soube que era o carteiro e se levantou com cuidado do sofá. Seu ombro e as costelas doíam bem no começo da tarde, quando ele ficava deitado algum tempo, e às vezes, em vez de abrir a porta, Bully passava cinco minutos ouvindo as cartas entrando na caixa de correspondências... *Flap, flap, flap*.

Voltou para o sofá com uma pilha que ia até o queixo e separou os envelopes pelo tamanho, procurando algo que valesse a pena. Alguns eram cartões de pessoas lhe desejando tudo de bom (e, depois, fazendo mais desejos, pedindo coisas para elas próprias). A maioria era formada por cartas escritas em pequenos quadrados coloridos de papel pautado, uma ou duas datilografadas em folhas maiores. Não importava de que espécie fossem, eram todas chamadas *cartas de pedidos*. Phil jogava todas direto na calha de lixo quando estava em casa, até mesmo as endereçadas a Bradley.

As de reclamação apenas incomodavam Bully quando começavam a dizer como a vida de quem as escrevia era difícil e pediam a ele para lhes comprar coisas que nem *ele* tinha ainda. O garoto preferia ler as que pediam coisas diretamente, aquelas em que as pessoas tentavam nem que fosse só para se divertir.

Querido Bradley, você tirou a sorte grande! Megaparabéns! Um upgrade na minha vida também viria a calhar! Poderia me dar quinhentas pratas? Ou mil? Obrigado, amigo...

Ele nunca respondeu a nenhuma. Nem mesmo às engraçadas.

25

Havia uma visita para ele na porta.

– Alguém para *ver* você... Uma amiguinha sua, querido – disse Emma, formando um beijo com os lábios, mostrando a ele que a menina não era tão pequena.

– O quê? Quem? – perguntou Bully, mas ela já voltara para a cozinha.

A porta do quarto de Phil estava fechada. Ele ainda estava na cama, entupido de analgésicos – ainda sentia dor nas costas –, preparando-se para a reunião com Camelot no dia seguinte.

– Oi, Bully – disse Jo quando ele chegou à porta. Ela parecia diferente, mais velha em apenas algumas semanas, crescida sem estar mais alta.

– Ninguém me chama assim por aqui – disse ele.

– Desculpe, Bradley.

– Suas coisas... não estou com elas. Perdi tudo. Os sapatos e o dinheiro e tudo o mais.

– Ah, não, isso não é nada. Mamãe não se importa. Ela deu tudo a *você*, de todo modo. Eu só me perguntei...

– O quê?

– Se você recebeu o cartão que lhe enviamos? Mandei para Camelot. Não sabia seu endereço.

– Não recebi – disse ele, balançando a cabeça.

Ele começava a respirar pesado. Tinha dificuldade em respirar quando qualquer coisa *fora do comum* acontecia. Ele começou a sugar o ar por nenhum outro motivo além de que vê-la ali estava o deixando em pânico, um mundo totalmente diferente batendo à sua porta.

Ele colocou os tênis, empurrou Jack de volta para dentro do apartamento com o lado do pé e acenou para que Jo saísse para o patamar. Declan, do apartamento vizinho, passou em sua motocicleta de plástico e levantou o olhar para eles. A mãe dele o observava brincar. Ela sorriu mais gentilmente que o normal para Jo porque ela era uma visita.

– Quer dizer que o encontrou sem problemas, querida?
– Ela parou de sorrir quando olhou para o lado. – Declan! Não! – gritou, pois Declan descera da moto e tentava enfiá-la à força na calha de lixo.

Bully levou Jo para o final do patamar e desceram a escada.
– E então, como chegou aqui se não sabia onde eu morava?
– Vi seu padrasto, Phil, nas fotos.
– Ele não é meu padrasto – disse Bully.
– Desculpe. – Ela corou como fizera naquele quartinho no topo de sua casa. – De todo modo, deduzi que ficava em algum lugar nesta área pelas placas de trânsito nas fotos. Depois, *perguntei*. – Ela soava satisfeita consigo mesma. – Sua vizinha do lado me disse no final das contas. Pensei em apenas vir para ver como você estava, se precisava de qualquer... coisa.

Eles desceram até o térreo e saíram andando. Uma ou duas pessoas olharam para eles e uma delas riu e gritou:
– Brads! Empresta dez pratas pra gente!
– Como está seu cachorro? – perguntou Jo no silêncio que se seguiu.
– Amputaram a pata de trás dela. Mas, não, a gente não vai precisar pagar – respondeu ele.
– Sinto muito quanto a isso, de verdade. Mas ela está bem, de todo modo, não está?

Ele concordou com a cabeça, um pouco envergonhado de si mesmo, pois, apesar de ainda estar satisfeito por ter Jack,

223

não conseguia evitar se sentir constrangido quando as pessoas o viam com um cachorro de três pernas, não importava de qual raça fosse.

– E então, está tudo bem? As coisas estão bem por aqui para você voltar a morar com seu... com Phil, é esse o nome dele?

Ele abanou a cabeça para dizer que as coisas não estavam bem.

– Quando a gente receber o dinheiro, vou morar em algum lugar diferente.

– O que você quer dizer com isso?

Ele deu de ombros. Havia se esquecido de que ela não sabia do acordo que fizera com Phil, fingindo que o bilhete era *dele*. Que dividiriam o dinheiro meio a meio e Phil lhe daria metade, e não o contrário.

– E então, quando você vai receber?

– O quê?

– O dinheiro do prêmio.

– Não sei. Logo. Mas é só 1,1 milhão.

Ele tinha ficado decepcionado quando a mulher de Camelot dissera aquilo a eles. Que o grande prêmio naquela semana era um dos menores da história, *apenas* 1,1 milhão de libras.

– Ainda assim é *muito*.

Foi quando ele se voltou contra ela.

– Bem, vocês devem ter *isso*.

– Não! Está de brincadeira, não está? Minha mãe e meu pai trabalham em tempo integral. Você *sabe* que trabalham – disse ela, como que para lembrá-lo de que ele conhecera os pais dela.

– É, mas a sua casa. E todos aqueles livros. Devem valer muito mais. Você nem precisaria ganhar nada. Poderia vender aquilo e ser mais milionária.

– É, acho que sim, talvez, mas... – Ela abanou as mãos, esforçando-se para dissipar a comparação explicando a ele. – É onde a gente *mora*.

Eles caminharam pela Dowley Road, acabaram passando pela loja Spar na qual ele comprara o bilhete. Ele não queria entrar caso o Velho Mac estivesse no caixa e se lembrasse de repente, como faziam os velhos, de que fora *ele* quem comprara o bilhete naquele dia. Portanto, Jo entrou e comprou bebidas para eles. Eles conversaram sobre o que Jo faria em seguida, ir para a faculdade. E que Alex estava fora, em algum lugar chamado *uni*.

– Roubei o passaporte dele – disse Bully. Ele achou que deveria confessar caso Alex pudesse precisar dele para ir lá.

Ela pareceu surpresa e depois decepcionada.

– É mesmo? Ah... Tudo bem. Ele tem um novo agora. A gente simplesmente presumiu que tinha sido roubado quando invadiram a casa.

Ele concordou com a cabeça, irritado consigo mesmo por encolher diante dos olhos dela.

– O que roubaram, então?

– Nada de mais. Só algum dinheiro e umas coisas. Mas pegaram as chaves da van do papai, onde todo o equipamento de trabalho dele estava, e ela não tinha seguro.

– Eu pago, então. E vou comprar uma van nova para ele.

– Você não pode fazer isso...

– Posso. E vou fazer.

– Não, quero dizer, é muito gentil de sua parte, Bully... – Ela parecia constrangida. – Mas, quero dizer, não é seu dinheiro, ou é? É do Phil...

E ele lembrou mais uma vez que ela e todo mundo pensava que o bilhete era de *Phil* e que *Phil* o comprara.

Eles seguiram caminhando, passando pelo parquinho para criancinhas sem nenhuma criancinha nele, na direção da estação.

– Você vai me acompanhar de volta? – perguntou ela. – A estação fica nessa direção, não é?

– É...

Mas ele parou de caminhar por causa de onde estavam, e do que havia ali. Ele olhou para o outro lado da rua, para o leito desgrenhado de ervas ainda florescendo. Dava para ver um lado da pedra de calçada quebrada, aprisionada nas hastes verde-claro.

– Você está bem? – indagou ela. Ele olhou de volta para Jo como se ela fosse uma fotografia de muito tempo atrás. – Vou lhe dar meu número se quiser... Se precisar de alguém com quem conversar. E papai disse que você deveria vir nos visitar de novo. Você *e* Jack.

– Ela não sai durante o dia – disse ele, automaticamente.

– Se tiver qualquer coisa que eu possa fazer, Bully... Bradley, quero dizer. Desculpe. Mas tem alguma coisa? Qualquer coisa... com a qual eu possa ajudar?

– Tipo o quê? – perguntou ele, para testá-la e ver se ela realmente queria dizer *qualquer coisa,* pois ele tinha uma coisa em mente, para a qual precisaria de ajuda, penetrar atrás das linhas inimigas...

– Não sei... Levar Jack para passear, talvez...

– Ela não anda.

– Mas ela *pode* andar, não pode?

– Não pode. Ela *saltita* – respondeu ele, displicente.

– Certo, então que tal com a escola, talvez?

Ele apenas riu em silêncio. Não planejava ir muito à *escola* quando Phil lhe desse sua parte do prêmio.

– Não sei, o que for, você sabe, para ajudar. Qualquer coisa que você quiser... – Ela não parecia incomodada pela maneira como ele estava se comportando, e isso o irritou e o impressionou ao mesmo tempo.

– Tudo bem, então. Certo – disse Bully.

Ela concordou com a cabeça em expectativa, aguardando que ele lhe dissesse, mas em vez disso ele se voltou para a outra direção e seguiu até o pedaço de terra coberto de arbustos que parecia poder ter sido, um dia, um leito de flores de verdade. Ela seguiu-o quando ele atravessou a rua e observou-o pegar o que parecia um pedaço de pedra de calçada do meio das ervas de final de verão. Bully começou a revirar a terra com as mãos, mas ela não disse nada até ele começar a cavar.

– O que foi? Perdeu alguma coisa? – perguntou ela. E ele acenou para que ela se aproximasse para olhar mais de perto.

26

Eles pegaram um táxi da estação de trens. Cinco minutos depois, o motorista apontava para um grande prédio de escritórios de tijolo em uma rotatória; nenhum castelo, nenhum fosso, somente asfalto em torno de um monte de tijolos e vidro.

– É aqui – disse ele.

Assim que saltaram do táxi, Phil falou:

– Lembre-se, certo? A gente vai fazer tudo conforme o combinado, manter a coisa simples. Certo, certo, certo?

Bully concordou com a cabeça. Phil ficava assim quando estava nervoso, repetindo coisas como faziam no Exército, para que você não se esquecesse.

– Tá, tá, tá – disse Bully.

Eles subiram em um elevador, até o topo. A mulher na recepção deixou Cortnie apertar o botão. Um homem e duas mulheres esperavam por eles no corredor diante de uma sala com uma janela fosca, de modo que não dava para ver através dela. O homem, dizendo que seu nome era Alan, estendeu a mão antes mesmo que eles entrassem. Bully observou Phil apertá-la, e a mão continuou ali para ele. Depois, ele precisou fazer o mesmo com as duas mulheres: Carol e Diana. Bully reconheceu a mulher chamada Diana. Ela havia ido ao apartamento algumas semanas antes como uma *representante de Camelot*. Não tinha a aparência que ele havia imaginado, principalmente porque era uma mulher. Bully não esperava um cavaleiro de verdade, mas achava que um homem de verdade ia entregar a mensagem.

Nesta segunda vez, não se incomodou com ela. Diana era legal, resolveu ele. Ela fez festa com Cortnie e disse como a roupa que a menina usava era bonita, como se fosse de marca. Ele não gostou da aparência da outra mulher, Carol. Os dentes dela eram brancos demais e ficavam encarando você como se fossem olhos, úmidos e brilhosos. Tampouco gostou da voz dela, como se ela tivesse chocolate preso na garganta quando falava.

Todos entraram na sala e se sentaram a extremidade de uma mesa enorme de vidro transparente. Tudo no lugar era transparente, a não ser pelas janelas, que eram foscas. Bully supôs que era para evitar que pessoas roubassem coisas. Conseguiu ver no reflexo do vidro a calça jeans nova que Phil tinha comprado para ele, até as meias esportivas e os Reebok novos.

– Gostaria de beber algo? – perguntou Alan a Phil.

– Ainda é um pouco cedo para mim – disse ele, como se fosse um teste.

Bully disse não, obrigado, mas Cortnie conseguiu uma Coca-Cola.

Então, começaram.

Eles queriam saber tudo sobre o dia em que Phil tinha comprado o bilhete. Bully começou a ouvir, mas perdeu interesse e fez o máximo para ver através de uma das janelas. O dia estava ensolarado e, de repente, ele queria estar lá fora, de volta à margem do rio, protegendo os olhos da luz e pescando um pouco... Foi apenas uma sensação que teve, ele e a antiga Jack (a que tinha quatro patas) lá fora, matando tempo, as coisas de volta ao normal. Porque aquilo *não era* normal.

– Bem... precisamos fazer apenas mais uma ou duas perguntas.

Carol estava falando, tinha assumido o controle da conversa, o que surpreendeu Phil. Bully conseguiu perceber isso pelo fato de ele já estar concordando com a cabeça antes que ela sequer estivesse perto de lhe perguntar qualquer coisa.

– Bem, Phil, você acaba de dizer que adquiriu o bilhete na loja Spar na Dowley Road. E, pela leitura do terminal, podemos ver que foi às 17h56 do dia 16 de fevereiro.

Phil continuava concordando com a cabeça, ainda mais rápido, e Bully podia ouvi-lo fechando os dedos e cerrando os punhos a cada poucos segundos.

Carol olhava para Bully agora, com aqueles dentes molhados, brancos e brilhosos. Ficava mostrando-os para ele e depois para Phil, mudando de um para o outro como o mastife, incerta quanto a quem atacar primeiro.

– Podemos ver através de um de nossos terminais que o bilhete foi conferido em um caixa na estação de Waterloo na sexta-feira, 9 de agosto, às 18h45... 174 dias após o sorteio e 176 dias após ter sido comprado. Isso está correto? Você o conferiu, Bradley?

– Sim.

– Bem, o que gostaríamos de saber é como ele foi parar em sua posse?

– O que você quer dizer? O quê? Tipo, como ele obteve o bilhete? – perguntou Phil, interrompendo.

– Sim. Como o obteve... Bradley? – perguntou Carol. Ela sequer olhou para Phil enquanto ele falava. Estava se preparando para a reação de Bully.

– Ele deve tê-lo pegado depois que saí, por acidente. Ele é atrapalhado assim mesmo – disse Phil, como se isso fosse algo apropriado a se dizer.

– Agradecemos por isso, mas gostaríamos de ouvir de Bradley – disse Alan, retrucando para ele, um de cada lado agora, preparando-se para cercar Phil.

Bully falou hesitante, devagar, olhando através da mesa de vidro para seus pés, como se o passado estivesse lá embaixo e pudesse dar um beliscão em seus tornozelos.

— Fui até a Smiths, mas o homem disse que não era um prêmio em dinheiro do caixa e que eu precisava ir a Camelot em Watford. — Todos concordaram com a cabeça e sorriram ao ouvir aquilo, como se o homem na Smiths tivesse feito a coisa certa. — Ele disse que eu precisava telefonar para eles. Mas eu não tinha nenhum crédito, então, em vez disso, fui para lá. Foi quando começaram a me perseguir.

Todos fizeram expressões muito sérias agora. Tinham ouvido a respeito, sobre as coisas terríveis que haviam acontecido com ele e seu cachorro.

— Sim, isso soa terrível, Bradley — disse Carol.

— Absolutamente terrível — disse Alan.

— Como está? Sua cadela — perguntou Diana.

Ele encolheu os ombros.

— Amputaram uma pata. Foi o veterinário — acrescentou quando viu os rostos congelarem, pensando que tinham sido os bandidos.

— Bem... certo — disse Alan, depois de todos dizerem como estavam tristes com aquilo. — De volta ao bilhete: como você o obteve, o bilhete premiado, em sua posse? Porque precisamos lhe perguntar isso, Bradley — disse Alan, com uma expressão muito séria, de professor, para se assegurar de que Bully compreendesse que se tratava de dinheiro e, portanto, era realmente *sério*. — Você mesmo comprou o bilhete?

— Não — disse ele. Ele ouviu Phil soltar o ar ao seu lado, como se dissesse "é isso aí, eles vão dar o dinheiro agora".

— Então, quem *realmente* comprou o bilhete? — perguntou Carol, debruçando-se para a frente, de modo que seus dentes ficaram mais próximos dele do que qualquer outra parte dela.

— Foi minha *mãe*.

Bradley ouviu o pescoço de Phil estalar de tão rápido que ele virou a cabeça.

– *Ela* foi até a loja. *Ele* nem estava lá. Ele estava com *ela*. Não com minha mãe.

Bully não sabia de onde aquilo estava vindo; não sabia o que o estava fazendo dizer aquilo agora.

– Como? – perguntou Alan. – Você está nos dizendo que Phil não comprou o bilhete?

– Foi minha *mãe* quem comprou – respondeu ele muito lentamente, como se tivesse dificuldades de aprendizado.

Phil explodiu, levantando-se e batendo com os joelhos na beira da mesa de vidro.

– Ela não tinha como ir até lá! Estava de cama desde o Ano-Novo! Estava *morta* antes mesmo de sortearem os números.

– Por favor, senhor Greg... Phil – disse Alan, tentando conter a situação.

– Tudo o que estou dizendo é que podem perguntar ao médico dela! – interrompeu Phil, atacando Alan de volta. – Nos últimos dias, ela não tinha como sair da cama para ir a uma... ela não tinha como ir até as lojas, é tudo o que estou dizendo. Ela estava tão dopada que nem sabia se você estava lá metade do tempo!

– *Você* não estava lá – disse Bully. – *Nunca.*

Durante aquela última semana, Phil tinha passado o tempo todo fora, "dando uma saída". E Bully sabia para onde. A mãe de Declan ia até o apartamento e pegava Cortnie. Ninguém sabia com certeza quando a mãe de Bully havia morrido, a não ser ele próprio.

Phil se sentou de volta e encarou Bully. Seus punhos estavam sólidos debaixo da mesa agora, os topos ossudos dos nós dos dedos aparecendo logo abaixo da pele.

– Bem, bem... Talvez, talvez ela o tenha comprado e eu tenha me confundido com o sorteio do meio da semana. É, é, é. Pensando agora a respeito, é o que devo ter feito. Acho que ela *realmente* comprou o bilhete, afinal de contas – disse Phil, surpreendendo Bully, concordando agora com a versão dele.

– Bem, isso muda as coisas, infelizmente – disse Alan, olhando para a esquerda e para a direita, para Carol e Diana. – E creio que precisaremos encerrar esta reunião e tentar obter mais evidências.

Ninguém disse nada.

– Você compreende, Bradley? – indagou Diana, debruçando-se para a frente como Carol, mas parecendo preocupada, como se aquilo realmente não tivesse nada a ver com o dinheiro. – Bradley... Bradley...

Fazia dias que a mãe de Bully vinha dizendo a ele que iam ganhar.

Ele tinha achado difícil ouvi-la, especialmente naquele dia, o dia do sorteio. Ela ficava lhe chamando da sala de estar, gritando por cima do som da TV, falando e respirando ao mesmo tempo, saltando de uma coisa para a outra, gritando *feliz aniversário!*, apesar de ainda faltar quase duas semanas para a data.

E ela ficava tentando dar a ele o cartão de aniversário antes da hora, dizendo a ele que tinha colocado apenas uma *coisinha* nele por enquanto. E Bully ficou se recusando a abri-lo e fingindo que precisava sair para comprar leite e pão em vez disso. Queria escapar, sair do apartamento, mesmo achando que deveria ficar. Depois, voltou para casa arrastando os pés, apesar da vontade de correr por todo o caminho. E então a encontrou *daquele jeito*, sabendo que não estava viva, mas ainda esperando que alguma outra pessoa viesse e lhe dissesse que estava morta. E, depois, abriu o cartão e ouviu as últimas palavras dela; o que ela havia dito para ele.

– Bradley? Você compreende, Bradley? Você está bem?

Diana estava falando com Bully, mas ele continuava olhando direto para a frente, franzindo os olhos através das janelas para a luz do sol.

* * *

No trem de volta para o apartamento, todos se sentaram em volta de uma mesa pequena. Bully ficou diante de sua irmã e de Phil. Sempre que levantava o olhar, Phil estava olhando diretamente de volta para ele, sem dizer nada.

Eram cinco paradas de trem e Cortnie adormeceu. Quando ela caiu no sono, Phil chutou Bully debaixo da mesa.

– *O que foi?* – indagou Bully. Apesar de saber o que era.

– Você me abandonou, foi o que fez. Me largou bem no meio da terra de ninguém, foi o que fez. A gente podia ter feito isso de modo *tranquilo* e fácil, mas não, você precisava fazer por conta própria, não é? Eu sei qual é o seu jogo... – A cabeça de Bully baixou e Phil chutou o pé dele para levantá-la de volta.

– Está me ouvindo? Você *acha* que, como sua mãe e eu não éramos casados, vai ficar com tudo? Bem, *não* vai. Troquei umas palavras com *ele* antes de sairmos de lá. Mesmo *se* lhe derem o dinheiro... e agora você fez eles investigarem ainda mais, o negócio não está fechado, e agora vai levar *anos*... mas, *se* eles pagarem, no fim das contas, então o prêmio todo não vai direto para você quando completar dezoito anos... Você não tinha pensado nisso, tinha? – Ele moveu a cabeça para o lado. – Alan disse que *ela* vai receber metade. Ela é filha da sua mãe. E é uma questão familiar. Ela herda o dinheiro do mesmo modo que você. E sou o pai *dela*, tendo ou não casado com a sua mãe. Então, para sua informação, tudo isso ainda funciona para mim, de um jeito ou de outro.

E ele chutou um pé e depois o outro, para lembrar Bully daquilo.

27

Bully deixou o apartamento à tarde, assim que acordou. Já estava vestido. Saiu sozinho. Não tinha planejado levar Jack por causa da situação de cães-não-permitidos, e Phil havia concordado.

– Não, pode deixar ela aqui. Todos vamos sair mais tarde – dissera ele, pois era aniversário de Emma e eles iam comemorar na casa da mãe dela.

Bully pensou que talvez Phil quisesse Jack lá para outra coisa, talvez como reforço durante o dia: todo o barulho na caixa de correspondência por causa das cartas que estavam recebendo dos homens *mal-encarados*, como sua mãe costumava chamá-los, os emprestadores de dinheiro para os quais Phil estava jogando ninharias agora que não receberia o dinheiro imediatamente.

Jo o encontrou na estação de trens e eles viajaram de volta para dentro de Londres, voltando pela linha norte, carregando a jarra de balas e o pedaço quebrado da pedra de calçada na Bolsa da Vida que ele tinha comprado em um dos mercados na cidade.

– Tem certeza que é isso mesmo que você quer fazer? – perguntou Jo, exatamente como faziam nos filmes.

E, exatamente como nos filmes, ele concordou com a cabeça e disse que iria fazer aquilo, com ou sem ela, apesar de não ser verdade, pois não achava que conseguiria fazer sozinho, pelo menos não de dia. E o adequado, o correto, era fazer aquilo de dia. Já bastava de espreitar por aí.

Jo pagou para entrar. E, justamente como tinha dito, eles precisaram ir com um guia turístico, apesar de aquilo não se parecer com nenhum dos lugares de férias que Bully já tinha visto. Nenhum dos zumbis parecia incomodado. Todos agiam como se fosse um dia normal para passear em um lugar cheio de pessoas mortas, logo abaixo de seus pés, tirando fotos de lápides e comendo sanduíches.

Bully percebeu que a mulher encarregada do passeio deles, com um rosto como se estivesse chupando uma bala, suspeitava dele. Talvez fosse porque ele não estivesse tirando fotos. Ele não tinha uma aparência tão diferente assim com sua calça jeans e seus tênis Reebok. E não era o mais novo no grupo. Era apenas algo nele que o marcava. Ou talvez fosse o senso de determinação entalhado no rosto dele que dizia que ele não estava ali apenas para um dia de passeio.

A mulher começou imediatamente com a ladainha quanto a permanecer no caminho e nada de jogar lixo ali, explicando que era uma *amiga* do cemitério que fazia tudo aquilo de graça. Depois, começou a falar sobre as pessoas mortas e as sepulturas, então Bully e Jo escapuliram para o final do grupo.

Enquanto avançavam, Bully não reconheceu muito do cemitério durante o dia. Parecia mais um parque temático sem brinquedos ou lojinhas, apenas estátuas de aparência falsa e pequenas trilhas seguindo em todas as direções, bancos de parque por todo o lugar.

– Que tal ali? Parece um bom lugar? – perguntou Jo.

Bully balançou a cabeça. Era apenas um pedaço de grama livre atrás de algumas outras lápides. E ele não queria a mãe presa ali, como se estivesse em uma lata de sardinhas. Estava procurando um lugar especial e exclusivo, com uma vista particular das árvores e da grama.

Tinha planejado espalhar a mãe ao lado de Lady Di e ficou *muito* decepcionado quando Jo disse que ela não estava enterrada ali, porque Lady Di continuava famosa, mesmo estando morta. Não era como todas aquelas celebridades antiquadas sobre as quais Jo ficava falando e que nunca tinham aparecido na TV. No entanto, Bully estava decidido. Se ali era bom o bastante para aquele tal de *Karl Marx*, um velho Davey famoso que tinha passado todos os dias da vida na biblioteca cem anos antes, Jo disse, então era bom o bastante para a mãe dele.

À medida que os dois iam ficando cada vez mais para trás, como bebês cansados, e os pés e o burburinho do resto do grupo se afastavam, Bully começou a ouvir os barulhos mais agradáveis do cemitério que não tinha escutado à noite: passarinhos conversando entre si, as folhas farfalhando penduradas em seus galhos, balançando com o vento fraquinho entre as árvores. Foi quando viu o lugar, o melhor lugar para sua mãe, com uma árvore para os pássaros e até um anjo da sepultura vizinha vigiando como a mãe de Declan fazia na porta ao lado, de olho.

– Ali, naquele lugar! – disse ele.
– Certo, rápido, então! Vamos logo. Vamos fazer agora! – falou Jo.

Ela ria, mas parecia certo que estivesse fazendo aquilo. Os dois correram pelas sepulturas e saíram da trilha na direção do pequeno grupo de árvores em uma pequena colina. Bully cavou depressa um espaço entre as raízes da hera verde-escura e as folhas mortas e desatarraxou a tampa vermelha da jarra de balas.

– Você vai dizer alguma coisa? – perguntou Jo.
– O quê?
– Você sabe... algo agradável. Acho que você meio que deveria fazer isso.

Ele olhou para a poeira e as cinzas e continuou sem conseguir evitar se perguntar se ainda restaria algum pedacinho dela que pudesse reconhecer (um dente, um osso), mas não havia nada. Eram apenas cinzas, os três por cento que restavam dela.

– Não sei... – Mas Jo continuava sorrindo e aquilo continuava sendo certo. – Descanse em paz, mãe – disse ele, pois era o que as pessoas diziam.

E começou a jogar os quilos que eram as cinzas dela para fora da jarra. Porém, de repente, elas pareceram pesadas demais para ele. Então, outra mão apareceu debaixo da dele, cutucando-a, e o solo começou a inflar com uma poeira cinza e branca como uma pequena fogueira que finalmente tinha se apagado. Ele deu uns tapinhas no fundo da jarra de plástico, assegurou-se de que não restava nada dentro dela e a entregou a Jo. Depois, colocou em algum lugar no meio do montinho de cinzas o pedaço quebrado da pedra da calçada que tinha levado, ficou de quatro e o empurrou com força para dentro da terra.

– Quer dizer que este é o nome da sua mãe – disse Jo, lendo os arranhões na pedra que Bully havia feito na noite anterior.

Ele fez que sim com a cabeça baixa e reparou que as partes de baixo de sua calça jeans estavam mais claras do que o resto das pernas. Ele não se importou quando se deu conta do que era. Esfregou as mãos para tirar as cinzas. Era só terra agora.

– Ah, merda – disse Jo, mas ele ainda estava olhando para o pedaço da pedra da calçada e dobrando sua Bolsa da Vida, perguntando-se que tipo de passarinhos eram aqueles que sua mãe precisaria aturar pelo resto da vida, pois não conseguia lembrar se ela realmente gostava ou não de passarinhos. Não havia muitos passarinhos no lugar onde moravam.

– O que você *está* fazendo com *isso*? – disse uma voz chupada atrás dele.

28

Foi Jo quem saiu correndo. Ela estava quase de volta na trilha quando olhou para trás e ele continuava ali, de pé, ao lado da chupadora de balas. Porque para Bully, agora, aquele não era um lugar de onde fugir.

A *amiga* do cemitério os encaminhou de volta à recepção, dizendo a eles que o que tinham feito havia sido impensado, mesmo depois de Jo explicar.

– Sinto muito por sua perda – disse ela, olhando para Jo, e não para Bully. – Mas vocês não podem simplesmente fazer o que quiserem! Há leis aqui, como em *todos os outros lugares*! Não é *self-service*! Você precisa ter a autoridade apropriada por escrito e entrar na lista de espera como *qualquer* outra pessoa! O que aconteceria se *todos* fizessem o que vocês acabaram de fazer? – indagou ela, finalmente. – Haveria corpos por toda a parte!

– Bem, mas *há* – disse Jo em um tom sarcástico, olhando ao redor.

A mulher estalou a língua, chupou sua bala invisível e disse "típico". Mandou os dois se sentarem e esperarem enquanto chamava alguém oficial para lidar com eles.

Ela voltou com um cara velho, com uma garganta pelancuda, a pele pendurada. Ele era uma mistura de um Davey e um zumbi aposentado, vestindo um terno preto e uma gravata que pareciam ter sido comprados por ele de segunda mão de um homem maior e mais novo.

O sujeito se apresentou, dizendo que se chamava senhor Faraday. E pediu a Bully e Jo que escrevessem seus nomes e endereços e indicassem um adulto responsável que pudesse buscá-los lá, pois não achava que se tratasse realmente de um caso de polícia.

– Quem você perdeu? – perguntou o homem, como se Bully pudesse simplesmente encontrá-la de novo se procurasse e se esforçasse o suficiente. Mas Bully sabia o que ele queria dizer.

– Minha mãe – respondeu, beliscando-se, porque seus olhos estavam deixando as coisas mais distorcidas do que de costume sem os óculos. – Eu queria que ela ficasse em algum lugar agradável. E não em uma lata de lixo.

Então, Bully contou a história, uma história mais curta do que a que tinha contado ao velho no hospital, para o caso de este velho também ser esquecido.

Perto do final, houve uma batida na porta e a chupadora de balas entrou, sem que as balas tivessem acabado.

– Limpei as coisas da melhor maneira que consegui – disse ela.

Ela colocou uma sacola na mesa com um baque, fazendo para o homem uma expressão que dizia "está aí dentro", e Bully a xingou em voz alta, não murmurando.

O velho meneou a cabeça e acenou para que ela saísse enquanto mantinha o olhar fixo no que havia em cima da mesa. Ele também lidaria com aquilo.

– Bem, realmente sinto muito por você e sua perda – disse o homem, pausando para olhar para a porta, como se a chupadora de balas pudesse voltar. – Mas devo lhe dizer que as regras valem para todos... Para que todos possam desfrutar deste lindo lugar. As cinzas serão deixadas como estão, mas a pedra não pode legalmente permanecer onde foi depositada. Infelizmente, não há exceções. Não posso colocar isso de volta. Sinto muito – disse ele, sorrindo, a garganta balançando enquanto ele engolia suas desculpas.

Mas os olhos de Bully ficaram vermelhos de ódio. E aquilo os tornava muito menores, deixando menos luz entrar, de modo que o homem parou de repente de se contorcer diante dele e Bully viu tão claro quanto jamais tinha visto de óculos o que aconteceu em seguida. Pois o homem fez algo muito estranho com somente um de *seus* olhos, algo que somente os velhos ainda sabiam fazer hoje em dia: piscou para eles.

29

O pai de Jo os buscou no cemitério e fez promessas ao homem com aquela voz rápida e engraçada que tinha. Não criou muito caso quanto a Jo entrar em confusão e ajudar Bully; só criou caso quanto a Bully ir para casa com eles comer alguma coisa. Mas Bully não ia conseguir aguentar todo aquele show de novo. Então, apesar de ele estar com fome, o pai de Jo o levou direto para casa em sua nova van de segunda mão.

– Tem mesmo *certeza*, Bully? – perguntou Jo no caminho.
– Tem certeza de que não quer vir e comer algo com a gente? Você pode dormir lá se quiser. Não pode, pai?

Mas Bully balançou a cabeça. Também não quis que parassem em qualquer lugar próximo do apartamento, de forma que o deixaram bem no limite do condomínio.

– Fica para a próxima, hein, garoto? – disse o pai de Jo com aquela voz que fazia as palavras soarem como se realmente significassem algo, como se ele não estivesse simplesmente sendo gentil.

– Tá, tá – disse Bully, fazendo as promessas rapidamente para poder saltar da van, dizendo que também levaria Jack.

Então foi andando para o apartamento. Ficava olhando para trás, aguardando até que a van partisse. Ao passar por um dos prédios, viu o que parecia um Davey velho borrado de capuz, arrastando os pés e mancando entre as latas de lixo no porão. Normalmente, não se encontrava Daveys tão longe da cidade, e Bully se perguntou se aquele homem estaria simplesmente morando ali. Atravessou a grama, e alguns garotos barulhentos jogando futebol ficaram quietos enquanto o examinavam. Bully não desperdiçou mais tempo nenhum em voltar para o apartamento.

Estava pronto para comer quando abriu a porta, mas o apartamento estava agradável e silencioso para variar, pois todos ainda estavam fora. Phil tinha deixado Jack trancada na cozinha. Quando Bully abriu a porta, ela saltitou em torno dele, cheirando seus tornozelos, procurando os cheiros antigos e os novos. Bully sentiu um arrepio de alívio atravessar seu corpo. A sensação de estar sozinho, sem ela, à tarde tinha sido estranha, e ele se deu conta de que tinha sentido falta dela e ficou feliz por ela estar lá, aguardando por seu retorno. Ficou pensando que não deveria tê-la deixado lá. As ideias em sua cabeça vinham se juntando contra ele no caminho de volta, dizendo que Phil *poderia* ter se livrado dela ou feito algo pior enquanto Bully estivesse fora de casa.

Mas, não, ali estava ela. Inteira. E ele não a empurrou como andava fazendo nas semanas anteriores. Em vez disso, ficou de quatro. Olhou para ela. E ela sentou na hora sobre sua única pata traseira e levantou o olhar para ele, a cauda peluda esfregando no chão de linóleo.

– Eu sei – disse ele. – Eu sei...

Bully abriu a torneira para tomar água gelada. Ficou ouvindo a água espirrar contra as laterais da pia de aço inoxidável antes de beber direto da bica. Depois, foi ao quarto de Cortnie e encontrou umas canetas pretas. Voltou para a sala de estar e pegou algumas das cartas de pedidos que tinha escondido debaixo do sofá e as folheou até encontrar uma com uma página quase em branco.

Ele ia fazer algo que nunca tinha feito fora da escola. Ia escrever uma carta. Pois Phil estava *certo*. Camelot tinha decidido pagar, mas estava segurando o dinheiro para ele e a irmã, colocando-o em um *fundo fiduciário* até eles completarem dezoito anos. Portanto, ele tinha sua metade do dinheiro. Só não o teria durante quase *cinco anos*. O dinheiro ficaria guardado em algum lugar em um banco grande, muito grande, esperando por ele até lá. O problema era que Bully sabia que não conseguiria esperar tanto tempo no apartamento. Não tinha forças. Não para ficar todo aquele tempo com Phil, *ela* e *aquilo*. Ainda que, às vezes, todos saíssem.

Contudo ele não queria que Jo pensasse que não estava agradecido pelo risoto. E sabia que ela ficaria irritada e até mesmo furiosa se ele telefonasse para ela e contasse o que ia fazer, por isso escreveria uma carta. Era melhor do que contar a ela pela internet, porque, se postasse a carta no dia seguinte, levaria *dias* para ela chegar lá, e ele já teria partido àquela altura, de volta às ruas. Enviar uma carta com más notícias era como colocar uma bomba em um lugar. Você não queria estar por perto quando explodisse.

Bully levou uns bons cinco minutos, mais ou menos, para escrever as palavras direito, pois precisou rasurar várias erradas. Finalmente, encontrou um velho envelope usado, riscou o endereço do apartamento e anotou o de Jo. Agora, só precisava de um selo novo.

Quando estava terminando, a caixa de cartas começou a bater. Ele ficou paralisado e colocou os dedos nos lábios para dizer *shh* para Jack. Ela ficou parada como uma pedra, igualzinha ao cão no cemitério. Bully pensou que talvez fosse um agiota, e não queria precisar explicar que a dívida de Phil não tinha nada a ver com ele e sua metade do dinheiro. Não com a escuridão lá fora, preparando-se...

Houve mais *flap, flap*... E então seu nome antigo deslizou para dentro da caixa de correspondências, seguindo-o, rastreando-o.

"*Bully*..."

30

Ele despertou para o dia, como sempre, cercado de lixo. Sacos de lixo pretos vazavam de suas pontas rasgadas bem ao lado de onde dormia. Coisas velhas e roupas por todas as partes. E livros, empilhados e abrindo com as folhas ondulando. Ele meio que gostava daquilo, de estar cercado por toda aquela bagunça.

– Brad... Brad... Bradley...
– O quê?
– Você sabe... Vem... Café da manhã... – gritou Rosie do alto da escada.

Depois, ela desceu de volta para a cozinha.

Ele não queria levantar. Tinha ido para a escola *todos os dias* naquela semana. Era quarta-feira, e ele merecia um descanso, não merecia?

Jack deu um salto em torno do pé da cama. Lambeu os pés dele e ficou quieta de novo. Estava ficando mais pesada, e Bully tinha quase certeza de que não era apenas a comida extra. Ela deu um suspiro de cachorro que foi quase exatamente igual ao de um humano, só que um pouco mais triste, porque não havia palavras para acompanhá-lo.

– Tudo bem para você – disse ele. – Eu nunca tenho um dia de folga neste lugar.

Ele próprio suspirou e, depois, sua cabeça começou a girar, seu interior pensando em voltar a dormir. Mas, apesar da vontade dele, sua mente já estava envolvida no novo dia.

Bully olhou para a janela vazia, preenchida de céu azul. Colocou os óculos, e o skate embaixo da janela ficou mais definido. Ele deveria usá-los o dia todo, mas geralmente só os colocava quando queria olhar para algo específico, como um rosto ao longe ou o número de uma placa.

Rosie e John tinham comprado o skate para ele algumas semanas antes. Rosie havia dito que Alex poderia lhe ensinar alguns movimentos quando fosse para casa da *uni*. Bully tinha dito que não, pois não queria arranhá-lo. Gostava de acordar e vê-lo ali, apoiado no canto do quarto dele, novinho em folha, ainda brilhando através do plástico. E olhou para o skate agora. Não era o que teria comprado, mas o amava pois alguém o comprara para ele.

– Acho que você quer comer e se limpar, né?

Ele suspirou novamente e, dessa vez, levantou-se. Esticou o braço para pegar sua gravata verde listrada, ainda com o nó da véspera, e colocou-a. Agora, a não ser pelos sapatos, estava vestindo todo o uniforme da escola. Economizava tempo nas manhãs.

Desceu a escada lentamente para que suas meias não escorregassem na madeira lisa. Não via por que Rosie não queria colocar carpete. Compraria carpete para eles, daqueles de verdade, bem grossos, como os que havia nos restaurantes, quando seu dinheiro chegasse. Ele teria dezoito anos, a idade de Alex àquela altura. Era um momento tão distante no futuro que Bully só conseguia pensar nele como um filme de ficção científica.

Então, entrou na cozinha. Rosie patinava de um lado para o outro em um lago amarelo de xixi de cachorro, tentando fazer torradas.

Bully fingiu que não tinha visto o xixi, apesar de saber que Rosie estava esperando por ele para limpá-lo, pois o cachorro era *dele*. Ela parou o que estava fazendo quando ele entrou para olhá-lo. Mas não estava brava por causa do xixi de cachorro.

– Você acordou neste uniforme, não foi?

Ele não sabia como ela conseguia adivinhar: estava até com a camisa para dentro da calça e tudo o mais.

– Não... – Ele mentiu por reflexo, mas acrescentou em seguida: – Não todo. – E apontou para a gravata.

– Bradley – disse ela. – O que vamos fazer com você? Hein?

Mas ela não disse isso como uma pergunta de verdade, pois a família o havia adotado.

Ainda não era exatamente legal. Phil não o queria, não precisava dele agora. Bully tinha ficado feliz por vê-lo partir quando voltou da casa da mãe de Emma e deu de cara com Jo e o pai esperando pacientemente por ele, assistindo a *Mighty Ships* na TV com Bully.

Mas, apesar de Bully ter se mudado para lá na mesma noite, ainda precisavam passar pelo *processo*. E aquilo levaria um pouco mais de tempo. Tudo demorava um pouco naquele mundo novo.

Naquela primeira noite, quando ele e Jacky voltaram para aquela casa grande e chique com quase nada, ele tinha pensado que aquilo seria como férias. Mas a sensação não era nem um pouco assim. No dia seguinte, sentiu-se um pouco como se estivesse em uma prisão. Todo dia, a mesma coisa: acordar na mesma hora, ir à escola, comer a comida na mesa e não ir para a cama de roupa. A lista era longa. Tudo isso sabendo que precisaria ficar lá durante anos e anos, esperando para pegar o que era dele.

E aquilo realmente o incomodara no começo.

– Errgh – disse Jo, entrando na cozinha de batom e comendo um KitKat. – Vocês sabem que tem xixi de cachorro no chão todo?

Ambos olharam para ela, porque sim, sabiam.

– Que merda – disse Bully.

Rosie não chamou a atenção dele, pois sabia que ele estava tentando reduzir os palavrões como pessoas faziam com cigarros.

– Foi mal – disse Jo. – Estou saindo agora, de qualquer jeito.

– E seu café da manhã? – perguntou Rosie.

Jo apenas balançou o KitKat. Agora, estava na faculdade, e Bully desejava que ela ainda estivesse em sua nova escola, no outro lado da colina.

Ele a seguiu até a porta da frente, acompanhando-a, saltitando como um galgo, porque estava ficando mais alto agora. Ela se virou para olhar para ele.

– Brads? Meu batom está borrado?

Bully balançou a cabeça. Suspeitava de que Jo tinha um namorado agora naquela tal faculdade.

– Como você se sente sendo rico e famoso?

Às vezes, ela dizia aquilo como uma piada quando saía de casa, porque ele não era rico. Ainda não, pelo menos.

– É, ótimo – respondeu ele.

– Até, jacaré – disse ela, pegando a mochila. Era de couro e toda desgastada. Ele sabia que Jo gostava dela assim, mas ainda compraria uma nova para ela. Quando recebesse o dinheiro, ou talvez até mesmo antes, se entrasse em uma loja com um monte de notas fiscais e escolhesse uma. Ou então pegaria o trabalho de entregador de jornais e economizaria. Estava dividido quanto ao que fazer.

Voltou para a cozinha e limpou o xixi de cachorro com papel-toalha.

Lavou as mãos antes de servir seu cereal, pois Rosie ainda estava ali.

– Vai sair em um minuto? – perguntou ela.

– É, é...

– Você vai mesmo hoje, não vai?

– É? – disse ele, fazendo sua voz de surpresa, como que indagando por que não iria à escola numa quarta-feira. Como se fosse a coisa mais estranha do mundo a *não* se fazer.
– Bradley. Você vai, não vai? A senhora Avery pode levar Jacky para passear mais tarde porque você não tem tempo agora... O quê? – indagou ela, pois ele sorria com o canto da boca.

Ele tinha a sensação de que Jacky estava ficando mais pesada pois estava grávida. Andava passando tempo *demais* com o poodle da senhora Avery. Ele não tinha certeza de como se sentia a respeito disso, pois a senhora Avery e o cachorro dela eram muito *chiques* e também falavam como se o fossem. Ele se lembrou, no entanto, que poodles tinham sido criados como cães de caça.

Dez minutos depois, Rosie partiu para o trabalho. Quando ouviu a porta fechar, Bully disse:
– Pega a coleira! Vamos, garota!

Ele tinha *quase* o tempo necessário para levar Jacky para passear se chegasse atrasado para a primeira aula.

Subiu correndo a Swain's Lane até o pequeno círculo de lojas. Deixou Jacky perseguir um pombo na grama, observou o pombo apenas se afastar andando, como se não estivesse incomodado com aquele cachorro de três pernas.

Uma mulher de preto acenava para ele. Ele franziu os olhos e acenou de volta com a cabeça. Muitas delas estavam começando a conhecê-lo ali agora; ele era o garoto com o cachorro de três patas. Lembrando-se disso, ele se levantou e esperou Jacky fazer xixi.

Enquanto a aguardava, Bully colocou os óculos para examinar a cidade e detectou imediatamente o Peugeot preto circulando muito lentamente o gramado. *Nunca se pode ser cauteloso demais...* Mas estava tudo bem, era o senhor Douglas, o jornaleiro, entregando as edições atrasadas por conta própria. Ele conhecia as placas, conhecia *todas* as placas da cidade. E as últimas três letras da do senhor Douglas eram OES, que eram as iniciais da *Old English Sheepdog Society*, uma associação para cachorros de raça. (O senhor Douglas não havia se dado conta de que suas placas eram personalizadas até Bully lhe mostrar.) Nesse momento, ele decidiu que ia entregar jornais e ganhar o dinheiro para a mochila de Jo, apenas para caso o pegassem a roubando e a tirassem dele. E também porque sabia que roubar a bolsa deixaria Jo triste.

– Ah, Jacky, Jesus...! Não! Você está mijando tudo errado! – disse ele, pois ela estava tentando levantar a perna como costumava fazer, na verdade, como se fosse um cachorro *menino*, porque cadelas jamais deveriam fazer aquilo. E era a perna que não estava lá... Ele olhou em volta, mas ninguém a viu caindo.

– Vamos lá. A gente precisa voltar. Você está me *atrasando*.

Quando chegou de volta, havia cartas em cima do capacho. Ele revirou os envelopes com o pé, tentando ver de quem eram as cartas sem pegá-las, nem mesmo tocar nelas. Até agora, não tinha recebido nada endereçado a ele ali, e gostava disso.

Em algum momento, a notícia de onde o garoto meio milionário morava agora se espalharia. Palavras eram grátis e o preço de um selo de segunda classe era menos de 59 centavos. Em breve, as cartas começariam a chegar a apenas três casas da esquina da Swain's Lane.

Mas não hoje. Pela aparência dos envelopes pardos, havia apenas contas. Ele as pagaria para John e Rosie quando recebesse seu dinheiro, ou talvez até antes. Todas as contas deles, para sempre.

Então Bully decidiu que *iria* para a escola. De manhã, pelo menos, para marcar presença. Não queria outras cartas chegando ali dizendo que ele estava matando aula. Portanto, assegurou-se de que Jacky tinha bastante comida e água. Lembrou a si mesmo de que a senhora Avery chegaria em cerca de duas horas, e ela *entendia* de cachorros. Pegou seu paletó e o enfiou na mochila, pronto para vesti-lo quando chegasse atrasado. Fechou a porta e se afastou da casa, depois deu meia-volta como que para conferir se ela permanecia ali.

Levantou o olhar para seu quarto, bem no topo, no telhado da casa, o pequeno quadrado de vidro dividido em quatro. De onde ele estava, parecia *um pouco* uma cela de prisão, mas não tinha mais a sensação de uma prisão. Não agora. Tinha apenas a sensação de que era um lugar onde estava morando, aquele lugar com seus novos... amigos. Com um grande ponto de interrogação no coração, Bully ainda não conseguia propriamente se levar a usar a palavra que começava com *f*.

Naquele instante, pensou que tinha ouvido Jacky latindo na cozinha e deu um passo para trás, depois mais um, e em seguida pensou em voltar para a casa.

Mas empacou, porque sabia que Jacky não agia como um bebê quando ele não estava lá. Ela sabia que ele ia voltar. Era treinada. Era o que se fazia com cachorros: treiná-los para que confiassem em você.

E, compensando o tempo perdido, Bully partiu apressado, sentindo frio sem o paletó, subindo a colina correndo, porque a escola ficava do outro lado.

AGRADECIMENTOS

Era uma vez uma professora primária (diz a história) que todo ano, de algum modo, conseguia fazer com que as crianças em sua turma fizessem os desenhos mais bonitos da escola. Quando lhe perguntaram qual era seu segredo, ela disse que recolhia os desenhos das crianças antes que elas os terminassem. Bem, devo dizer que minha experiência escrevendo este livro para crianças foi exatamente o oposto disso.

Portanto, obrigado a Zoe King, minha agente, por se esforçar e fazer muito mais com o livro do que eu jamais conseguiria ter feito sem ela. E obrigado aos meus editores: Gill Evans, que ficava me mandando voltar e reescrever (só que melhor); Lucy Earley, que realmente fez o livro cantar; e Emily Damesick, que deu um polimento adorável nele no final.

Meus agradecimentos também à minha mãe e ao meu pai, que trabalharam com tanto esforço para me proporcionar uma vida que jamais tiveram. E, finalmente, a Andrew Williams, o galês mais feliz que conheço e meu melhor amigo.

Gostou deste livro?
Mande um tuíte com o seu comentário.
#oGarotodaLoteria   @editorarocco   @MichaelByrneEtc

Impressão e Acabamento:
GRÁFICA STAMPPA LTDA.